U0154041

ルウ

路

吉田修一

劉姿君——譯

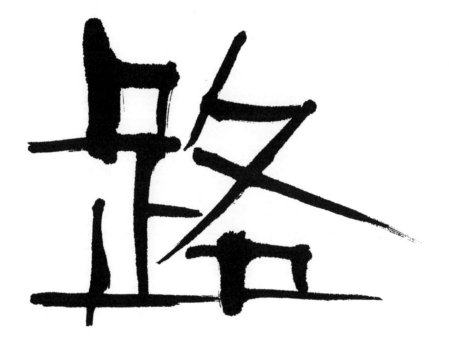

致台灣讀者

十幾年來，
我深深為台灣街道與人們的魅力而著迷，
一直都想著，
有一天要以台灣為舞台來寫小說。
若能透過這部作品，
讓即使只多一個人對日本感到興趣，
這就是身為作者的我最高興的事了。

吉田修一

目次

致台灣讀者 iii
二〇〇〇年　逆轉 003
二〇〇一年　開工 053
二〇〇二年　七〇〇系T 113
二〇〇三年　軌道 173
二〇〇四年　卸船 227
二〇〇五年　試車 281
二〇〇六年　通車典禮 339
二〇〇七年　春節 381

路

初次發表於《文學界》
二〇〇九年一月號～七月號、二〇一〇年二月號～一二年二月號
這部小說是虛構的，與實際存在的人物、團體沒有任何關係。

二〇〇〇年

逆轉

「台灣最大的高速鐵路建設工程歐洲勢力取得優先權　業者將於十一月做出最終決定」

有台灣市場最大公共建設事業之稱的高速鐵路建設工程（台北—高雄）標案，已於二十五日在台北市內舉行，由主張導入歐洲勢力歐隧系統（TGV）的「台灣高速鐵路聯盟」以三千三百六十六億台幣的總建設經費取得優先議約權。由日本企業組成的「中華高速鐵路聯盟」所提出的總建設經費為五千二百八十六億元。台灣交通部要求兩企業集團於下月中前提交必要文件，並於說明後，將在十一月決定最後施工業者。定於明年四月簽約，七月開工，二〇〇三年七月完工。台灣高速鐵路計畫是在台北、高雄兩地間建設時速三百五十公里的高速鐵路（全長約三百四十五公里），將目前需時四小時以上的交通時間縮短為九十分鐘。該高速鐵路計畫將採用英法海底隧道的BOT模式（民間企業負責建設、營運，於資金回收後，再交還給政府）。

一九九七年九月二十六日《產經新聞》

從二十樓的窗戶往下看，青山通的行道樹樹枝沐浴在柔和的冬陽下。行人雖豎起大衣領子來抵禦寒風，腳步卻是輕快的。許是新年假期在即，不論是行道樹的影子還是行人的腳步，都顯得歡欣雀躍，但等候著來自台灣的通知的大井物產本社二十樓辦公室，卻安靜得連誰清個嗓子都聽得一清二楚。

今天是今年最後一個上班日，本來這個時間，工作應該全數告一段落，公司員工都聚集在會議室裡，舉起事先準備好的罐裝啤酒，乾杯慰勞這一年來的辛苦，但唯有今年，到現在還沒有任何人離開辦公桌。

距今兩年前的一九九七年夏末，來自台灣支局一通惡夢般的電話打進了二十樓的辦公室。內容是關於連接台北、高雄兩地的台灣高速鐵路投標案的報告，結果由總工程費用較低的歐洲聯合與台灣高鐵勝出。一心認為新幹線不可能會輸的日方以慘敗告終。簡單地說，便是「日本新幹線」和「法國TGV與德國ICE」競爭，而新幹線輸了。

當然，這個企劃案也受到全日本的矚目，於是緊接而來的便是媒體的痛批。

「繼韓國之後，連台灣也宣告敗北?」

三年前由另一家公司所經手的韓國商戰也未得標，一場商戰的結果卻被報導得好像人們連對日本引以為傲的新幹線都快喪失信心似的，使得大井物產的台灣新幹線事業部連日來失意消沉，連接起電話自報部署名稱都感到難以啟齒。

然而，正當所有人以為一切都結束時，日本方面收到了來自台灣的一則奇妙通知。本與歐洲聯合合作的「台灣高鐵」舉行記者會，發表了「我們已確實獲得了開發台灣高速鐵路的權利，但並未與德法的公司締結排他性的合約，純粹只是他們擁有優先權而已」這種別有意味的說法。

明白地說，意思是要在台灣建造高速鐵路的是他們沒錯，但在台灣行駛的會是TGV還是ICE，抑或是新幹線？則尚未決定。

這場記者會後，消沉到谷底的日方驟然又有了活力。儘管一度被踩扁，但「新幹線不可能會輸」的自豪依舊在每個人的心中燃燒，於是氣氛為之一變，人人都認為既然還有機會，當然要再次挑戰。

於是至今的近二年內，日本方面將政經界拉進來，展開強力宣傳。邀請台灣媒體到日本試乘新幹線的嘗試也成功了。當初幾乎沒有在檯面上出現過的日本國鐵JR優秀技術人員，也頻繁造訪台灣，到處宣傳新幹線的系統是多麼安全。而翌年，德國發生了該國鐵路史上最大的慘劇，ICE於行駛中脫軌，造成一百多人罹難，雖是一件不幸的重大事故，但確實立即對台灣方面的看法產生影響。反觀新幹線，則自開通以來從未發生過任何重大事故。

而今年，一九九九年九月，發生了那場重創台灣中部的大地震。台灣和日本一樣，地震頻仍。這讓台灣方面看待從地震國家開發出來的新幹線，視線明顯熱絡了起來。此後，在地震重建支援等交流中，日方的國會議員訪問台灣，也為新幹線帶來宣傳的機會。在歐美，政治家站出來推銷本國商品的情況屢見不鮮，但之前認為新幹線技術勝券在握的日本完全沒有走這一步。會見李登輝總統的日本國會議員們力勸台灣採用新幹線，不惜誇下「日本政府也會鼎力相助」的海口，因此效果相當好。

進公司邁入第四年的多田春香在「台灣新幹線事業部」所在的二十樓辦公室，看著時間一分一秒過去的時鐘，以及放在旁邊的小佛像。台灣的聯絡一直沒來，每次接到聯絡其他事情的電話，同事們便一再經歷緊張與放鬆。春香望著小小的佛像，發現自己幾乎就要雙手合十而連忙鬆手。因為她覺得只有這時候才求神拜佛，反而會有不好的結果。說到這尊佛像，也跟著春香許久了。這是她小學時在附近公園撿到的，當時佛像掉落在她找球時撥開的草叢裡，雖然髒了，卻有種令人心平氣和的感覺，一拿在手上，春香就非常想要。然而，儘管又小又髒，佛像畢竟是佛像，她不知道能不能擅自帶走。結果，春香連三天都跑到那裡去問佛像：「我可以帶您回家嗎？」等著佛像幾時對她說：「可以。」但是，佛像當然不會回答。第四天，春香決定用十圓硬幣占卜。她決定，要是丟出正面就代表「可以帶回家」，背面就是「不行」。結果順利出現了「正面」。從此之後，這尊佛像便是春香無論如何都無法丟棄的寶貝。

春香站起來，決定換換心情，便離開辦公室，走向交誼廳。她想呼吸一下不同的空氣。

到了交誼廳，就看到和她同期進公司、隸屬於海水淡化事業部的高橋一馬在那裡。他正在窗邊的桌位大打哈欠。在進公司後隨即展開的研修期間中，她和高橋頻率相同，常一起去喝酒大吐苦水、暢談夢想，有一次，高橋還拐彎抹角向她告白，但她裝作沒聽出來而草草帶過。春香很冷靜地認為，他應該不是對自己動了真心，只是因為從學生晉升為社會人，處於環境劇變而造成的疲憊過程中，想找人傾訴的心情一時投向了就在眼前的自己而已。

在自動販賣機買了咖啡，春香說聲「好久不見」就朝高橋走去。高橋舉起一隻手「喔」了一聲，接著說：「妳還有心情跑到這裡來喝咖啡？台灣那邊不是還沒有聯絡嗎？」高橋一邊在意著袖口快掉的釦子，一邊露出驚訝的表情。

「連高橋都知道？」

「何止我，全公司都很注意這件事啊。日本的新幹線能不能反敗為勝，頭一次邁出國門？撇開生意不談，誰都覺得這是件大事啊。……對了，過年妳要去哪裡玩？」

高橋捏扁了紙杯。

「今年過年本想放假，但似乎不可能。等今天台灣那邊的結果出來，就得銷假上班。」

「有好的結果才是這樣吧？」高橋笑了。

「會有好結果的。一定會的。」

「那要不要來賭賭看？下一個從那扇門進來的如果是男的，就是好消息，如果是女的就是壞消息。如何？多田妳不是很愛玩這個嗎？」

「既然要賭，那就女生進來是好消息，男生進來是壞消息。」

「……還不都一樣。」

高橋受不了她似地笑了，可春香卻以認真的眼神看著入口的門。但剛才明明有很多人出入的，不知為何現在卻突然沒了人影。

「哎，都可以啦。雖然沒有我的事，但我也會在背後祈禱這件事會成功。」高橋說著正要站起來的那瞬間，春香緊盯的門開了。迫不及待地點著菸走進來的，是高橋那個部門的女性前輩。

「哦～」

兩人不由得驚呼。

兩年前的競標，日本方面確定敗北時，春香進公司還不到兩年。當時她雖然已經受過為期一年的綜合研修，被分配到企劃事業部，但還不確定是會去電力部門，還是被派到交通部門，或者是歸入社會基礎建設部門。在那個時期，她和其他同期都一樣，還沒有明確的去向。不過她曾在進公司的面試中公開表示「將來想在中國和台灣方面的工作中找到自己的可能性」，也比同期的人都注意不時會聽到的台灣新幹線事業狀況。

當然，她在態度上並沒有明顯表現出來，但她經常會在企劃事業部的辦公室與台灣新幹線事業部的職員碰面，當聽到「這次去台灣出差，想吃點好吃的」這類對話，也會插嘴說「大家通常都是住民生東路的西華飯店吧？飯店後面有一家餐廳，會用茶葉入菜，很好吃哦」。

不知人事部長是否也得知了這些情形，日本方面競標失敗幾週後，春香收到了人事通知，上頭寫的是「分派至『台灣新幹線事業部』」。

春香生於東京長於神戶，雖然熟知台北市內的美食，但並沒有在台灣生活或留學的經驗。說起來，其實只是因為她在關西上私立大學的時候迷上了金城武這個台灣演員，而一個人跑到台灣旅行，才促成她往後每年都會到台灣玩個幾次而已。

春香生於東京的神田，母親道子的娘家經營一家不小的佃煮店，她在那裡一直待到小學畢業。雖說是娘家，但是其實在包括店鋪在內的土地上，有外祖父母所住的主屋，繼承家業的長女一家所住的副主屋，至於春香和父母則住在旁邊另一棟建築物裡。春香的父親直人，是來自福岡的一名沉默寡言的電機工程師，結婚之初本來在東京都內租了間小公寓，但當時幫忙店務的母親道子不顧一切，在春香出生後，便斷然決定搬到娘家佃煮店的別棟去居住。

順道一提，外祖父是招贅的，繼承家業的長女女婿雖然沒有入贅，但因跟著一起經營家業，所以情況也相去不遠，因此春香家是十足的母系家族。實際上，包括春香的母親在內，她們家的女人都像慶典裡打太鼓的鼓手那樣充滿活力，而春香也繼承了這個血統。

相較之下顯得文靜的男人們，倒也是一團和氣。外祖父和姨丈，以及父親直人經常結伴去附近的居酒屋，正因為沒有血緣關係，那模樣更凸顯了三人間的父子之情，他們甚至還聯名在店裡寄放燒酒，這實在令人莞爾。

一家人的相處如此融洽，所以當父親收到調動到神戶的人事命令時，當時小六的春香就不用說了，家裡的人都認定「直人應該會單身赴任吧」。但母親道子卻毫不猶豫地說：「妳在說什麼呀！怎麼能和爸爸分開生活呢！我又沒有繼承外公的店，當然是要帶著春香一起到神戶去。」

就算春香小小地抵抗著說：「我不想和朋友分開」、「東京的小孩到關西去不會被欺負嗎？」母親卻完全不予採納。相反的，只要春香哀嘆不想和朋友分開，母親就會說：「交新朋友不就好了。」擔心可能會被欺負時，母親就以「因為口音不同就欺負人的孩子，用不著硬要和他們做朋友」擋回來。

實際轉學後，在神戶的國中裡，欺負春香的事情一概沒有發生。不僅沒有發生，春香剛學的關西腔反而大獲同學好評，不知不覺就被同學約著參加當地的相聲比賽，連母親挖苦她「妳不是說在這裡會被欺負？」都顧不得，每天拚命的在想笑梗。

在神戶變成專職主婦的母親很快就無聊得不得了，於是便靠著娘家的援助在附近開了一家小便當店，生意還算興隆，而父親在神戶似乎也如魚得水，除了假日會與同事共享溪釣之趣，現在也晉升到了相當的職位。

另一方面，春香從公立高中考上私立大學文學部後雖然多少文靜了些，但一樣活力十足。大學的課業、打工、社團、聯誼、出國旅遊，每天忙得讓父親驚呼：「妳好像雙手同時拿筷子吃飯一樣。」找工作時適逢所謂的就職冰河期，因而顯得相當困難。春香雖沒有一心想進東京的公司，但自認是最有力的門路，也就是父親工作的製造商，卻在第二次審查時悽慘落榜，於是，她懷著再壞也不會有損失的想法前往東京，也許反而因此有了好表現，結果竟莫名其妙考上了人人稱羨的一流公司。

高橋一馬走了之後，春香獨自在交誼廳喝著紙杯裝的咖啡。正覺得該回去了而站起來時，只見有人猛推那扇一拉便開的入口大門，最後在「這門是怎麼搞的」的抱怨聲中，終於拉開門的山尾部長嘖著舌走進來。他立刻就看到窗邊的春香，並說道：「多田，原來妳在這裡啊？」不好意思地笑了。

「我還以為部長會破門而入呢。」春香也笑了。

「門打不開啊。」

「一拉就開了。」

「我知道啊。」

部長回答著，接下來把零錢投進自動販賣機投幣口時又弄了半天。看那個樣子，就知道台灣方面還沒有聯絡。

拿著咖啡杯走過來的山尾重新問道：「妳在這裡做什麼？」春香皺著眉說：「我在辦公室裡待不住。」

「話說回來，聯絡好慢啊。」

「在台北的萩尾先生後來沒有再聯絡嗎？」

「沒有。好像一直聯絡得不順利。妳知道，兩年前就是一直聯絡，結果卻是那樣。」

喝了一口咖啡的山尾喊著：「好燙！」連忙把杯子拿開，卻又潑在手上，因而忍不住大呼小叫：「好燙、好燙！」

山尾部長是公司內主持台灣新幹線事業的龍頭，本來不是春香這種年輕職員敢輕易交談的對象，但山尾部長雖有著郵購目錄中熟年模特兒般穩重洗練的外表，卻是那種一開口形象便蕩然無存的人，而且對幾近於新人的春香說起話來也毫無顧忌，談論工作、扯無聊的冷笑話、開性騷擾式的黃腔，比例大約是六比三比一。

「部長，千禧年問題到底怎麼樣了？」

春香問拿餐巾紙擦拭咖啡的山尾。

「系統部嚴陣以對，但就狀況來看，好像不必那麼擔心。」

「真的很有世紀末的感覺呢。」

「就是啊。為什麼台灣那邊偏偏選在這個忙不過來的時候提標案啊。」

「他們不過新曆年，是過舊曆年……」

「我知道。」

因為是勉強填補沉默的對話，所以實在很難持續下去。

「部長夫人很有品味呢。」春香改變了話題。

「我老婆？怎麼說？」山尾也配合著問。

「因為這條領帶很好看，而且部長的穿著總是搭配得很好看呀，不但和部長的氣質很搭，和襯衫也很搭。」

「妳在說什麼啊？這可是我自己選的。」

「咦？是嗎？」

「我老婆怎麼可能關心我的領帶啊！」

說到這裡，兩人的視線對上了。因為知道對方是硬要說些和主題不相干的話，便雙雙暗自嘆氣般轉移了視線。

「……我倒是相信會有好消息。」山尾說。

「我也相信。因為，依照目前的趨勢，怎麼樣都應該是日方比較有利才對。」

「就是啊。這我當然知道。」

自己事業部的人在這裡說相信也沒有用，但現階段又沒有別的事可做。

「差不多該回去了。」

忽然站起來的山尾這麼說，撕著餐巾紙的春香也站了起來。

「不管是好消息還是壞消息，總之這次過年是休想好好過了。」山尾喃喃地說。

「是啊。」

「是好消息就得銷假上班，是壞消息正月的酒喝起來也不香。」

兩人離開交誼廳，走過長長的走廊回到事業部。走廊邊的窗戶可以俯視神宮外苑的綠地。銀杏的葉子已經掉了，但冬日天空下光禿禿的銀杏行道樹好美。

兩人同時做了深呼吸才開門。事業部同仁們的視線頓時齊聚而來，但所有的眼神說的都是「還沒有」。部長桌上的電話就是這時候響起的。投向兩人的視線又一起轉向窗邊的桌上，其中有人的屁股已經離開了椅子。

「等等！我來接！我來！」

山尾從辦公桌之間鑽過去，春香也不禁跟上去。被山尾推開的椅子猛力撞上了春香的腰。

「喂，台灣新幹線事業部。」

拿起聽筒的山尾的聲音，在鴉雀無聲的辦公室響起。可能是感覺到緊張的氣氛，也有其他部門的同仁從隔間屏風朝這邊看。

「喔，萩尾嗎？是我。」

接下來是短暫的沉默。春香清清楚楚聽到站在旁邊的前輩嚥下唾沫的咕嘟聲。

「……咦？……得標了？……得標了？你說得標了是不是？我們得標了對吧！」

這是山尾說的話。頓時辦公區各處傳出嘆息聲，緊接著就是「成功了！」「成功了！得標了！」「贏了！」等幾近哀嚎的聲音哄然響起。

「……得標了。……贏了。」

在四處響起的歡聲包圍中，春香也低聲這麼說。她抓著椅背，忍不住想當場蹲下。但站在旁邊的前輩說著：「我們得標了！我們贏了！」一面拉著春香的手臂把她拉起來。

「是啊。我們得標了……。我們贏了。」

春香回應前輩的聲音也在發抖。

「我知道了。馬上就回電給你！」

說完，山尾放下聽筒，一臉興奮地回頭。

「各位，我們辦到了！」

環視眾人後，山尾緩緩宣布：

「……我們辦到了。日本的新幹線要在台灣行駛了！」

聽到山尾的報告，眾人又齊聲歡呼。有人互相擁抱，也有年輕職員跳上辦公桌。一回過神來，大家都跑到山尾身邊，肩搭著肩，手握著手。春香發現，圍繞著台灣新幹線事業部的其他部門同仁，正響起溫暖的掌聲。

●

插在大門信箱裡的早報摸起來好冷。起床披上開襟毛衣就出來拿報紙的葉山勝一郎，將早報夾在腋下便匆匆回到屋裡。才短短幾十秒的功夫，冰冷的早報就已將腋下冷透。

勝一郎住的房子是屋齡超過四十年的獨門獨院，到處都開始破損，但或許是妻子曜子向來愛憐地加以保養，房子雖老，卻也因而別具風格。不過兩年前，緊鄰的土地上興建了三層樓高的公寓，以前日照良好的面南庭院，現在只有上午和下午一段短暫的時間，陽光才照得進來。本來鄰居山藤家是這一帶自古以來的地主，光是占地就有勝一郎家的三倍。嚴格的男主人與高雅的夫人膝下有三個兒子，勝一郎與妻子曜子如親戚長輩般看著他們成長茁壯。勝一郎夫妻不巧沒有孩子，而曜子特別疼愛這三兄弟中尤其討人喜歡的老二，從小他就經常到勝一郎家的院子玩耍，只要是學校旅行或和朋友去滑雪回來，都不忘帶特產送他們。

隨著孩子的成長，老大和老三都先結婚了。妻子為了孤單在家的老二幫忙安排了好幾次相親。甚至曾要他與勝一郎公司的女職員相親。

「最近阿姨一看到我，開口就是相親。」

有一天，下班剛好搭同一班公車，這個老二便半開玩笑地向勝一郎抱怨，還說：「阿姨以為我這麼沒行情。」

勝一郎也是勸妻子「別管太多」，但曜子卻不肯讓步：「要是人家真的不願意，我也不會勉強。可是，山藤太太也跟我說『有好的人選要幫我們留意一下』呀。」

其實，和老大、老三相比，這個老二並不遜色。他從小就是個有禮貌的孩子，課業方面也很優秀，大學畢業後在大貿易公司上班，為了採購穀物飛往世界各地。舉例來說，像是假日勝一郎在車庫洗車，他不會特意說「我來幫忙吧」，而是過來閒聊，然後不知不覺間便拿起海綿幫忙洗起車來，他就是這樣一個不做作的好青年。

然而，就在他前途大有可為的時候，竟然出車禍死了。

妻子的傷心非比尋常。即使是親生兒子死了，也不見得會這麼傷心。這件事感覺上好像發生不久，但算一算也已經過了二十五年。至今妻子仍動不動就會提起這個老二。

老二死了十多年後，山藤太太去世了，接著，山藤先生也像是追隨她般離世。已成家立業的老大和老三沒有回老家，拆掉房子的空地劃分成三塊分售，建起了同樣的房屋。其中一幢五年前發生過火災，土地再轉賣後便蓋起了這棟小小的三層樓公寓，勝一郎家庭院的日照就此一去不復返。

勝一郎從門口將早報拿進來，在寢室裡鋪著不收的被褥上盤膝而坐。床單上還有自己的餘溫。

勝一郎戴上老花眼鏡，將報紙在凌亂的被窩上攤開。一整面都是「日本聯合　成功逆轉取得台灣新幹線訂單」的大標題。勝一郎就這麼盤著腿讀起報導。

這幾年，妻子曜子不斷進出醫院。最初是因為輕微腎發炎而住院檢查，這次第五次住院已經超過一個月了。勝一郎是在曜子第二度住院時，養成在鋪著不收的被窩上看早報的習慣。妻子在的時候，他不必在被窩裡看報紙，一起床來到起居室，暖氣已經開了，餐桌上有報紙，一句話都不用說便有熱咖啡等著他。

他並不是一定要先暖好房間，也不是一起床就一定要來杯剛泡好的咖啡，但習慣的節奏一旦被打亂，直接習慣亂掉的節奏比找回原來的習慣還來得輕鬆。

三年前，勝一郎滿七十歲，便開始所謂的退休生活。在大學裡主修交通工程的勝一郎，畢業後進入大型建設公司「熊井建設」服務。在那個可以直接實踐家用汽車普及理論的時代，勝一郎有拚勁、有理想，不眠不休地工作。日本以東京奧運為契機，為跟上時代的腳步，於全國各地鋪設高速公路，在這番擴建工程中，也有不少鋪設工程是他親身參與的。到了六十五歲退休時，他已經升到了總經理。退休後，在以前的後進獨自成立的中堅建設顧問公司中擔任顧問，這是他最後一份工作。

七十歲將屆，他向這位後進提出辭職時，對方強力挽留，表示「再留一年也好」，但勝一郎則以「不不，真的受你照顧很久了」辭退。

其實，再待個一、兩年，向年輕技術人員談自己的經驗並不難。只是正好在半年前，應該是某個星期天吧，妻子曜子喝著茶，悠閒地望著庭院對他說：「總覺得，最近終於可以兩個人單獨在一起了。」

「我們又沒有孩子，從以前就一直是兩個人單獨在一起啊。」勝一郎笑了。

「話是這麼說沒錯，」妻子也微笑著懷念地說：「你全年無休出門去工作，這我早就已經看開了，但就連偶爾的假日，老公，你也把年輕人叫來家裡，說一些好難的事情說個沒完，不是嗎？」

家裡的空間絕對不算大，但勝一郎把其中一個房間當作資料室來用。本來那應該是給兒子或女兒的房間，但後來那裡便擺著一排又一排的各種資料，裝飾著半工作半興趣製作的道路、鐵橋大模型。勝一郎喜歡那些看著這些模型和資料、敬愛自己而向自己請益的青年，只要有人問：「這個星期天可以去拜訪嗎？」勝一郎總是二話不說就請他們來。

青年們來訪的日子，整個下午都是在談專業，到了晚餐時間話題還是說不完，於是就搬到餐桌上，吃著妻子親手做的料理、喝著酒繼續談論。在專業問答來來回回的餐桌上，妻子也愉快的照料著青年們。還會說「某某人上次吃了很多燉蘿蔔」等，依照前來拜訪的青年們的喜好準備料理。

在簷廊悠閒的望著庭院，聽妻子驀地裡說起「覺得終於可以兩個人單獨在一起」時，勝一郎一時以為妻子一直心存怨懟。但她的表情並沒有埋怨之色，反而只有懷念往昔的寂寞。

雖然不是因為妻子的一句話讓他做出了這個決定，但從那時起，勝一郎心中卻是千真萬確萌生了或許是時候了的念頭。並不是工作辛苦，而是和妻子同樣發現到，在假日中，已經沒有人來訪了。

勝一郎乾脆辭掉了工作。但是，時機就是這麼湊巧，勝一郎一辭職，過去一點小病都沒有的妻子曜子便開始身體不適。

雖然並沒有因為辭掉工作，便想著夫婦倆要遊遍全國享受兩人時光，但即使如此，心中卻也並非全然無憾，因而感嘆：「現在有了時間卻不能好好過。」

勝一郎在醫院前下了公車，他沒有直接進病房，而是緩緩走在通往建築物後方中庭的人行道上。今天天氣晴朗，人行道的長椅上，一個穿著睡衣的年輕母親和年幼的兒子正在吃便當。也許是見到住院的母親特別開心，兒子忙著抱緊母親的脖子，不肯專心吃飯，而母親也高興地將小香腸送進兒子嘴裡。

勝一郎繞了不怎麼大的中庭一圈。不巧，花壇裡一朵花都沒有。抬頭看到太陽照在病房白色建築的牆上，妻子病房的窗戶也反射著日光，顯得閃閃發亮。不知從哪裡飄來了住院患者的午餐味道。因為雜著鋁的味道，聞起來實在不算美味，但習慣真是可怕，像這樣幾乎每天都配合妻子的午飯時間，自行帶便當來探病，當聞到這個味道時肚子就餓了。

勝一郎走過光線不十分充足的走廊，搭上電梯，前往妻子的病房。病房是日照良好的兩人房，但三天前，鄰床那位和氣的女大學生出院了，現在病房只有妻子一人住。

敲了敲敞開的門，勝一郎走了進去。妻子正好端來午餐餐盤，一隻腳的膝蓋跨在床上正要上床。

「正要吃飯？」勝一郎說。

「哎呀。」

妻子頭也不回地應聲，勝一郎輕輕扶著她的背問：「要茶嗎？」

妻子雙腿在床上伸直坐好，再看著勝一郎，指著架子說：「那邊的熱水壺。護士小姐剛才幫我拿來的。」
勝一郎熟練地搬出鐵椅，將帶來的便當放在醫院餐點旁。妻子的氣色是近期最好的。「身體狀況看起來不錯啊！」他正要這麼說，妻子便先開口：「醫生說可以回家過年。」
「是嗎？」
「然後，如果狀況好，再驗一次血就可以出院了。」
「是嗎？」
「不過，醫生也說，到了這個年紀，身體到處出毛病也是正常的。」
「那當然了。七十幾歲的老太婆還活蹦亂跳的，像話嗎？」
聽到勝一郎說笑，妻子也輕聲笑了。
「……今天買了什麼便當？」
妻子打開裝了便當的袋子。
「炸竹筴魚便當。這家的便當挺好吃的，不過就是人多。」
「幫我拿一下那邊的茶壺。」
勝一郎從架上將熱水壺和茶壺拿給跪坐在床上的妻子。妻子「嘿咻」一聲，將熱水壺放在用餐的桌上。看著她的樣子，勝一郎忽然想起來，將一直夾在腋下的早報遞給她。
「喏。」
「什麼？」

「台灣要開新幹線了。」

遞出去的報紙上有大大的標題：「日本聯合　成功逆轉取得台灣新幹線訂單」。

「台灣嗎？」

妻子接過報紙攤開來。從睡衣袖子裡露出來的手臂比勝一郎記憶中的細瘦得多。

「完成之後，從台北到高雄只要一個半小時呢。」勝一郎說。

「哦，才一個半小時啊。」

勝一郎把放在架上的、妻子的老花眼鏡遞過去。妻子戴上眼鏡，調整報紙的距離，手指摸的不是報導而是上面刊登的台灣地圖。

「據說二〇〇五年完工。」勝一郎一邊說。

「五年？這麼大的工程五年就蓋得好？」

「五年就綽綽有餘了。」

「哦。原來新幹線不但跑得快，蓋得也快呀。」

妻子輕描淡寫的說法，讓勝一郎有些後悔特地把報紙拿來。他幫妻子將茶從熱水壺倒進兩個茶杯裡。

「以前，從台北到高雄搭火車要多久啊？」

認真看起報導的妻子問。拱起的背上即使透過開襟毛衣仍看得出骨頭。

「應該要很久吧。」

「車窗一直開著，風好舒服，山又漂亮。」
「妳也沒坐過多少次吧。」
「有啦。我家在高雄有親戚，我小時候坐過好多次呢。」
「是嗎？」
勝一郎端起茶杯，站到窗邊。暖暖的陽光照在受了涼的脖子上。他俯視剛才走過的中庭。大概是吃完便當了，年輕母親和年幼的孩子蹲在草地上。
「難得你會提到台灣。」
背後傳來妻子的聲音，勝一郎應聲：「是嗎？」轉過頭來。
「不過我想你也不是故意不提的。」
窗外的日光爬上了妻子的膝頭。
「等新幹線通車了，我們兩個到台灣去一趟吧？」勝一郎說。
妻子驚訝地抬起頭來。
「通車？那不是五年以後的事嗎？」
「是嗎？要等五年啊。」
「就是呀。」
勝一郎又俯視中庭。剛才的男孩丟下母親，朝小小的噴泉跑去。
「說不定五年一下子就過了。」勝一郎說。

「七十幾歲的老公公還活蹦亂跳的，像話嗎？」

耳中聽到妻子的笑聲。忽然間，他想，原來她笑起來是這種聲音啊。勝一郎想回頭，不知為何卻不敢。說起來很不吉利，但他差點就要想，要記住現在回過頭去看到的妻子的臉。

●

一離開冷氣過強的辦公大樓，多田春香便全身沐浴在七月台北強烈的日照下，讓她不禁出聲說：「啊——，好舒服！」明知這種舒服持續不到五分鐘，接下來就會像隻貓一樣專挑陰影處走，但即使如此，從有如冰箱的辦公室出來的這一瞬間，還是舒服得讓人想輕聲歡呼。

赤腳踩上去可能會燙傷的柏油路好刺眼，春香瞇起眼睛，心想：「好啦，今天要吃什麼呢？」在民生東路與興安街交叉口一帶，巷子裡有許多餐館，每頓午餐都得做出選擇。台北的外商公司很多，這一帶更是數一數二的辦公商業區，一到午餐時間，巷子便被南國特有的香料味、汗水和喧囂所包圍。

春香先到路邊攤買檸檬汁。顏色尚青的檸檬一顆顆在眼前被榨成汁，新鮮的果汁裝在小小的塑膠袋裡。雖然沒有冰鎮過，但外面這麼熱，從吸管吸進嘴裡，口中頓時清爽無比。

春香喝著檸檬汁，決定走進賣排骨飯的餐廳。上週吃過這家很好吃。順道一提，排骨飯是台灣很受歡迎的食物之一，豬排骨肉先用醬油口味的醃料醃過，再裹上太白粉油炸，放在白飯上，配上榨菜、炒青江菜等許多青菜一起豪邁上桌。

走進店裡，幾乎客滿，但春香運氣不錯，裡面的桌位坐著前輩職員安西誠。每次走進這種店家，春香都會想，在台灣幾乎不會感覺到別人的視線。具體如何她也說不太上來，但拿這種規模的餐館來說好了，若是在日本，每個人都會看進來的客人，但在台灣這裡，反而是進來的人環視在店裡的人。幸虧如此，春香一個女孩子單獨走進店裡也一點都不覺得痛苦。

一個男孩站在面對馬路的廚房裡，春香向他點了排骨飯和魚丸湯，然後走向安西的桌位。抬起頭來的安西「喔」了一聲招呼她，一面把攤在桌上的台灣報紙收起來，騰出位子給她。

「今天早上，黃忠賢又寄了麻煩的問題來了。」

春香一就座，安西就嘖起舌來。

「安西先生已經看過了？」

「大致看了一下英文原文。」

「是轉轍器的說明吧？」

「叫我們要再次說明，何以日方說十八號就夠了的根據。」

春香點的排骨飯和魚丸湯很快就送來了，胡椒味的炸粉香氣撲鼻。

「……真是的，同樣的事要我們說明好幾次，時間再多都不夠用。」

「沒辦法啊。雖然在台灣跑的是新幹線，可是系統有一半是由德、法團隊做的。前提本來就是要談到彼此都能接受啊。」

春香發現自己竟然教訓起前輩來，因而趕緊閉嘴，但安西似乎不以為意，嘆氣說：「啊——啊，今天又要加班了啊。」

現在，台灣新幹線是由日本新幹線與德、法高速鐵路合作的方式進行。簡單地說，鐵軌上行駛的的的確確是日本新幹線七〇〇系列，但鐵軌的鋪設工程和系統卻是由德法的聯合團隊開發。當然，就台灣方面而言，是希望能集日本與德法長處的GOOD MIX，但日本與歐洲的高速鐵路在基礎面就有很多不同，當各自在見解上發生摩擦，最後只能取決於雙方技術的優劣。如果這是在經營面上也就罷了，但技術人員的意見衝突，是超乎春香他們所能想像的自尊之戰，有時溝通不良，便很有可能只能做出四不像的結論，而這正是大家都擔憂的BAD MIX。

德法團隊派出來與日方交涉的人物，便是剛才安西所提到的黃忠賢這個台灣人。他是個三十四、五歲、所謂的能幹的商務人士，在美國出生，在美國受教育，之後才回到台灣，一個典型的ＡＢＣ（American Born Chinese）。外表看起來是一般亞洲人，從同學裡去找一定會有一個和他很像的人，但他的言行舉止，怎麼看都是美國人。

像前幾天，春香碰巧在走廊遇到黃忠賢，就被他問到：「多田小姐，在台灣生活吃東西不習慣吧？」春香答：「不會，我很喜歡台灣料理。」但他卻一副有點瞧不起本國料理的神色，笑著說：「我就不行了。中午我幾乎都要從這裡走一小段路去義大利餐廳吃。」

台灣人瞧不起台灣料理，身為日本人的自己本來用不著生氣，但不知為何就是讓春香火大。

春香被問到願不願意來台灣，是各家報紙版面還被「日本成功取得訂單」的報導占據的時候。

山尾部長突然把她叫到會議室，「多田，妳願不願意去台灣？」部長問：「台灣新幹線預定於二〇〇五年十月開始營運。如果要去，不是一年兩年的事。怎麼樣？願不願意考慮一下？」

因為太過突然，春香記得自己曾經猶豫了一下，但根據日後山尾部長的說法，在部長「……願不願意考慮一下」還沒說完之前，自己當下就立刻回答：「我要去，請讓我去！」春香作夢也沒想到，一個進公司不滿四年的女職員竟然能參與這麼大的案子。雖說她多少學過中文，但當然沒有辦法在工作上應用自如，簡單地說，她有的只是熱誠而已。

部長問過她意願的那天晚上，春香打電話回神戶的家。家裡也知道了台灣新幹線的消息，接電話的父親說：「太好了，真了不起！」很替她高興。只是，她就是無法對父親說出口，所以在報告完近況之後，要母親來聽電話，以「有點事要跟媽說」開口。

可是，不知道母親誤會了什麼，竟問她：「繁之現在沒跟妳在一起了？」春香簡單解釋了一下。她以為母親應該會支持她，但當聽到一去就是五年，母親便說不出話來了。

「五年？這……」

「說是說五年，可是又不是一直不能回來。」

「話是沒錯，搭飛機也才三個多小時，媽當然知道……」

「怎麼了？這樣很不像媽的反應耶。」

接下來，母親似乎有點難以啟齒，問她：「都這個時代了媽也不想講這種話，但繁之怎麼說？」

聽到母親這麼問，春香才「啊啊，原來如此」地恍然大悟。雖然沒有訂下婚約，但既然有穩定的男友，要說應該是先跟那邊說才對。

「我還沒跟他說。不過，我當然是會找他商量。」春香趕緊解釋。

「只要是妳決定的，無論什麼事媽都會支持妳，可是繁之可能會有他的想法。如果只是一年半載的當然沒關係，但若是五年……」

春香到男友池上繁之的公寓去，是在這幾天之後，剛過完年的時候。繁之在東京都內的大飯店上班，他說從年底三十日開始就得住在飯店裡，等過完年才能回自己的住處。

在去的路上，春香在超市買了過年吃的雜煮鍋的材料。本來打算晚餐到外面吃，但繁之說「過年只有飯店的餐廳會營業」，他好不容易才從飯店回來，春香不忍心又把他帶到另一家飯店去，所以儘管不怎麼擅長做菜，她還是說「那我做點吃的等你回來」。

她用備份鑰匙進了繁之的住處。繁之是那種一開始交往就會給備份鑰匙的人。當時春香覺得，也許有可能是自己想太多，但他喜歡的女孩子大概就是這種類型的吧。只是，交往了一陣子她就明白，他會立刻給備份鑰匙，是因為他體貼對方，不希望自己時間不固定的工作造成對方的不便。

繁之的住處照例整理得很乾淨。「工作忙得沒時間弄髒啊！」雖然他本人笑著這麼說，但看他脫掉外套一定用衣架掛起來收進衣櫥裡，春香認為他一定是在家教嚴謹的家庭中長大的。

那天，她好不容易做好雜煮鍋的時候，繁之和她聯絡了。一接起電話，就聽到繁之道歉：「抱歉！」

「……今天回不去了。」

聽他說，有個女同事突然貧血昏倒，為了慎重起見，自己幫她代班。

「我是沒關係，可是繁之你還好嗎？你已經三天沒回家了吧？有沒有好好睡覺？」春香很擔心。

「睡是有在睡。我們這裡可是飯店，就是不缺睡覺的地方。」

這在繁之大概是開玩笑，但春香從中只感覺到他的工作吃緊繁重。

「我知道了。那我今天先回去。不過，我做了很多東西，我先放冰箱哦。你明天要是回得來就吃。啊，後天就不能吃了哦。」

「抱歉吶。」

「沒關係啦。你得回去工作了吧？」

「不用，我現在在休息。」

這時候，春香忽然想起母親的話。

「那，方便跟你講一下話嗎？」

春香盡可能不帶感情說了調派台灣的事；聽完之後，繁之以沉著的聲音問：「大概多久？」

「要是沒有捅漏子被調回來……我想，一、兩年吧？」春香不禁說了謊。

「一、兩年啊……」

「啊，當然，異動還沒有確定啦，還在問意願的階段……」

越心慌謊說得越多。

「春香想去嗎？」

「我……我有點想試試看。」

「那就去吧。」

繁之答得毫不遲疑，聲音也沒有勉強之處。

「真的？」

「其實……其實我不希望妳去，可是又覺得這對春香來說是個很好的機會。」

「台灣搭飛機才三小時，每個月輪流一個去一個回來也不錯呀！」

「也對。啊，不過，有一點我希望妳要記住。我啊，認為遇到春香是命中注定。所以，怎麼說呢，反而覺得分開個一、兩年沒有關係。」

老實說，這時繁之的這番話真的讓春香很高興。只是內心某處也有另一個自己，認為將命中注定掛在嘴上，聽起來比任何詞語都庸俗。

「反正，我們這週先見個面吧！」繁之說。春香答：「嗯，我知道了。」就掛了電話。

「……有了上次失敗的教訓，這次最好慎重行事。」

走出賣排骨飯的餐館，安西點了菸，忽然就冒出這句話。春香也應著「是啊」，一邊拿手帕按掉額頭上冒出的汗水。上次失敗指的是製作規格說明書時，在駕駛操作的記述上，把新幹線和一般鐵路弄錯的粗心失誤。

「下星期上條老師會來吧？」

春香這麼問，安西也擦著額上的汗，一邊嘆著氣說：「也不能只靠老師啊。」

這位上條老師人稱新幹線之父，在這次台灣新幹線事業中，從一開始便擔任台灣方面的顧問，十分活躍。在訂單結果確定之前，身為顧問兼審查員必須力求立場客觀，但現在已確定日本的新幹線將要在台灣行駛，上條老師就全面提供協助，不遺餘力。

「上次開會，上條老師向黃忠賢和傑克．巴托說明時有錄音，我這兩天就把內容打出來。」春香提議。

「那當然是最好，可是多田小姐，妳有那個時間？」

「我當然也沒空，可是自己聽打也能學到東西。」

「總之，就像上條老師說的，台灣新幹線的轉轍器用十八號就夠了。」

「簡單地說，歐洲系統是一般鐵路和高速鐵路使用同一條軌道，因為兩者的速度不同，所以有可能會出現一車追過另一車的情況。但是新幹線不會在行駛中追過另一輛車，所以不需要，是這樣沒錯吧？」

「對。只是，鋪軌工程在我們拿到訂單前已經以歐洲的規範展開作業了，當然那樣並不會對運行造成障礙，只是就日方而言，這種無謂的支出有沒有必要……而且，台灣的條件是最短運行間隔三分鐘，以這樣的間隔要追過行使中的車輛是不可能的。哎，所以……」

在巷子中央停下來的安西有點激動地從襯衫口袋裡拿出筆記本和筆，畫起鐵軌的圖。摩托車從旁邊騎過他也不管，只是，放在手上畫還是很難畫，於是看兩、三輛摩托車經過後，他便跑到對面大樓的牆壁，以牆壁代桌子。春香探頭看著他畫，心裡雖想著回辦公室再畫不就得了，但安西一開始行動就擋不住。

安西背上的襯衫濕得貼在身上，脖子上也流下了好幾道汗水。在日本給人白皙印象的安西，這三個月的台北生活已經把他的脖子曬到會反光了。

畫完圖，安西直接就要在大太陽底下說明，春香實在受不了，便把他拉到陰影下。

「越聽越覺得上條老師說得對。真不懂黃忠賢和傑克．巴托他們為什麼抵死不從。」

用圖說明了一遍的安西再次嘆氣加上額頭上流著汗，簡直就像剛跑完馬拉松一樣。

「安西先生，你流了好多汗喔。」春香不禁笑了。

「又熱，又氣，當然會流汗。我去那邊的三溫暖沖個澡再回去好了。」

「不錯呀。反正午休時間到兩點。」

「這什麼午休時間也很氣人，又不是幼稚園。」

「會嗎？我覺得這樣心情能輕鬆一點，還蠻喜歡的。」

「多田小姐的體內時鐘真的是南國模式的。」

再繼續待下去，只怕安西生氣的矛頭會指向自己，所以春香說聲「我要去一下便利商店」，便留下滿頭大汗的安西走了。從冷氣太強的辦公室出來時，很想念灼熱的陽光，但一進便利商店，就覺得店裡強力的冷氣讓她活了過來。

公司幫多田春香準備的公寓，位在靠近台北市都市更新地區的敦化南路仁愛路交叉口附近，就在大馬路轉進來不遠的巷子裡，建築本身雖然不新，但一樓的咖啡店有台北市最好的卡布奇諾。

每天下班後，春香就從公司前搭公車回到這間公寓。公車要不是開得很猛，要不就是冷氣太強，和東京的不同之處真是數也數不清，但只要有老人、帶小孩的母親上車，穿著運動服的學生當中就會有人讓座，如果有人來不及下車，就會有人幫忙喊司機，這些在東京常見的情景，令人忘了身在異鄉。

東京也好，台北也好，若想挑毛病，比比皆是。只是，如果有意識地尋找美麗的事物，一樣也是俯拾可見，所以春香認為既然都是睜著眼睛看，當然要看美麗的。

來到台北之後，春香就不再自己料理三餐了。當然剛到任時，也沒有閒功夫在家煮，但適應了工作和環境後，一天三餐還是都靠路邊攤和餐廳外食解決。一方面是外食比只做一人份的飯菜便宜，只要約五百日圓，就吃得到有大量青菜的料理，美味又健康，既然不擅長就用不著煮了。母親也在電話裡問過，一天到晚在外面吃不膩嗎？但台灣吃的東西太豐富了，每晚到處吃，連附近的店都還吃不完。

像當地聘用的職員、家住得也很近的林芳慧，儘管和爸媽、弟弟住在一起，早餐也一定是吃外面。有時候是吃油條稀飯，有時候是清湯麵，但總之是一家人在路邊攤吃過早餐才各自上班上學。林芳慧和春香年紀相近，又曾到日本留學，所以春香向她請教了關於台北生活各方面的事情。當初是以「多田小姐」、「林小姐」互相稱呼，後來假日也經常一起逛街吃飯，現在則是互稱「春香」、「小慧」。像小慧這樣在名字之前加個「小」字，意思就是日文裡的「○○chan（將）」。看底下接的漢字，有時候「小」也會改成「阿」。

好像是上個月吧，春香正在小慧介紹的附近一家粥店吃早餐，就見小慧罵著唸高中的弟弟出現了。說是叫弟弟起床叫了好幾次都叫不起來，叫得她一肚子火。在一旁聽小慧向春香解釋外加發牢騷，頂著睡翹的頭髮的弟弟仍裝作沒事人般喝著粥。看他那個樣子又發起火來的小慧，反而讓春香覺得好笑。

對這場令人莞爾的姐弟吵架，老闆娘阿姨以「人家唸書唸到很晚啊」袒護弟弟參戰，旁邊老闆大叔則說「是想女人想得睡不著啦」來鬧場。感覺就好像在親戚家裡吃早飯。

因為這樣，這家賣粥的路邊攤成為春香經常光顧的地方。每天來是有點距離，但週末的早上，春香幾乎都是在這裡吃早餐。

回家後，沖澡洗掉一身汗的春香拿浴巾擦著頭髮，考慮著要把冷氣開得更強還是開窗，結果她把屋裡的窗戶全打開。窗戶一開，晚風就吹了進來，但絕對不是涼爽的風。即使如此，想到在公司吹了一整天的冷氣，雖然多少有點熱，還是忍耐一下吹吹自然風比較好。

已經住了三個月，但屋裡還是空蕩蕩的。房子原本就附的沙發上資料堆積如山，不像二十多歲女孩的房間，倒像是跟監中的刑警的房間。

簡單吹乾了頭髮，換上T恤運動褲的輕鬆裝扮，春香拿起國際電話卡，準備去吃飯順便打電話回家和聯絡繁之。當然房間裡也有電話，但用公共電話打便宜一半以上。上週和爸媽通過話了，但這兩個禮拜時間不巧，沒和繁之聯絡上。他們幾乎每天都透過電子郵件通信，也沒什麼急事，但繁之說，一個禮拜想聽一次她的聲音。

台北這個城市，一到晚上，街上的味道就會有所不同。也許是摩托車和汽車的噪音減少了，讓行道樹多了活力，整個城市好像被森林包圍起來似的。其實，像仁愛路和敦化北路這樣的大馬路，不像是在路上種了行道樹，倒像是路開在行道樹中間，綠意盎然。一到晚上，在大都會的霓虹燈照映下，就會浮現出幻想般的南國森林景象。

走在夜晚的仁愛路上，不知為什麼，春香就會想起頭一次造訪這座城市時的事情。仔細想想，都已經過六年了。當時萬萬沒想到，自己將來竟然會在這個城市生活。

這六年來，春香大學畢業，從神戶來到東京，進入現在這家公司服務，也有了繁之這個男朋友，雖然不是一切順心如意，卻也沒遇上什麼挫折，可說是順順利利走了過來。如果，六年前在台北的那段回憶不算的話。

春香感受著晚風走在仁愛路上，從大馬路轉進餐廳林立的巷子。窄巷子裡，海鮮餐館一字排開，大概是炒蝦子吧，香噴噴的大蒜和辛香料的味道飄了過來。

春香毫不猶豫地進了那家店，用大蒜炒蝦和滷白菜當作遲來的晚餐。吃完時，擺了四張圓桌的店內只剩下春香一個客人，架在牆上的電視正好在播放建設新幹線的新聞。春香不是每個字都聽得懂，但螢幕裡播的是一名女立法委員正大聲吼著，說世界上根本沒有組合了日系與歐系的高速鐵路這種東西。

正當她看著電視，店裡的阿姨問她：「妳在台北工作？」接著又驚訝地向回答著「是的」的春香問道：「妳一個人在這裡？」

「那真是辛苦了……我們這家店每天都會開的。」

阿姨說完，不等春香回答就進了廚房。

回家路上，她在便利商店打公共電話給繁之。兩地時差一個小時，所以日本時間是快十點，繁之在信裡說他今天休假，正想著他可能出門了，但響了幾聲繁之就接了。聲音聽起來很睏，所以春香道歉：「對不起，你在睡覺？」繁之笑著說：「沒有，我醒著，只是因為休假一整天都在睡，所以聲音怪怪的吧。」

「工作很忙？」

「老樣子。妳呢？」

「我也是老樣子。剛剛才吃完飯。」

「還是一樣吃外面？」

「因為自己煮感覺很傻啊。」

春香想起上一通電話也是同樣的進行方式，接著繁之就會說他想請假來台灣玩，不知為何她就好像先發制人般，宣布根本還沒確定的行程：「我月底又會回日本。」

「那，到時候我無論如何都會排休假。」

「沒問題嗎？」

「可是要是錯過這次，又要一個月見不到了啊。」
「在東京的時候，隨便也一個月以上都見不到不是嗎？」
說到這裡，電話卡時數即將用罄的提示音響了。
「對不起，卡片金額快用完了。」
「我知道了。那，日期決定了再寫信告訴我。」
「嗯，我會的。」
「大概什麼時候會確定？」
「下禮拜之內。啊，真的要用完了，對不起。」
「嗯，拜。」
說到這裡，通話就斷了。春香把用完的電話卡丟進垃圾筒並走進便利商店。本來是想買電話卡才走進來的，卻忽然想到怎麼不買了再打給繁之呢？當然她不是不想和繁之說話。在東京，他們會天南地北聊到深夜，可是，在異鄉的公共電話裡，沒有什麼非說不可的話。
本想直接回公寓的，但春香彷彿受到晚風的吸引，在街上閒晃了一會兒，便走到二十四小時營業的書店。時間已經超過十點了，但因為是星期五，書店所在的那棟大樓四周很熱鬧，年輕人在地面上攤開一條布，放上衣服或飾品，擺起了即席的地攤。熱帶之夜，受到晚風的吸引悠然離開房間的，顯然不是只有春香。
春香常想，有這種氣氛的地方，在東京似有實無。這裡不像澀谷的中央街那麼熱鬧，也沒有下北澤那麼洗練，但舉個例來說好了，對，就像夏天廟會過後，錯過回家時間的年輕人在廟裡殺時間，在台北這裡，經常能感覺得到那種氣氛。

●

把男友江昆毅留在櫃檯結帳，林芳慧先一步走出了擁擠的餐廳。越溪而來的涼風撫著剛泡過溫泉熱呼呼的身體，好舒服，淡淡的硫磺味也隨風而至。一座小橋橫跨溪流，芳慧在上面的長椅坐了下來。漆黑的紗帽山在眼前巍然聳立，自山腳蜿蜒而上的路彷彿綑住整座山，朝山頂延伸而去，等距設置的橘色路燈自茂密的南國樹叢內側散發著光芒。

他們所在的陽明山位於台北北端，包括七星山、紗帽山在內的一大片區域都被劃為國家公園。日治時代便已與台灣中部的阿里山、東部的太魯閣同樣被指定為國立公園。當時的日本人將湧出大量溫泉的陽明山稱為「台灣的箱根」，現在從山腳下的北投地區和高級住宅區天母通往山頂的路上，依然有許多不供宿的溫泉設施。在這個地區點燃溫泉熱的，是「川湯」這家溫泉設施。在溪流沿岸有泉水白濁的露天溫泉，仿京都街景的餐廳很受歡迎，一到假日，台北居民就成雙成對，或是舉家前來。

結完帳的昆毅走出餐廳，正好去上廁所的父母也出來了。怕癢而從父親懷裡掙脫的外甥燿緯嘴裡咿咿啞啞不知說些什麼，邁開小腳跑出去，卻立刻就被昆毅攔截。都已經被一把抱起，卻自以為還在跑，騰空的雙腳不斷踢著。

「你們接下來要去哪裡？」

擦了乳液而兩頰泛光的母親問，芳慧朝著將燿緯扛在肩上的昆毅看。

「先送伯父伯母回去。阿緯也睏了吧？」

燿緯的雙腳纏住了昆毅的臉。每個人的臉都因為泡過溫泉而泛紅，其中最紅的是父親，但這應該是啤酒喝太多的關係。

「阿緯今天要睡家裡嗎？姐下班回來已經很晚了吧？」

芳慧這麼問，母親便答：「妳姐說九點多會來接，應該是會帶回去吧。」

芳慧的姐姐在補習班當老師。快生燿緯時請了一年的產假，上個月才重回工作崗位。

「丈夫出差的時候，做母親的就該請假呀。」

對母親一貫的牢騷，芳慧應道：「請假哪有那麼容易。」

「……姐夫又去日本出差啦？」

「大概吧。媽也沒問。」

坐在昆毅肩上的燿緯亂拉他的頭髮。「好痛！好痛！」昆毅喊痛的誇張樣子好好笑。

今晚本來是芳慧和昆毅兩人要來泡溫泉的。可是下班後開車來家裡接她的昆毅在一樓起居室和燿緯玩了起來，等到要出門的時候，燿緯就開始鬧起脾氣，不得已而變成「那就帶阿緯一起去好了」，既然如此，爸媽好久沒泡溫泉也想去，結果只留下懶得跟的弟弟，一行五人同行。

芳慧和昆毅還沒有結婚，但彼此都有默契，不久的將來就會結婚。因此就昆毅而言，約會時芳慧的雙親也跟著來是理所當然的，同樣的，當自己的父母從基隆來台北時，也會順理成章請芳慧作陪。

芳慧在日本唸大學時，曾經和一個日本同學約會過幾次。兩人去看淺草三社祭那天，正巧碰到他的父母。芳慧說：「既然你媽他們也要來，一起來就好了啊。」他卻笑著說：「找他們他們也會客氣不來啦。」芳慧不懂他的意思，說：「爸媽這麼客氣，你不覺得難過嗎？」這下反而換他不懂她為什麼會這麼問。

從陽明山返回市內的路上，燿緯睡得好熟。讓燿緯睡在腿上的父親也睡著了。芳慧從前座回頭看，看到父親的睡臉，心想「不知不覺間，爸爸也老了」。以前爸爸話不多又嚴厲，一直到不久前光是見到面她都還會心驚膽跳，但自從姐姐結了婚，爸爸常像這樣把第一個外孫燿緯抱在膝頭之後，當初令人望而生畏的威嚴頓時就消失得無影無蹤。

回到市內，在門口讓父母及燿緯下了車，芳慧問昆毅：「要不要去看電影？」

「有什麼好看的片？」

「不知道耶。」

沒決定要去哪裡，昆毅就踩下了油門。車子一下子就從大株細葉榕林立的窄巷鑽出去。芳慧覺得昆毅很會開車，雖然說不上是安全駕駛，但每當坐在前座，都有一種被他橫抱在懷裡的安全感。

結果，當天晚上芳慧和昆毅沒有去看電影，而是來到敦化南路上的誠品書店。沒有什麼想看的電影，直接回昆毅那裡又好像浪費了難得的週六夜晚，解決方案就是到書店去看雜誌。一進書店，芳慧就和筆直走向體育雜誌區的昆毅分開，拿起了女性時尚雜誌。拿在手裡的雖然是日本的雜誌，封面上的字卻有一半看不懂。大學時唸的是日文系，又到東京的大學留學兩年，芳慧對自己的日文相當有自信，但這類時尚雜誌的造字很多，每次看都會懷疑自己的日文能力。

正隨手翻著，就看到公司同事多田春香也正站在對面書架看雜誌。芳慧放下雜誌走過去，往她肩上一拍，春香誇張地「哇！」的大叫一聲。被這聲驚叫嚇到的芳慧也跟著「哇！」的叫出來。四周客人的視線立刻集中到她兩人身上。

「拜、拜託，才拍一下有必要這麼吃驚嗎？」芳慧按著胸口說。

一認出是芳慧，鬆了一口氣的春香說：「對不起。因為我在看心靈照片。」同時把雜誌推了過來。

「心靈？」

「對，妳看。」

春香攤開的，是日本女性雜誌做的靈異照片特集。光聽「心靈」的發音沒聽懂，一看到「心靈」這兩個字，芳慧馬上就懂了。

「討厭！」

芳慧連忙把雜誌推回去。即使如此，她還是瞥見了照片，那是學校團體照時學生的腳邊拍到了黑色影子的照片。

「討厭啦，妳幹嘛看那種照片。」

「因為一翻開就是了啊。」

「討厭，闔起來、闔起來！」

「對不起，對不起嘛。」

一回過神來，兩人誇張的日語對話讓本來在體育雜誌區的昆毅一臉受不了地站在她們身後。

接下來，芳慧拉著春香在書店裡的咖啡廳坐下來。桌上擺的是高卡路里的巧克力蛋糕和卡布奇諾。

「啊～啊，要不是遇見春香，我絕對不會在這種時間吃這種蛋糕的！」

「就是說——。要是有人一起，就會忍不住吃起來。」

兩人雖都皺著眉頭，卻已經動起叉子。

「把妳男朋友一個人丟在那裡沒關係嗎？」

春香的話讓芳慧朝雜誌賣場看，昆毅正專注看著籃球雜誌。

「沒關係、沒關係。等他看膩就會過來了。」

「比照片上還帥嘛。」

「因為他每次拍照都愛做鬼臉啊。」

芳慧在辦公桌上放了和昆毅一起拍的照片。她也曾說，既然春香也有男朋友，也可以放他的照片啊，但春香笑著說那樣太害羞了。

「啊，說到這，有沒有那個男生的消息？」

芳慧問正津津有味吃著蛋糕的春香。春香邊吃蛋糕邊歪著頭納悶：「哪個男生？」

「就是春香第一次來台灣時遇到的那個……」

「哎喲，別鬧了啦！我都說過好幾次了，我又不是為了找他才調來台灣的。」

「可是如果能找到妳會很高興吧？」

「高興是高興……可那都已經是六年前的事了。」

蛋糕比六年前甜蜜的回憶更吸引現在的春香。

「你們就只見過那麼一次吧？」芳慧不死心地問。

「對啊。」

「偶然相遇，他帶妳遊台北……」

「對，就這樣而已。」

「可是妳卻忘不了他。」

「我可沒這麼說。」

把蛋糕吃個精光的春香，連叉子上的奶油都不放過。

芳慧是以本地僱員的身分在現在的職場上班。以前她也曾經在日本企業的台灣分公司工作過一陣子，但這是第一次遇到從日本總公司派來的女性，而且是和自己同世代的女性。因為兩人年紀相近，有時下班會一起吃飯，在幫忙春香準備新生活的一些細節中，可能是本來就合得來吧，不知不覺也開始隨口聊起私生活。這當中，春香曾不經意地提起六年前的甜蜜回憶。

據春香說，她在日本電視上看到金城武後，成了他的粉絲，一個人跑來台北玩，問路的時候認識了一個大學生。那是個很親切的男生，第二天便騎著摩托車帶她逛台北。

芳慧聽說這件事後，本想為春香找出這個男生，但線索只有唸台北郊外的淡江大學建築系，以及英文名字叫艾瑞克這兩條，她實在沒把握能找得到。

「對了，春香，妳下禮拜要回日本？」

吃完蛋糕，芳慧問翻著雜誌正驚訝著「原來『酒窩』的中文是這樣寫的啊」的春香。

「嗯，星期四東京要開會，我順便回去。」

「真好，我好久沒去日本泡溫泉了，好想去喔。」

明明不可能聽得到芳慧的聲音，在雜誌區的昆毅卻不知為何回頭看向她們。

●

因調派到台灣，春香退掉了東京的公寓。在東京沒有公寓，即便回到日本，在東京也沒地方可住，偶爾回東京總公司開會時就住商務飯店，所以神戶的家自然而然就成為自己目前的家。

每次回國，春香都會覺得這樣的立場真是尷尬。實際生活的地方是台北，家在神戶，可是公司在東京，男友繁之也在那裡。沒有生活的基地，雖然自由，但說不踏實也的確是很不踏實。

神戶的家幾乎沒變。母親忙著經營便當店，父親也一樣投入工作，假日則興沖沖地出門釣魚。

「一星期總有三天是吃便當店的剩菜。」

父親雖然這樣發牢騷，但看起來不像是真的嫌煩。晚上，母親在廚房構思新菜色時，他也會坐在旁邊，愉快的發表自己的意見。

結束東京的工作回家的那晚，春香覺得肚子有點餓，進廚房想做個茶泡飯來吃時，父親問她：「那邊的工作還順利嗎？」

「這個嘛，各國的人聚在一起做一個東西，所以說難是很難啦……」春香邊查看冰箱裡的東西邊回答，在電視機前做美容體操的母親插嘴說：「工作是很重要，但妳要是太冷落繁之，媽可是反對的哦。」

「……繁之還好吧？」

「嗯？嗯。」

春香含糊回答。在東京見到好久不見的繁之，他都沒變，但因為什麼都沒變，反而覺得好一陣子不見也不會怎麼樣。繁之恐怕也有同樣的想法吧，說什麼要去爬東京鐵塔，感覺得出他硬是要為久別重逢裝出高興的樣子。

「我說，媽，下次妳跟爸要不要去台灣？」

「很想啊，可是店裡又不能休息。」

「才兩、三天，可以請里見太太幫忙吧？」

春香切著配茶泡飯吃的醃蘿蔔時，父母的聲音從身後傳來。

「……啊，對了，說到里見太太，明年就是七週年忌了。」

母親忽然想起般說。

「七週年忌，她先生和兒子的嗎？」春香回頭問。

「對。好快呀，那場地震已經過去那麼久了。」

「里見阿姨現在是一個人住吧？」

「就住在店附近的公寓。她在家裡供了好精緻的佛壇呢。」

母親留下這句話，就走向寢室。被留下來的父親也重重嘆了一口氣，便跟著她進去。春香一個人在空空的餐廳裡吃著茶泡飯。父母親一定是在寢室裡談地震當天的事。春香心想，原來這世界上真的有怎麼說都說不完的事。

所幸，春香一家人都平安無事，附近也沒有受到太大的損害。可是，每個人都與遇到震災的人有關。春香有個高中同學罹難；和母親一起開便當店的里見阿姨失去了丈夫和才國中的兒子；而父親則有部下失去了妻子。

春香洗好碗，心情有些沉重地回到自己二樓的房間時，她忽然想起一件事，打開抽屜，拿出一張剪下來的報導。微微泛黃的報導是襲擊了阪神・淡路的那場大地震的後續報導，上頭刊登了救災志工的照片。那是地震發生過後數週，一所小學的校園剪影，看得出當時移居避難所的人很多，氣氛混沌不樂觀。

春香的指尖輕撫著照片。

照片的焦點是對準了前面的食物供給，但也拍到了後面一個扛著沉重紙箱的青年。臉很模糊，看不清楚，但感覺跟艾瑞克有點像。明知地震發生的幾個月前在台灣遇見的艾瑞克，不可能在地震發生後就出現在神戶，但她就是覺得那個人很像艾瑞克。仔細看，也像是完全不相干的人。可是若更加仔細去看，還是覺得很像他。不知怎的，春香就把那張照片剪了下來。

事情是發生在距今六年前。春香自由自在的一個人到台灣來旅行。大一那年夏天，她獨自去找在洛杉磯唸語言學校的朋友，大二夏天則是一個人去香港，所以她已經習慣一個人到國外旅行了。

遇見他，是她在找旅遊書上介紹的一家台灣料理店的時候。春香一手拿著地圖，悠哉地邊走邊欣賞街上的風景。雖然已經是傍晚時分，氣溫還是居高不下。空氣濕得好像身上蓋著濕毛毯，但可能是一直待在乾燥的飯店房間裡，這種濕潤的晚間空氣反而讓她感到舒適。人行道和巷子裡有很多細葉榕。橘色的路燈把這些南國的樹木照得好神秘，濃濃的影子在被午後大雨打濕的地面上拉得長長的。

春香走在餐館林立的熱鬧巷子裡。這是她第一次來台灣，但自己走在巷子裡的步調卻是那麼自然，甚至忘了她是獨自走在陌生的國度。就像麵攤的老闆和客人說的雖然是中文，但她的心情卻好像走在之前沒去過的日本當地商店街。

一名年輕的父親騎摩托車，一前一後載著兩個年幼的女孩過來，一下子就鑽進來停在餛飩湯店門前。年輕的父親也不從摩托車上下來，就大聲向店內點餐，從裡面出來的老闆娘沒好氣應著。春香不知道她被問了什麼問題，只見年輕父親像是說著「不用了、不用了」似地搖頭，臉上的神色卻和動作相反，顯得很高興。

走過巷子，便是有點冷清的大馬路，遠遠的有一家7-11。照旅遊書上寫的，她要去的餐廳就在這家7-11再過去一點的地方。可是，她就是找不到餐廳。春香先回到7-11，重新確認旅遊書上的地圖。一個赤腳穿著塑膠拖鞋的年輕人就是這時候從明亮的店裡出來的。他瞄了春香一眼，直接跨上停在旁邊的摩托車，把剛買的冰棒塞進嘴裡，發動摩托車，春香走近這個年輕人想問路。

春香忽然靠近似乎讓年輕人吃了一驚，但他咬著冰棒，從遞出旅遊書的地圖、以拙劣的英文說「我想去這裡」的春香手中，粗魯的搶走了旅遊書。

他歪著頭把旅遊書轉來轉去好幾次，以中文說了些什麼。不過他好像忘了嘴裡有冰棒，以至於冰棒差點掉下來。他不好意思的笑了，開口想說明，但很快就放棄。下了摩托車，他直接拿著旅遊書走向大馬路，春香也緊跟在後。他指著遠方說了些什麼，邊說，臉上邊露出「對喔，她聽不懂」的神情。

春香看得出，他是因為本來應該很簡單的事卻無法讓對方理解而焦躁。不久，他忽然放棄了似地笑了，拿著旅遊書邁開腳步。春香呆呆的看著他，但他回頭朝她招手，像在說「這邊、這邊」。

春香急忙追上去。

他大步向前走，但也不時回頭。春香一個勁兒追著他。夜晚黑暗的路上，他的塑膠拖鞋啪嗒啪嗒響著。

不知走了多久，在巷子轉個彎，就是另一家7-11。在那家店門口停下腳步的他，指指旅遊書地圖上畫的7-11，又指指眼前的店，好像在說「這個就是這裡」。

事情很簡單，她弄錯指標了。一看，兩條巷子外的巷口，就有她要找的餐廳招牌。

他把旅遊書遞回來，春香用中文說「謝謝、謝謝」向他道謝。舔著不知何時已吃掉一半以上的冰棒，似乎鬆了一口氣的他又啪嗒啪嗒趿著拖鞋走回去。春香目送了他好一陣子，但他一次也沒回頭。大概是被蚊子叮了吧，半路上，他啪的一聲打小腿肚的聲音留在夜晚的路上。

而第二天，春香又偶然和這個人重逢了。

地點是在距離台北市不遠的港口小鎮淡水。淡水河邊有整排的攤販，熱鬧得像廟會。旅遊書上介紹說淡水以美麗的夕陽聞名，現在已成為年輕人的約會聖地。要看夕陽還太早，但因為是假日，連接對岸的渡輪碼頭也出現長長的人龍，咖啡店、餐廳、地攤都熱鬧非凡。河邊的人行道上有一排樹齡悠久的細葉榕，在強烈的陽光下，只見一對對情侶們在濃濃的樹蔭下稍事休息。

偶然看到他，是春香在河岸熱鬧街道走到盡頭，又悠閒的折回來之後。前往車站的廣場上有家生意興隆的牛肉麵店，他正滿頭大汗的坐在排在人行道的簡易桌椅上吃麵。

先注意到對方的是自己還是他，春香不知道。她覺得自己好像看他默默吃麵的樣子看了好久，也覺得自己發現他時他已經停下筷子盯著自己。

只見他夾著麵的筷子停在半空中，正直勾勾地看著這邊。顯然他還記得春香，但大概是認為又不認識，用不著出聲打招呼吧，所以又開始吃起麵來。大批人群在兩人間來來去去，他的身影好幾次消失了又出現。

春香幾乎是無意識地朝他吃麵的桌子走過去。她也不知道自己怎麼敢這麼做。從小她雖然不是消極的類型，但也絕非在這種場合會主動搭話的那種積極類型。

春香鑽過人群走過來。他感覺到了，抬起頭來。

「昨天，謝謝你。」春香以英語說。

他的表情有些驚訝，以英語問：「日本人？」春香點點頭，問他：「你住這附近嗎？」這回換他點頭，指著遠遠高起的小丘，簡短地回答：「大學。」

「我也是大學生。你唸什麼系？」

現在想起來，這實在是個無聊至極的問題，但春香是照課本教的發問。可是她聽不懂他以英語回答的話，於是他拿起一張放在桌上的點菜單，以店家附的筆寫了「建築」兩個漢字。

春香這時候看到外國人毫不遲疑地寫漢字，感覺非常不可思議。在以中文為母語的台灣，人們會寫漢字是理所當然的事，但即使如此，親眼看著兩個漢字被寫出來，春香不禁非常感動。

春香盯著寫在點菜單後面的字直看，他又寫下「紅毛城」。紅毛城是淡水的古蹟，旅遊書上也有提到。春香判斷他是問「去過了嗎？」的意思，她隨即搖搖頭。

「想去嗎？」

他以英文問。春香幾乎是立刻點頭。他匆匆扒了碗裡剩下的麵，站起來，指指就停在旁邊的摩托車。至今春香依然清清楚楚記得，他穿著愛迪達的運動褲，和領子略略豎起的藍色T恤。T恤洗過很多次，似乎還聞得到洗衣精的味道。

雖然是偶然重逢，但她卻在異國應一個陌生男子之邀坐上了摩托車。如果一定要說出一個理由，春香想，她大概會回答是因為那件T恤的關係。

二〇〇一年

開工

台灣的「善意」

「新幹線」，這項代表日本的綜合技術，同時也是全世界通用的高速鐵路技術的代名詞，即將首次跨海，於十二日與台灣高鐵正式簽約。

這個預計於二〇〇五年開通，以九十分鐘連接台北—高雄兩地的計畫，被視為「台灣經濟的助燃劑」，在和日本一樣不景氣的台灣，備受各界期待，但關於這次引進日本車輛技術，卻也出現了不同的聲音。日前筆者造訪台灣，拜見去年於台灣大地震採訪時提供諸多幫助的人士之際，有前政權中樞左右的人表示，引進日本技術的背後，有著「以法國為主導的歐洲高鐵聯盟利用標下台灣新幹線之便，接近大陸，正籌劃搶標新的高速鐵路工程」這類情事。

眾所周知，日本企業聯合慘遭對手歐洲高鐵聯盟（Euro Train）激進的行銷策略壓制，輸掉了第一回合整體技術引進的優先交涉權。當然，依照當時的情勢，車輛與運行系統技術也將落入歐洲手中，但得知「內幕」的前政權中樞大怒，認為「風土氣候相似，且基於例行維修面，最好採用鄰國的技術」，而給了日本敗部復活的機會。

「大陸」指的是中國政府，還是台灣內部的親中派，知情人士笑而不答。但想到自鴉片戰爭起，歐美就慣於以政治上的權力平衡巧妙介入亞洲的模式，就不禁令人黯然。

話說回來，台灣人過度的親日，有時甚至令人同情。例如台灣大地震時，日本所贈的臨時住宅比台灣製的小，看來較為遜色，李登輝前總統為了維護日本的體面，還增設了全套家電。

台灣新幹線的正式合約因調整細部條件，導致簽約有所延遲，但希望日本聯合務必建造出傲人的高速鐵路，以回應對方不計得失的善意。

《產經新聞》二〇〇〇年十二月十四日的大阪晚報

天空突然變暗了。

在台灣南部高雄縣燕巢鄉整片芭樂園的農業道路上，騎著摩托車奔馳的陳威志抬頭看了天空一眼，嘖了一聲，同時加快速度。茂密的芭樂樹葉頓時如飛也似地往身後消逝，打在臉上的風也變重了。那是因水分而膨脹的熱空氣。柏油路升起的熱氣，橫切過汗水淋漓的脖子。

天空轉眼間被雨雲覆蓋。威志又嘖了一聲。下個瞬間，雨彷彿要打人似地落下來。剎那間，景色變了。柏油路變得更黑，芭樂葉變得更綠。

馬路一下子就形成水窪，雨水更強力地打在剛形成的水窪裡。背後閃電一亮，雷鳴隨即跟上。雨聲驚人，連引擎聲都聽不見了。威志已經渾身濕透，滿身大汗的身體淋了雨，應該會稍微舒服點才是，但貼在胸前的T恤溫溫熱熱的，反而讓汗水泉湧而出。不知是汗還是雨的水滴流過太陽穴，被風吹走。

農業道路前方有個小工寮，鐵門雖然是拉下的，但鐵皮屋頂有屋簷。威志將摩托車減速，騎到屋簷下。

熄了火，下了摩托車。座墊上只有屁股坐著的那塊是乾的。雨雲貼近大地，紫色的閃電在遠方發光，敲在頭頂上鐵皮屋頂的雨聲又高又急。雨打在這一帶的芭樂葉上，地鳴般包圍了四周。

威志脫掉濕透的T恤，用力擰，不知是汗水還是雨水的水從指縫間溢了出來。拿擰過的T恤擦拭臉和胸口，頓時覺得風好舒服。

威志正要從位於高雄市內的家，前往一個人住在燕巢鄉的外婆家。

其實也沒什麼事。因為這半年都沒有去看外婆，所以外婆好像經常打電話來說「偶爾也來一下」，母親也一直時不時就嘮叨「又不是住多遠，偶爾也去看一下你外婆啊」，但他總是隨口應付。他之所以會抬起千萬斤重的屁股，是因為昨晚呆呆看著第四台播的美國喜劇片時，母親又說：「你有空，就去給外婆看一下啊。」但他照常「噢」或「嗯」地隨口應付，此時，母親竟威脅他：「你啊，再這麼不孝，將來外婆要分土地、財產的時候，你表兄弟都有，就你沒份。」

「那種鄉下土地，」威志笑著不當一回事：「……那種地，有跟沒有還不是一樣。連蓋高鐵都沒沾到邊，錯失了賺錢的大好機會。」

但是，到了晚上睡覺時，心裡卻產生了「可是，就算是鄉下土地，本來分得到卻只有我分不到，好像很吃虧」的想法。

所以，今天他就漫不在乎的出門了，但在這陣暴雨中，望著眼前一大片芭樂園，「本來分得到卻只有我分不到，好像很吃虧」的念頭，到底還是輸給了「分到了也不能怎樣」。

陳威志生於一九八二年，父親在高雄港的貨櫃倉工作，母親是燕巢鄉農家的次女。小他兩歲的妹妹還是高中生，每次兩人要是遇上了，就會對舉止粗魯的威志發出莫名其妙的牢騷：「啊——啊，如果李炳憲是我哥哥就好了。」妹妹的房間裡，貼滿了就威志看來像女人一樣光滑白淨的韓國明星海報，母親應該不至於會受到妹妹的影響，但最近卻也一同追起第四台密集播放的韓劇。當然，不論威志再怎麼吵著「我要看NBA」也沒人理。

威志從當地的小學、國中畢業後，進入同樣位於當地的高工就讀，去年順利畢業了。國中快畢業時，威志曾一度差點學壞。一次是和朋友半玩鬧地騎偷來的摩托車，一次是半玩鬧地跟人家去打群架，於是兩度被警方輔導。至於學校的處分，那就不止兩次了。父母因為兒子的偏差行為慌了手腳，拚命試著修正威志的方向，打也打過，罵也罵過，哭也哭過，教也教過，關禁閉也關過，但玩心正重的威志總聽不進父母的苦口婆心。就算被關在房裡，一到晚上，就從窗戶溜出去，和同伴們到鬧區鬼混。

這時候，半死心的母親去找了外婆商量。

「不如暫時把他放在我這裡吧。」

於是，威志在外婆家住了半年。

威志雖然覺得「麻煩死了」，但想到，比起突破雙親嚴密的監視溜出去玩，還是外婆比較好應付，也就乾脆住進了外婆家。

威志心想，頭一個晚上好歹要乖點，所以就待在家裡，但一吃完飯正悠閒看著電視時，外婆就說：「好啦，你出去玩吧。」

「咦？可以嗎？」

「可以呀。你不就是為了玩才來外婆家的嗎？」

既然外婆說可以，威志當然立刻就出門了。到街上，多的是朋友，就算沒錢也有的是地方混。

可是，第二天，第三天，甚至是接下去的每一天，只要一吃完晚飯，外婆就會說：「好啦，出去玩」。儘管還年輕，但偶爾晚上也想待在家裡閒著什麼也不做。可是不論威志再怎麼說：「今天不出去了啦」，外婆就是不允許，說：「年輕的時候才有得玩，好啦，出去」，就把他趕出門。

有伴還好，但朋友偶爾也會想待在家裡，威志一個人到街上也沒什麼好玩的。終於，威志反而拜託起外婆：「不要啦，今天讓我待在家裡啦！」

有一天晚上，威志正和外婆吃晚飯，外婆又問：「今晚不出去玩啊？」「不去了，我已經玩膩了。」威志老實回答。於是外婆點點頭：「就是啊。無論什麼事，不做到膩怎麼行呢？」然後就哈哈笑了。

也不知道是不是因為這樣的關係，威志的叛逆期可說很早就結束了。雖然他絕不是個認真的學生，但高中也好歹畢業了。可是，大概生性懶散吧，認為自己反正還要當兵，就算畢了業也沒有好好去工作。即使如此，父母親也沒有寵他到讓他每天遊手好閒，所以現在，他在高雄市內的六合夜市剉冰店打工。本來打算只做短期，但因為每天都有很多正妹來光顧，所以直到現在還繼續這份工作。

打濕了芭樂園的暴雨只下十五分鐘就停了。雨停得就像大哭大鬧的孩子突然止住了哭鬧般乾脆。雨雲不知到哪裡去了，大太陽又照耀著整片芭樂園，同時蟬鳴也回來了。

威志在躲雨的屋簷下打了一個大大的哈欠。不經意往農業道路一看，遠遠地，有一台摩托車慢慢騎了過來。騎車的是個女子，看起來好像邊騎邊閃水窪，總之就是很慢。

威志又擰了一次濕掉的T恤，然後把T恤塞進牛仔褲的後口袋裡。跨上摩托車，正要啟動，就聽到背後一個女生的聲音叫著：「阿志？」回頭一看，剛才那台摩托車就停在威志前面。在閃閃發光的濕芭樂葉包圍下，一雙曬黑的細腿筆直踩在地上。

威志瞇起眼睛。

「你是阿志吧？是我呀，張美青。」女子笑著說。

「咦？咦、咦咦？阿、阿——、阿美？」

若是兒時玩伴張美青，他的確認識。可是自己認識的美青和眼前的女生實在差太多了。美青笑話著語無倫次的威志：「有人舌頭打結了喔？」

從小，威志來外婆家時就常和住在附近的美青玩在一起。不知該說是活潑，還是男孩子氣，一個女孩子家卻喜歡玩危險的遊戲，好比威志他們在玩著從牆上、樹上跳下來的遊戲時，她也不甘示弱，爬牆爬樹的，最後喊著「再玩下去太危險」的都是威志。

然而，上了國中進入青春期，威志只覺得這些回憶很丟臉，刻意避免與美青碰面。當時，美青熱中於打排球，頭髮剪得很短，身材很胖，又總是穿著土裡土氣的學校運動服，不知有多少次錯身而過時，威志都在心裡暗想：「拜託有點女生的樣子好不好」。

「妳……」

威志對美青外貌的劇變目不轉睛，就這樣呆站著。

「幹嘛？嘴巴張那麼大。」美青又笑他。

「沒……妳……頭髮留長了……」

威志好不容易才說出這句話。大概是被蟲咬了吧，美青邊抓著從背心裡露出來的整條手臂邊問：「來看你外婆？」曬黑的手臂也在陽光下閃閃發亮。

「對。」威志點點頭。

「要回家了？」

「現在才要去。」

美青再度發動摩托車。威志呆呆看著她，美青叫了聲：「不是要去嗎？」威志也趕緊發動了摩托車。威志追上了先往前騎的美青。風讓她的背心貼在身上，清楚地展露出美青纖細的腰部曲線。美青擦的香水飄了過來，有點酸酸的，又有點甜甜的，很奇妙的香味。威志加速與美青並騎。農業道路雖窄，但勉強容得下兩台摩托車並騎。

「妳不是在加拿大嗎？」威志大吼。

「對！」美青也以蓋過風聲般的聲音大聲回答。

美青從當地國中畢業後，就到加拿大唸高中，之後直接進了溫哥華還是哪裡的大學，這是聽外婆說的。威志曾笑說：「她跑到加拿大那種地方，吃一大堆漢堡，一定會變胖。」但看來，美青並沒有吃多少漢堡。

「妳現在在那邊上大學吧？」威志繼續問。

「對！」

威志轉眼去看筆直望著前方騎車的美青。大概是剛才那陣雨吧，她光澤的肩上有點濕。美青意識到威志的視線，朝威志看了一眼，摩托車因而搖晃著。威志連忙轉動車頭閃開，不料卻閃進了路肩的泥濘，他連忙把雙腳抬高。即使如此，泥水還是濺上了小腿。

「妳技術很差耶！騎過去一點啦！」威志抗議道。

「我很久沒騎了嘛。」

「加拿大都不騎摩托車的喔？」

「不騎，都開車。」

「哦，妳有車啊？」

「我開的是寄宿的叔叔家的車。」

威志放棄回農業道路，繼續騎在坑坑巴巴的路肩。美青大概是覺得眨個眼都會摔車吧，一臉認真的騎著車。

雨雲似乎已完全散去，放眼望去，所有的田園都沐浴在強烈的陽光下，濃濃的影子緊跟在兩人身旁。地面發出濕潤土壤的味道，被雨淋濕的身體一下子就乾了。

從難走的路肩回到農業道路之後，威志便加速搶在美青前面。一催動油門，美青的摩托車聲立刻被遠遠拋在身後。他回頭看了一眼，美青似乎不像從前那樣不服輸了。

在十字路口要轉往外婆家時，威志瞥見反方向出現了陌生的光景。威志抓緊煞車，停下摩托車。耀眼的芭樂園後方，遠遠的有好幾台大型工程機具在運作。好像是在挖土，但因為距離遠，機器的運作與隔著芭樂園傳過來的聲音搭不上。總算趕上來的美青也在他旁邊停下，問句：「幹嘛？」

朝威志看的方向看過去。

「不知道從什麼時候開始做起了大工程。」威志揚揚下巴。

「那是高鐵的維修廠吧。」美青說。

「嗯……。我知道他們在建，可是沒想到竟然這麼大。」

「我之前看到的時候也嚇了一跳。」

即使是遠眺，仍看得出占地相當廣。兩人所在的十字路地勢相對形成一座小丘，可以看到一大片芭樂園前方好像形成了一座小鎮。

電視新聞說，燕巢這裡的維修廠好像有可以架起整輛十二節列車的裝備，完成之後，規模會比日本最大的新幹線維修廠還大。

「真的要有高鐵了。」威志喃喃地說。

「難不成你是第一次看到？」

美青盯著他看。

「我知道他們把地面上的東西清掉了……可是，我最近都沒來外婆家。」威志回答。

「好像是。你外婆也這麼說。」

「反正是想把我叫來修屋頂什麼的，做粗工。」

「高鐵蓋好以後，一定沒有人要搭飛機了。」

「新聞也這麼說。現在台北到高雄一個小時有四班飛機，聽說等高鐵蓋好就會變成一週只剩三班。」

威志再次眺望陽光下的芭樂園。

「你看，高鐵鐵軌會從那座鐵橋連到那邊。」

威志的視線也跟著美青所指的方向移動。現在只是一片綠油油的芭樂園，但好像被美青的手指施了魔法似的，威志的眼裡看到了高鐵的鐵軌。高架橋架起的鐵軌上，列車以驚人的速度疾馳而過。

●

過了晚間十點，辦公室裡就沉澱著很像一整天的疲累的東西。當然，這些東西是無色無臭的，但感覺就像曾待在這裡的十名員工的體溫，沉在被空調攪動了一整天的空氣底部。

春香本來拿螢光筆在即將搬遷過去的辦公大樓租賃契約上劃線，此時卻停下手，朝窗戶看。玻璃窗反射出沒有人的辦公室內的日光燈。看到不知不覺間大家都回家了，春香放鬆下來，伸了一個大大的懶腰。就在此刻，她在堆疊的紙箱後看到了彎腰駝背的安西。

今天中午又開了一場好冗長的會。台灣高鐵的對日窗口黃忠賢和傑克・巴托如往常般前來，據說他們對安西上週提出的那一疊厚文件，從第一頁第一行起就開始挑錯。就連同席的小慧都認為「到最後問的那些問題根本就是雞蛋裡挑骨頭」而大為憤慨。可以想見，為了趕上期限而一直熬夜完成資料的安西會有多煩躁。

春香本人也曾經參加過這類會議好幾次，雖然不是胳臂往裡彎，但有時候她也不禁覺得，安西拚命挽回落後進度的樣子實在很可憐。

黃忠賢和巴托訂的提交期限根本就來不及。也許他們一開始就認為來不及是當然的。但是被期限所迫的安西卻很認真，就是不惜熬夜也要遵守約定。既然對方遵守了約定，就只能往下一步走。但是設下期限的那兩個人自己卻還沒做好準備，所以就這也不是、那也不是的責怪安西的不周全，結果安西因為想遵守期限，反而導致工作進度的延遲。

前幾天，春香和小慧吃飯時，小慧說起了企劃小組來到台灣快一年，包括山尾部長在內總共五名成員中，適應與不適應台灣的人之間已經出現了明顯的差異。

「春香完全沒問題。」小慧說：「……還有，山尾部長雖然那個樣子，但其實蠻如魚得水的。嚴厲是很嚴厲，但該說是他很會安排工作和休閒嗎？反正他個性是很悠哉的，所以我最擔心的是安西先生，他……」

小慧說到這裡就沒再說下去了，但春香也知道她欲言又止的內容。簡單地說，安西還沒有體認到，無論要開始做什麼，第一，台灣這裡和日本就是不一樣。不，也許他已經體認到了，但他不知道該怎麼改變自己一貫的習性。

比方說，認為工作進度表這種東西是不會依照預定進行的人，和認為會依照預定進行的人，這兩種人的不同是無法輕易抹消的。在日本人看來，工作進度表照預定進度進行，就像石頭丟下去一定會落地一樣理所當然，但在台灣，工作進度不會照預定進度進行也一樣理所當然。

日本人當然會覺得自己是對的，錯的是對方，但實際看看全世界，將工作進度表這個詞視為「照預定進度進行」的人，反而是少數吧。這不是誰好誰壞的問題，而是把工作進度表當作終點的人和當作起點的人的差異，但安西至今對這一點依舊無法適應。

望著安西映在玻璃窗上的背影，春香怔怔地想著這些。說句「不用這麼死心眼遵守約定」是很容易，雖然無論是日本、台灣還是歐洲，也認為努力遵守約定本身是理所當然的，但要讓安西這種老實人懂得其中的分寸很難。

「安西先生。」

春香故意在整理手邊資料時發出聲響，叫了安西。

「嗯？咦，妳還在啊？」

紙箱後方傳來安西疲憊不堪的聲音。

「麻煩看一下新辦公室的文件。」

「啊啊，對喔。我們什麼時候要搬啊？」

「還早呢，下下個月。」

「工程、機械相關的，大批人馬就要從日本那邊過來了，這裡容納不下啊。」

「新的地方很大哦。」

「有抽菸的地方嗎？」

「這個喔，山尾部長也有交代，我找得好辛苦呢。新辦公室有個很大的陽台，請儘量抽吧。」

安西又要回頭去工作，春香便問：「要不要我幫你泡杯咖啡？」

「不，不用了。謝謝。」

安西這樣回答，但春香仍站起來，把蓋在膝上的披肩披在肩上，走向安西的辦公桌。

「安西先生，如果有什麼要幫忙的，請跟我說。」

「哦，謝謝。不過不用了。交給別人做，一樣要重做。」

他自己似乎也覺得說得太過分而著了慌，趕緊接著說：「啊，抱歉。啊，那個，咖啡，如果可以就麻煩妳吧。」來打圓場。春香裝作沒聽到前面那句話，走進了茶水間。

「安西先生，上次你帶兒子去了哪裡？」

大概是小慧收拾過了，本來扔在那裡的杯子已經好好排在架上。

「也沒去什麼特別的地方，我老婆說想去泡溫泉，所以就去了烏來一趟。」

安西似乎也停下了手上的工作，春香聽到他伸懶腰的呻吟聲。

「烏來是個好地方吧？」春香回應。

「好地方。雖然去那兒不是很方便，不過蓋了一些很漂亮的飯店，走出去一點還可以河泳呢。雖然水很冷，不過河邊有公共的露天浴池。」

「太太孩子在這邊住了幾天？」

「四天吧。雖然學校還在放假，不過我老婆要參加朋友的婚禮。」

上週，安西的妻子帶著才剛滿七歲的獨生子，趁著連假來台灣玩。大概是想向兒子展現一下父親工作的英姿，安西將兩人帶來公司，讓兒子看未來要在台灣行駛的新型新幹線的模擬照片和模型。安西的兒子好像很喜歡火車，專注地聽著父親的說明，一面說著「想看從日本運來的新幹線到港」啦、「試車的時候想坐坐看」啦，鮮明地描繪出連春香他們都覺得是遙遠的未來的場景。只不過，當時雖然看到了安西和他兒子兩人滿臉微笑的樣子，但視線一掃到一起來的安西妻子時，總覺得和兩人的笑容對照下，她的神情顯得鬱鬱寡歡，偶爾兒子朝著她笑，她才連忙報以笑容，那個樣子很像是演出來的。當然她不是不高興，把日本帶來的點心分給大家，應酬著「外子受大家照顧了」的模樣，完全就是典型的好太太，但可能是觀者有心吧，總之一有了這種看法，越看就越覺得安西太太看安西的視線很冷漠。

從茶水間將咖啡端給安西後，春香從自己的辦公桌拿來了餅乾。當她拿出來問安西「要不要吃？」可能是餓了，安西把三塊餅乾一次送進嘴裡。

「安西先生和太太是在哪裡認識的？」

春香忽然心生好奇一問，安西竟突然噎到而咳了起來。雖然他拚命用手捂著嘴，但餅乾屑還是從指縫噴了出來。

「怎、怎麼突然問這個？」

「沒有啊，沒什麼特別的原因。」

春香也趕緊遞出面紙。

「我們是學生結婚。」

安西嘴裡含著餅乾回答。

「……不過我兒子年紀還很小吧？」

「是啊，聽你這麼一說，真的呢。」

「因為一直生不出來，過了三十歲才總算有的。」

餅乾屑也噴到了安西的桌上。攤開的資料上是一行行細小的文字，劃了紅線的地方，安西又用更小的字寫了附注。不知為何，那些小字讓春香頭皮發麻。

「原來安西先生的字很小啊。」

為了拂拭沒來由的不安，春香以開朗的聲音說著。視線落在手邊資料上的安西苦笑著說：「寫著寫著，就會越寫越小。」

「我相反耶，我會越寫越大。」

「哈哈哈，很有多田小姐的風格呢。」

安西的表情難得放鬆了。最近經常眉頭皺得連旁人都心生同情的安西，露出了好久不見的笑容。

「安西先生，你平常都怎麼解決三餐？」

春香問再次將手伸向餅乾盒的安西。

「幾乎都外食啊。只是最近我也吃膩了台灣料理。」

「不是到處都有日本料理店嗎？又有豬排店、牛丼店。」

「有是有啦。可是妳不覺得味道都有點不太一樣嗎？」

剛就任的時候，安西可是對台灣料理最讚不絕口。也許他本人已經忘了，但就連對牛丼和咖哩這些日本來的連鎖餐廳，他也說這裡的調味比較好。也許心情甚至會改變一個人的味覺。一旦對一件事感到排斥，就會一一牽連，討厭起這個地方。

「對了，聽說多田小姐學生時代曾經和台灣的男生談過一場悲戀？」

又伸手拿餅乾的安西忽然想到般說。

「別鬧了啦，哪有什麼悲戀。一定是小慧鬧著玩說的吧？」

「聽林小姐說，妳不是為了給那場悲戀一個結果，才奉調到台灣來的嗎？」

「才不是！那只是小慧鬧著玩才那樣講的。」

「那，找到那個男主角了嗎？」

「拜託……真的不是啦！」

安西好像也不是認真的，只見他眼中帶著笑意。

「不過啊，我能了解妳的心情。換成是我站在多田小姐的立場，我也會一直掛在心上。」

「哎，我真的沒有掛在心上啦！我大學的時候來台灣玩，在這裡碰巧認識的人到處帶我去玩，分手的時候他有告訴我聯絡方式，可是我這個人粗心大意，弄丟了，結果後來當然就失聯。只是這樣而已啦！這種事情到處都有啊！」

「妳沒告訴對方妳的聯絡方式？」

「對啊。這一點我也很後悔。」

一看牆上的鐘，已經超過十一點半了。春香一心認為安西也要回去了，要收走他的咖啡杯，沒想到他竟說：「不用不用，我等會兒再收就好。」

「你還要繼續加班？」

「我把這個項目做完就走。」

看到面向文件的安西臉色那麼差，春香真的很想阻止他，但安西已經拿起了筆。

「那麼，我先走了。」

「好，辛苦了。」

春香整理好東西，離開了辦公室。關門時本來想說一聲的，但安西的臉緊盯著文件，就連要跟他打招呼都讓人感到不忍。

可能是剛才安西提到了，在公司前的公車亭長椅上坐下來的春香，不禁想起了和艾瑞克度過的那一天。她自己也覺得真的很傻，但沒有著落的感情大概都會隨著時間過去而被美化，每次這樣忽然想起來的時候，當時出現的空洞不但沒有被填補，反而變得更大。

在淡水與艾瑞克再次巧遇時，他帶著自己去紅毛城。在柏油路反射的強烈日光下，坐在他摩托車後面，緊緊抓住他T恤的觸感，至今仍歷歷如昨。紅毛城是個不怎麼大的古蹟。門票是艾瑞克幫她買的。春香當然立刻拿出了錢包，但他一臉尷尬的樣子，春香就老實不客氣地讓他請客。兩人也沒說什麼話，就走在城區內。艾瑞克不時幫她拍照，相機又直又橫的轉了好幾次，結果是蹲下來按了快門。因為沒說一聲，所以她連擺出笑容的時間都沒有。約莫是他們在進中庭的時候，一對中年夫婦叫住他們。女士笑著對艾瑞克說話，艾瑞克急得直搖頭。從女士的動作看來，好像是在說「我幫你們拍，你到她旁邊去吧」。

春香也招手叫他站身邊，但結果艾瑞克害羞沒有靠過來。直到現在，春香都很懊悔當初沒有一起拍照。

想到這裡，她憶起看著他們兩人對話的那對夫婦問了艾瑞克什麼，他答了「li-bbun-lan」。與那對夫婦分手後，春香試著唸「li-bbun-lan？」艾瑞克立刻說「ji-ben-jen」。如果是ji-ben-jen，春香也聽得懂。

「li-bbun-lan……ji-ben-jen……一樣？」春香問。

「一樣。li-bbun-lan是台語，ji-ben-jen是國語。」艾瑞克告訴她。

老實說，她那時完全不懂台語和國語的不同，又沒有深入追問的英語能力，就只能裝得好像懂了。

參觀紅毛城時，彼此只能用英文單字溝通，所以無法談古蹟的歷史。走在前面的艾瑞克摸摸紅色的牆，然後不時回頭，好像在問「會不會很無聊？」每次春香都報以微笑，學他摸那紅色的牆。

繞了一圈再回到中庭，有人在樹蔭下拍結婚照。在湛藍的天空下，以火紅的紅毛城牆為背景，新娘純白的婚紗耀眼奪目。

「妳住哪裡？」

艾瑞克忽然問。

她答「神戶」，但艾瑞克卻歪著頭。她才想到漢字的讀音不同，便拿出記事本寫了「神戶」。

「哦，shen-hu。」艾瑞克點頭。

「我在東京出生，小時候搬到神戶。」春香告訴他。

「我是tai-jong出生的。」

「tai-jong？」

這回換艾瑞克在記事本上寫下「台中」。寫出漢字馬上就懂了。只不過是互相告知彼此的出生地而已，感覺就變得好親近。

「家人在台中？」春香問。

「父母和姐姐。週末我也常回去。」

「週末？」

「對。搭客運三小時。便宜。……我每次都帶衣服回去洗。媽媽，生氣。」

艾瑞克說著笑了。含蓄而深具魅力的笑容。春香心想，要是美麗的佛像笑了，也許就是這種感覺吧。

「現在，一個人住？」春香問。

「大學附近的公寓。很小。妳？」

「和爸媽住。爸媽，囉嗦。」

「日式的房子？」

「日式?」

看春香歪著頭,艾瑞克便在記事本上寫「數寄屋造」*。

「怎麼可能!不是、不是!」春香笑著說。

●

位在台北市中心,距離台北車站不遠處,有一條林森北路。在日本統治時代,這裡是名為大正町的日本人街,與之平行的中山北路則是自古以來的豪宅區。即使到了現在,仍零零星星殘留著日式建築的房舍。戰後很快便成為提供日本人消遣的歡樂街而興盛起來。當地人一提起「林森北路」,就等同於「日本人愛去喝酒的地方」,實際上,窄巷裡也密密麻麻掛著日本風的俱樂部、小酒館招牌。

多田春香先行離去後,安西誠本來打算再繼續工作,但中斷的專注力一去不回,他只好扔下握在手中的筆。有那麼一瞬間,他想過不如追上多田春香,請她去吃頓遲來的晚餐,但時間已近深夜十二點,儘管是星期五晚上,對方也會感到困擾吧,因而打消了念頭。

關掉辦公室裡的燈,安西離開公司時已經超過十二點了。本想找個地方吃晚飯,但又覺得不怎

*數寄屋造,一種使用茶室建築手法的日本傳統建築。

麼餓，可是若直接回一個人住的公寓，也不太可能馬上就睡得著。

走過年輕人聚集的巨大KTV前，一回過神來，安西已經攔了計程車。台北的夜晚濕氣很重，走沒幾步就出汗，但一坐進計程車，強力的冷氣一下子就把汗吹乾了。

「請到林森北路。」

安西以剛學會的中文告訴司機去處，猛踩油門的年輕司機單手彎著手指比「五？六？七？八？」一時不知道他在問些什麼，但一下子就明白他是在問幾條通。

「呃，八。」

「八條通。好，好。」

司機把油門踩得更猛。剛到任那時候，安西被台北計程車司機橫衝直撞的駕駛嚇出一身冷汗。但習慣真是不可思議，最近坐上東京的計程車反而會不耐煩，懷疑司機是不是故意慢慢開。

年輕司機播放著饒舌樂。他似乎是個外向的人，和著節奏敲著方向盤，開始和安西說起「假噴尼斯，來克斯，林森北路（Japanese likes 林森北路）」。他本來沒有心思和司機聊天，但可能是被外向的司機所感染，安西也不禁用沒營養的話回應：「耶斯，假噴尼斯，來克斯，揚嘎啊嚕（Yes, Japanese likes young girl）。」

在東京上班的時候，安西並不是那種喜歡夜生活的人。當然，為了應酬，他也常去六本木或赤坂等地店家，但他無法贊成宣稱「反正不用自己花錢，雖然是工作，但不玩豈不吃虧」的同事論調。

被年輕又香噴噴的女孩子包圍著喝酒，當然不會不開心，她們悄悄把手放在大腿上，當然令人心情愉快。但是，安西無論如何就是無法像其他同事那樣放開心胸享受。

安西的母親曾在埼玉的蕨市經營一家小酒吧。安西讀小學時父母離異，母親為了獨立將兒子養大而開始經營的，便是這門生意。六人座吧台，再加上兩個包廂。就小酒吧而言，既不大也不小。景氣好的時候，店裡還請了兩個陪酒小姐，所以在那一帶生意算是不錯。

學校的足球社練習結束後，安西不是回家，而是每天都到小酒吧去。母親會邊準備開店邊為他做晚飯，當安西在吧台吃蛋包飯或漢堡排的時候，年輕的陪酒小姐就會來上班。不管讀小學的安西在不在場，年輕的陪酒小姐說起話來總是口無遮攔，安西只好硬裝小孩。只是，就算硬裝小孩，還是會有睡前做一回的時期，足球社學長們說的那些無法理解的歪話，和小姐們寫實的話連結在一起，讓他無法正視在吧台裡做小菜的母親。

話雖如此，等到真正邁入青春期，也就裝不了那種纖細的男孩了。安西高中時獻出了初吻，對象是當時母親店裡的紅牌小姐。記得她是個才剛滿二十歲的女孩，現在回想起來，只不過大了他三歲，但當時他的感覺不是吻了一個女人，而是朝著世界噘起了嘴唇，地點就是在母親店裡的包廂。開店前，店裡亮得突兀，什麼都看得清清楚楚。他已經不記得事情的經過了，但她也讓安西摸了胸部。若問喜不喜歡她，倒也不見得喜歡。不，也許他其實是喜歡她的，但不知為何他怕她知道，所以把這件事拿去到處和學校的朋友吹噓。朋友們越是笑他，他就越是覺得自己並非是被她給戲弄，而是處在較為優越的地位上。安西在大馬路上下了計程車，走進林森北路的巷子。昏暗的巷子裡滿是小酒吧和俱樂部花俏的招牌。招牌都很舊，可能是因為平假名和片假名很多吧，有種往昔赤坂或新宿一帶的酒吧街那種令人懷念之感。並不是說赤坂和新宿的巷子移建到這裡，而是那氣氛讓人陷入一種時空扭曲，誤入異境的錯覺。

安西常去的「Club Chrystal」位在這條巷子底。第一次來是他剛到任的時候。當時，大家聚餐喝酒兼慶祝來台之後，所有人都去了KTV，他是被嚷著喝不夠的山尾部長硬拉來的。但是安西自己也醉得很厲害，所以不太有當晚的記憶。和日本一樣，年輕女孩們來坐檯時，都儘可能找出可以炒熱氣氛的話題來聊。和日本唯一的不同，大概就只有女孩們的日語只會說單字，服務沒有比日本低俗，也沒有比日本高級。

老實說，他對那家店的印象不深，但大概兩個月前吧，他照例又和黃忠賢、傑克・巴托開了一場漫長的會議，本來應該回公司整理資料，但不知為何，腳步突然變得好沉重，一回過神來，已經來到了這條街。那時，時候還早，沒有其他客人。別說客人了，連聒噪的媽媽桑都還沒來上班，他被帶到角落的包廂等候時，來的是一個取了Yuki這個日本名字的女孩。她好像懂一點日語，帶她來的小媽媽桑介紹說「Yuki是上週來的」。

她絕對不是笑臉迎人型的，但有時會綻露出笑容。笑的時候，瞇起的眼睛會變成海豚的形狀。安西心想，既然來了，他就要握握那隻雪白的手，結果她趕緊把手縮回去，但又「啊啊，對喔」，一副自己也驚覺到什麼般，把縮回去的手放回原來的位置。那動作著實青澀動人。

安西正想打開「Chrystal」的門時，扶著爛醉客人的媽媽桑正好從店內出來。她對匆匆向後退的安西驚呼到：「哎呀，安西先生，歡迎歡迎！」並扶著醉客朝店裡叫：「Yuki！Yuki！安西先生來了！」往裡面一看，Yuki正在最大的包廂裡和其他小姐坐在一起接待團體客人。馬上注意到安西的Yuki被一個看似台灣人的胖子摟著肩，偷偷指著他常坐的包廂座位，好像在說「那邊、那邊」。

店內難得幾乎客滿。卡拉ＯＫ大聲作響，服務生們忙碌的在桌與桌之間穿梭。在包廂坐定後，名叫Kevin的服務生便送上濕手巾。「Yuki馬上就過來。」Kevin這麼說，安西告訴他：「啊，對了對了。上次你說想送弟弟數位相機，我看過了，應該還可以用，我下次帶來。」

「可以嗎？」

「反正我不用了，可是很舊哦。」

「舊也沒關係。我弟弟還是小學生。」

正說著，Yuki就來了。在因為喝了酒而略微發燙的胸口上，安西之前送的項鍊閃閃發光。

「安西先生，又累了？」

Yuki低頭看著安西，露出同情的表情。安西坐進沙發，拍了拍旁邊，示意她坐下。

「又像老了幾歲？」安西問坐在他身旁的Yuki。Yuki的頸項發出甜甜的香水味。

「嗯，又多三歲。」

「又多三歲？上次是四十，那我已經四十三了啊。」

每次安西來，Yuki都像這樣以年齡來形容安西疲累的程度。她說的年齡從來沒比實際年齡小過，但今晚大概看起來特別累吧，所以Yuki說出了目前為止最大的歲數。

「Yuki好過分啊。妳知道我真正的年齡吧？」

「三十八。」

「就是啊。我還年輕呢。」

「安西先生，年輕年輕。」

「對。只是累了而已。」

在極近距離互相微笑，Yuki露出了雪白的牙齒。剛才在辦公室裡重得不得了的腦袋，和Yuki在一起就突然變輕了，自己也覺得不可思議。但腦袋一變輕，大概連聲音也會變。和Yuki說話的自己，發出的聲音可是有生以來未曾有過的愉快。

Kevin端來酒瓶，Yuki靈巧地為他加了水。扶著玻璃杯的手指，攪動調酒棒的手指，看起來彷彿代替Yuki有限的日語在向他說話。

「Yuki。」

「嗯？」

「沒有，沒事……」

自己也不知道叫她要說些什麼。Yuki歪著頭好像很納悶，又開始攪動杯子裡的冰塊。

「Yuki，妳說過妳很想去日本對不對？」

「日本？我想去。」

接過她遞來的冰涼玻璃杯，手心涼涼的很舒服。

「妳想去日本的哪裡？」安西問。

「日本的……」

「迪士尼？京都？」

安西一口氣把玻璃杯裡的酒加水喝光。當大冰塊打到鼻子時，Yuki回答：「我想去北海道。」

「我，想看雪。」

「哦，雪啊。說的也是，台灣不會下雪嘛。妳從來沒看過？」

「小時候，在百貨公司玩過騙人的雪。」

「騙人的雪？」

「呃，就是……」

「妳是說人造雪？機器做出來的？」

「對對對。大機器的雪。可是，我做了那個。呃，那個……」

Yuki用雙手比出雪人的形狀。

「雪人。」安西教她。

「……雪、人。」

那兩片緩緩移動的嘴唇，讓安西好想去摸。

裡面的包廂又開始唱起歌來。店裡播放起大聲的前奏，坐檯的女孩子們也搖起鈴鼓。

「Yuki，妳就要下班了吧？我們去吃東西吧。」安西在Yuki耳邊低語。

「你餓了？」

「我從中午到現在就只吃了餅乾。」

「啊啊，不行。」

「是啊，不行啊。」

本以為是一群台灣人，但其中好像也有日本人，扯起嗓門大唱矢澤永吉的歌。一口氣喝光Yuki調的第二杯水加酒，只覺全身虛脫。與其說忘了自己身在台灣，也許該說自己好像不在東京也不在台灣，彷彿和Yuki兩個人哪裡都不存在似的，感覺非常奇妙。

Yuki說換好衣服就會追上來，所以安西留下她先離開了「Chrystal」，來到以前去過的海產店前，望著打了燈的大水槽。水槽裡擠滿了龍蝦和鮑魚，多得幾乎快滿出來。鋪滿了冰的平台上，鯛魚還一抖一抖地甩著魚尾。這家店一點也不便宜，但新鮮的龍蝦生魚片，和用龍蝦頭熬煮的味噌湯好味道，能安撫喝了太多酒的胃，而且安西也很喜歡戶外的露天座位。在濕黏的夜晚流汗喝著的冰透啤酒，美味無比。他和Yuki每次都是深夜來，因此不管哪張桌子，坐的都是喝過酒的上班族和帶出場的酒店小姐。這些人安西當然都不認識，但整家店有種連帶感，讓他覺得很輕鬆。

在店門口站了一會兒，店員就來點餐，他簡短的答了「還有一個人」，然後就看向Yuki應該會走來的斑馬線。已經是深夜兩點多了，但台北的週末夜晚依舊活力十足，年輕人聚在馬路對面的電影院前。

朝對面那群年輕人看了一會兒，剛才先回店裡的店員扛著小小的吸塵器般的東西回來了。安西看著他，不知他要做什麼，好像是要吸出水槽底部沉積的魚糞和髒東西，他粗魯的把管子插進水裡，發出一陣噪音在水槽裡亂攪一通。那是一部特殊的清潔機，會在機身過濾吸進來的水，乾淨的水再從另一根管子流出來。魚群因為這聲音和震動大亂，魚糞和髒東西從水底揚起。安西想起剛才Yuki說的「騙人的雪」這幾個字。本來的意思應該是假的雪，但他心中卻浮現謊言如雪般從天而降的情景。落下的雪在台北火燙的柏油路上無法累積，馬上就蒸發了。蒸發的雪化為蒸氣，讓台北的夜晚更加濕熱。地面升起了濛濛蒸氣，安西走在霧氣中，霧的另一端是華麗的霓虹燈和計程車車燈。安西在幻想中信步而行，計程車以驚人速度從旁邊擦身而過。照亮了霧的車燈，也照亮了時代錯誤的風景。他走在現代的台北，霧的另一端看到的應該是建設中的一〇一大樓，但不知為何，出現的竟是不可能看到的台灣總統府和迪化街等大正時期的巴洛克建築。

造訪台灣的日本觀光客幾乎人人都對此有懷念之感。事實上，安西頭一次來到這裡時，也感覺到連自己都不知如何解釋的強烈鄉愁。自從知道會外派台灣，他便看了各種台灣相關的書籍，算是在做初步準備。從簡單介紹現代史的新書，到「台北夜生活導覽」等，凡是在書店看到的，只要預算許可他都買了。

台灣將過去美好時代的日本原封不動留下來，所以日本人來到這裡，會感到很懷念。

好幾本書上都這樣寫。凡是具有一般常識的人，都知道那會是以什麼樣的狀況留下來。安西一開始也是這樣想的。但是，首次造訪台灣所感覺到的鄉愁，卻不是那麼簡單就能解釋。看書理解到的，無法化為自己的感覺。那種感覺就和小時候第一次知道宇宙是什麼樣子一樣，讓人有著莫名的恐懼，好像自己站的地方突然開始搖晃了起來。

「……安西先生，喏，安西先生。」

突然有人叫他，安西茫然的收回望著鄰桌的視線。不知何時，Yuki已經從店裡過來，拿著手機站在他身旁。

「怎麼了？」安西問。

「又，在想，工作？」

Yuki拍了一下安西的肩，在桌子對面坐下來。

「沒有，我是在想隔壁桌的火鍋看起來很好吃。」

「騙人，騙人。安西先生，想，工作的事，就會這樣。」

Yuki做出隨時都會哭出來的表情。

安西苦笑著，又將視線放回入口附近的那一桌。圍著桌子的，恐怕是來出差的日本上班族，雖然忙著吃火鍋，但話題卻是與台灣企業交易決裂的始末，誇大地數落台灣人的缺點，話講得很難聽。那種懊惱的心情安西不是不了解，但同樣身為日語圈的人，他們的用詞實在太幼稚了。在交易決裂之前，他們對對方一定也是擺出好臉色，一想到這些人如果脫掉一層皮後竟是這種人，那他寧願站在拒絕交易的台灣這邊。

就座之後，因為不想聽到那些人的聲音，安西故意大聲對正要幫他倒啤酒的Yuki誇張地說：

「天氣這麼熱，不管喝再多，啤酒都一樣好喝。」不經意一看，Yuki的手機一直擺在桌上。

「妳在等電話嗎？」安西問。

「剛才，店裡的人打電話來。」Yuki若無其事的回答。

「店裡的人？」

「Kevin。」

「哦。Kevin怎麼說？」

「我出來的時候，他不在。因為每次都是Kevin開車送我的。」

「Kevin很擔心？」

「擔心？」

「因為，我把店裡的No 1帶出來了啊。」

Yuki對安西的話感到愕然似地笑了。「我，不用擔心。我，不會亂來。」

對Yuki這些話，安西也笑著說：「這我比誰都清楚。」

日本上班族們好像要離開了。這家店除了啤酒和紹興酒之外沒有別的酒，所以安西聽到他們說要到飯店附近繼續喝，不知為何，因此鬆了一口氣。

「不過，Kevin也真辛苦。店裡的工作結束以後，還要送女孩們回家。」

安西故意放大音量，希望最後都不要聽到那些人的聲音。

「他說今天不用送。」Yuki邊從大盤子裡夾起龍蝦邊說。

「是嗎？那要不要叫他來？」

他忽然冒出了這句話。當然，他本來是想吃過飯後能與Yuki的關係更進一步，但過去一直都被拒絕。

「真的？」

「當然是真的。Kevin也餓了吧？」

Yuki很高興的聯絡了Kevin。Kevin好像可以馬上離開，在速度很快的台語對話之後，Yuki微笑著說：「他還在店裡，馬上就來。」因為她看來實在太高興了，安西便半開玩笑問道：「Yuki，難不成妳和Kevin是一對？」就一個酒店的常客來說，嫉妒這樣的組合也真是丟臉。

「我和Kevin，是一對？」

「就是說，Kevin是Yuki的男朋友？」

「不是、不是。」

「真的嗎？」

一直追問太難看，所以安西向經過的店員點了一瓶紹興酒。

「啊～啊，和Yuki在一起，喝起酒來真的好痛快。」

「咦？」

「就是說，酒很好喝。」

「安西先生，每天喝酒？」

「沒有每天……啊，來這裡以後真的每天都喝。」

熱風從大馬路吹過來，種在露天座位的細葉榕葉子隨風搖曳，緩緩晃動的葉片之後，是店家明晃晃的霓虹燈。

「Yuki，下次要不要一起去北海道？」

安西自言自語般低聲說。因為被自己說的話給嚇著，他連忙又加上：「不是啦，就是，北海道，妳剛才不是說想去嗎？」

「是很想去……」

「和我單獨去旅行還是會不安？」

嘴裡這麼說，心裡卻響起自己冷靜的聲音：「你這是做什麼……？」安西半死心地想著，自己明明沒有這種膽量卻還敢這麼說。他不是沒有背叛妻兒的膽量，而是想像著此刻能夠毫不在乎背叛妻兒的自己，也將可能被Yuki這個異國的陪酒小姐輕易背叛，就感到害怕退縮。問了會不會不安之後，他露出意味不明的微笑，暫時看著不說話的Yuki。Yuki還沒有做出任何回應。

「其實，Kevin啊。」

沉默了好一陣子之後，Yuki的嘴唇總算動了。

「……Kevin，其實，是我弟弟。」

「咦？是、是嗎？」

「我們瞞著媽媽桑。」

「為什麼？」

「媽媽桑不喜歡，同一家人，在同一家店裡，工作。」

「原、原來是妳弟弟啊。」

「只告訴安西先生哦，不要告訴媽媽桑。」

「喔，嗯……」

說完，Yuki好像什麼事都沒發生過一樣。那表情，與其說是說出秘密，更像是因為有了共享秘密的人而放心的樣子。然而，安西的心情卻突然沉了下去。因為他覺得，Kevin是弟弟其實是謊話，他們兩人是一對，想要欺騙自己。一有這種感覺，對於半夜和年輕陪酒小姐喝酒的自己是什麼樣的立場，就非常清楚了。「騙人的雪」這幾個字又出現了。天空落下了騙人的雪。

洗好最後一個玻璃杯放在瀝水架上，春香拿毛巾擦著手，看向身後的房間。雖然還有塵埃飛揚，但和來時所目睹的慘狀相比，確實乾淨了很多，她總共打包了七個四十五公升的垃圾袋。

春香這次回國與上次相隔了三個月。上午從神戶的家出發，搭新幹線來到東京。到達池上繁之所住的公寓，是大約三小時前的下午四點過後。繁之說過，他下班回來是晚上九點左右，所以她想先把行李放在他房間，去逛個很久沒逛的街，在電話裡她也這樣告訴繁之了。

「妳早點到是很好，可是我的房間很亂哦。」

「沒關係啦，反正亂也亂不到哪裡去。」

講完電話之後，來到繁之的公寓一看，實在不是能放下行李就出門的狀態。春香提著沉重的行李，在玄關傻住了。那不是瓦斯漏氣或垃圾之類聞得出原因的臭味，也不單是人的汗臭味，而像是房間本身好幾天沒洗澡的味道。

而且，從玄關進去的那條短短的走廊上，散亂著顯然沒看過的報紙和傳單，大概都是從信箱拿出來就直接放著了吧。在那些東西的上、下方，還埋著脫下來的衣服、襪子。踮腳往裡面看，房間好像也一樣，西曬的陽光隔著緊緊拉上的窗簾照在餐桌上，吃過的泡麵、乾掉的咖哩盤子就擱在桌上。當然，地板上也堆了不知是待洗還是洗過的衣物，連腳都沒地方踩，這些衣物直接就爬上了牆邊的床上。

整個房間的空氣好像整整一個禮拜都沒有流動過，彷彿繁之的呼吸和嘆息就這樣飄浮在半空中。春香把行李放在玄關，捏著鼻子衝進房間，總之，先打開窗簾和窗戶再說。穿過敞開的玄關和窗戶之間的髒空氣簡直肉眼可見。除了打開廚房的窗戶、通往陽台的落地窗，玄關部分則是先拴上鍊子，再用繁之的布鞋夾在門口讓門開著，總之，凡是堪稱窗子的，春香全打開了。讓房間的空氣流通之後，多少覺得比較像有活人的氣息了。但是，即便春香想坐在床上，也沒有地方坐。

「因為工作很忙，最近不太能回公寓，也沒時間打掃，所以房間裡面很誇張哦。」

繁之在電話裡也經常這麼說，但她從來沒想過狀況會這麼糟。

從學生時代起，繁之就是屬於日常生活節奏比較規律的那種人。和朋友去喝酒雖然不會一個人先走，但即使喝得很晚，如果不是宿醉得很厲害，第二天早上還是會準時起床。

「要是睡到中午，當天晚上就睡不著了。」

繁之說得很平常，春香不無敬佩地說：「你說的倒簡單。一般人就是因為爬不起來才痛苦啊。」

「會嗎？」

「會。要是意志力那麼強，就不會喝那麼多才回家了。」

「可是，一個人先走，會害剩下的人氣氛變差啊。」

「如果第二天宿醉起來自己不舒服，不如讓大家氣氛變差算了。」

春香的話讓繁之大笑。繁之這個人，從以前就是這樣。要是沒什麼事，他大概會十二點就上床，早上七點便睜開眼睛。而最近他卻經常在半夜兩點過後打電話給人在台北的春香。當然，大概是因為不規律的工作打亂了他的生活節奏，但深夜兩點多懷著歉意打電話來的繁之的聲音，和以前健康的聲音根本不一樣。

「明天休假？還是晚班？」

每次他這麼晚打來，春香首先就會這麼問。可是繁之的回答幾乎都是：「有點睡不著。」

「明天要幾點起來？」

「六點吧。」

「那你不就睡不到四小時？」

「嗯，可是可以在休息室躺一下。」

「人家說要是太累反而會睡不著，可是你還是得好好睡覺才行。」

「嗯……我知道啦。……對了，妳那邊都還好嗎？」

只要講到睡眠時間，繁之一定會岔開話題。春香知道他自己一定也很在意，所以決定不要多問，反而以幽默的方式把自己在台北的糗事、工作上的抱怨說給繁之聽，當作是鼓勵疲憊的繁之。電話那頭傳來的繁之笑聲和往常一樣，那些笑聲反而會鼓勵春香。

看著花了三小時大致整理好的繁之的房間，春香想起他們在電話中的對話。一想到繁之是從剛才空氣不流通的這個房間打那些電話的，就覺得整理過的房間又恢復原狀，躺在垃圾和待洗衣物裡的繁之就在那裡。春香這時候才頭一次想到：「繁之還好嗎？」她不相信剛才房間的慘狀，單單是工作疲憊的怠惰所造成的。

這一天，繁之依照約定，九點剛過就回來了。春香已經把洗好的衣服疊好，準備好雞肉鍋了。幾個月不見的繁之，憔悴得嚇人。一時之間，春香還以為是照明的關係，但當她一手拿著湯杓來到走廊，繁之的憔悴就更加明顯。

「你回來啦。」春香對他說。

繁之舉起應該是回家路上買的葡萄酒，應聲「我回來了」。雖然把有如飯店人員熨燙過的筆挺西裝穿得有模有樣，但肩膀那邊的疲憊卻怎麼也掩飾不了。

「繁之，你瘦了。」春香老實說。

「有嗎？」

毫不在意地歪著頭的繁之笑說：「妳看起來倒是越來越健康了。」

「不會吧……我胖了？沒錯，我真的變胖了。」

「妳沒變胖啦，只是很健康……」

「因為，出門走沒幾步，路上就有好吃的肉包，又有看起來熱量很高的切片水果，上班路上簡直就像走在百貨公司地下美食街一樣。在那種地方，你說我怎麼能忍住不吃？」

繁之對賣力解釋的春香微笑，並環視著房間。房間清掉了七大袋垃圾，春香認為他一定會說些什麼，但繁之卻只是把脫下的外套丟在床上而已。

「……喂。」春香不滿地叫。

「嗯？」

「還嗯呢！你該不會什麼都沒注意到吧？」

春香揚起下巴，指了指整個房間。從腳邊重新看了整個房間一圈的繁之，這才「……啊」的發出了有氣無力的聲音。

「還啊呢。整理成這樣，足足花了我三個鐘頭。順便告訴你，垃圾有七個四十五公升的垃圾袋那麼多。」

「啊，抱歉……。因為春香在，房間就和平常不太一樣。……啊，謝謝。好、好厲害哦！看起來整個都不一樣了呢。」

本來想好好兇他一句的，但繁之像是比想像中還來得頹喪，甚至顯得可憐。

「算了。總之，我知道你工作忙，但是住在那種房間裡會生病的。一回來，要先打開窗戶讓空氣流通，要是懶得打掃，至少偶爾也要洗個衣服。」

「嗯、嗯。抱歉……」

繁之以前就不是話多的人，但也不是這種沒辦法把話好好說完的人。春香調整心情後說：「今天我做了雞肉鍋。你餓了吧？」隨即回到了廚房。

「嗯，餓了。馬上就可以開飯？」

「可以是可以，不過你要不要先沖個澡？」

「也好，先清爽一下再吃吧。」

「就是啊。你先去沖個澡吧。」

春香把肉放回冰箱。關上冰箱那一瞬間，繁之突然從背後抱緊了她。

「妳明天也會留下來過夜吧？」

繁之的氣息吹到耳邊。

「好久沒來了，我會待久一點。」

春香小心讓自己的動作不會顯得不自然，她鬆開繁之的手問道：「你不是要去沖澡嗎？」溫柔的推他的胸口。繁之的氣息有點味道，雖然不至於令人厭惡，但吹在耳邊的氣息帶著一絲腥味。工作忙，身體狀況也會變差，也許這是難以避免的，但像被一個陌生人突然抱住般，讓她感到不自在。

葉山勝一郎將流理台的廚餘裝進小塑膠袋裡，邊確認貼在冰箱上的垃圾清運表邊打兩個死結，以免裡面的湯水流出來。透明的塑膠袋裡，有濕茶葉、今天早上吃的鮭魚骨頭等物。驀地裡，他想起今天早報傳單裡宣傳的，將廚餘製造成堆肥的工具，本來想買，但又想起自己這個幾乎不會煮飯的孤單老人的廚餘，也做不出什麼堆肥，便立刻打消了念頭。

廚餘清運日果然是今天。早上九點剛過，垃圾車應該還沒來。勝一郎將兩天前忘了丟的廚餘也一起拿了出來，從廚房的後門來到庭院。曾幾何時，早晚的氣溫明顯降低了，從拖鞋中露出來的腳趾馬上就感受到了涼意。

從院子來到外面的馬路上，一樣是出來倒垃圾的、住對面的男主人對他說：「早安。」「哦，早安。」他也點頭這麼說，然後向電線桿旁的垃圾場走去。住對面的男主人朝他腳邊揚揚下巴說：「是不是野貓啊？」一看，電線桿周圍廚餘散亂一地。按規定，廚餘要放入由町內會配給的藍色塑膠桶內，但似乎有住戶沒有把蓋子扣好，所以學會開蓋子的野貓便打開了塑膠桶的蓋子翻找廚餘。

「野貓真的打得開這種塑膠桶的蓋子啊？」勝一郎邊將自己的廚餘倒進桶子邊感到納悶。

「天曉得是怎麼打開的。好像也有人說會不會是烏鴉。不過，聽那邊的太太說，一到早上，貓叫聲就很吵。」

地上廚餘的數量並不多。勝一郎將塑膠桶的蓋子牢牢扣緊，對仍盯著散了一地廚餘看的男主人說：「我這就去拿掃把和畚斗來掃乾淨。」

「我來……」

「不了，我東西就放在那邊。」

「是嗎。這裡也該放把掃把和畚斗。」

勝一郎以不置可否的笑容回應了男主人的提議，然後就回自己家去了。前幾天他掃玄關時，把用過的掃把和畚斗靠在玄關旁。身後響起對面人家的玄關關門聲。勝一郎拿起掃把，取下黏在掃把毛上的一片枯葉。

住在對面的男主人姓市井，彼此隔著這條小小的馬路住了三十年以上，但一直到退休前，兩人幾乎不太會見到面。據妻子曜子說，對面的男主人在銀行上班，女主人曾向她抱怨，平日就不用說了，週末也要應酬、打高爾夫，幾乎都不在家。彼此鄰居偶爾見了面，也只是互相點頭招呼，若對方帶著高爾夫球具，也許會說聲「天氣真好啊」，若他自己深夜回家，對方就會反過來對他說句「很忙啊」。

今年初曜子走了，像這樣自己包辦一切家事之後，與幾年前同樣失去妻子的對面男主人便幾乎每天都會打照面。早上倒垃圾時，上午散步時，下午去超市時，偶爾想喝點酒而臨時起意到車站前的居酒屋時，兩人也會剛好坐在隔壁。也許是因為年輕時都只知道工作，即使見了面也沒什麼話好說，加上兩人都已經不是打高爾夫球的年紀了，又都沒有什麼嗜好，唯一勉強稱得上共通點的，便是失去了妻子，都是一個人過日子。但聚在一起互相訴說失去了妻子的生活有多麼不便與寂寞，只會令人情緒低落，話題也不持久。有一次，他曾來邀約：「區裡好像有針對銀髮族開的繪畫教室，要不要一起去？」但勝一郎不認為自己有畫畫的天分，便婉拒了。而對方好像去了三、四次，看他苦笑著說：「就算硬叫自己去享受畫畫的樂趣，結果還是一點都不好玩啊。」顯然後來並沒有再繼續。

即使如此，他和勝一郎不同，有一個女兒。女兒雖已出嫁，但好像是住在千葉，每個月都會帶孫子回來露個面，那個孫子開來的紅色車子會停在玄關前。實際停留的時間可能只有兩、三個小時吧，但勝一郎有時覺得，那輛紅色的車子一停就停了一、兩晚。

至今，勝一郎仍每晚都會想起妻子曜子臨終的時候。實在來得太快、太突然了。也許正因如此，他才會在每晚想起那個瞬間，即使無法延長臨終的那一刻，也希望那短暫的時間能夠更具份量。

曜子最後真的是不斷進出醫院。住院時，勝一郎幾乎每天都去探望。在固定的時間搭固定的公車，在固定的便當店買自己的中餐，然後也沒談些什麼，就在妻子床邊吃便當，說聲「那我明天再來」就離開病房。

醫院打電話來通知病危，是在清晨、勝一郎睡睡醒醒的時候。在電話鈴響之前，電話如震動般微微的叮了一聲，光是這一聲，勝一郎便不禁低聲說出：「啊啊，來了。」隨即電話便響了，勝一郎爬過黑暗的房間接電話。

勝一郎邊聽護士說明，邊將聽筒貼著耳朵，走遍房間和廚房打開了所有的電燈。也許是覺得讓房間和廚房亮起來，護士傳達的內容也會有所改變吧。然而，在黎明前，即使讓整個房間顯得再明亮，妻子的病危通知也沒有轉變成其他內容。

「其他如果還有需要聯絡的家人……」護士說。

勝一郎本來一直沉默聽著護士說話，只有在這時候篤定的回答：「不用，妻子只有我一個親人。」

他買了羊羹準備在這天帶到病房去，還沒打開，還放在紙袋裡擱在廚房的餐桌上。事後回想起來，根本不必帶羊羹到病危的妻子身邊，但顯然即使自以為冷靜，其實已是分寸大亂。現在，一想起妻子在病床上陷入昏睡狀態的樣子時，不知為何，她枕邊竟有這羊羹的紙袋。

總算在天色發白的時候到達了仍處於昏暗中的醫院，勝一郎前往病房。雖然不知多少次告訴自己要冷靜，但他仍按錯了電梯的按鈕，連不知走過多少次的醫院走廊也不知該向左還是向右。病危的妻子躺在加護病房的病床上，口鼻插了好幾根管子。可能因為這樣，妻子看起來比平常在病房時小了一、兩圈。站在她枕邊的護士說：「我去叫醫生，請您一直對她說話。」然後就離開了。勝一郎坐在鐵椅上，握著妻子從被子裡露出來的纖細的手。

他不知道該對妻子說些什麼。但是，這是此刻自己唯一能夠為她做的事。「……曜子。」他試著發聲。可是，卻說不出第三個字。

「曜子……」

不知道這樣叫了多久，當他回過神來時，已在醫生與護士的陪伴下，走在被送往往生室的妻子後面。

勝一郎每晚都會想起那時候的事，也許是因為拚命想想起當時自己向妻子說了什麼。他覺得好像到頭來他什麼都沒說，卻也覺得那段時間，是他們夫婦共度五十多年的歲月中，與妻子說了最多話的時候。

打掃完垃圾場回到家，勝一郎在廚房喝了一口冷掉的茶，明明才剛吃過早飯，卻出聲說「好啦，中午要吃什麼呢」。曜子不斷進出醫院的時候，他自言自語的情況就變多了，在她去世之後，幾乎成了日常生活的一部分。

上午他打算去附近的圖書館。上午的電視節目沒半個好看的，看那些年輕藝人哇啦哇啦亂吵一通，覺得自己好像被當成笨蛋，沒來由地心頭火起。話雖這麼說，又不能呆握著茶杯，結果勝一郎找到的出口，便是附近的圖書館。當初去那裡，是為了想找年輕時看過的小說，在多年後重溫一番，但滿心懷念所拿起的書，字都太小，老花嚴重的勝一郎無法長時間閱讀。無奈只好死心準備打道回府時，發現了有為勝一郎這樣的老人所設置的大字體專區。他隨手從中抽出來的書是《萬葉集》*的白話譯本。快速翻過的書頁中，他的視線停留在其中一首詩上：

妾有磐名心不改，奈何玄髮變秋霜。

妻子去世後，勝一郎悄悄地辦完了葬禮。這段期間，以及之後，勝一郎一滴眼淚也沒流。然而，當碰巧看到這首詩時，大滴的淚水便潸然而下。他只是像個孩子般一心想著：好想和曜子多說幾句話。

從此之後，到圖書館的大字體專區去隨意選書看上幾頁，便成為他的樂趣。到了這把年紀，他也沒有意願去學新的東西，真的就只是悠閒看著書上的文字而已。

本打算到圖書館去，在玄關穿鞋的勝一郎，忽然注意到自己忘了帶鑰匙。他脫掉已經穿好的那隻鞋，手扶著膝頭，腳踩在架高的地板上。下一秒鐘，動作卻突然停止，並不是因為他忘了鑰匙放在哪裡。鑰匙一如往常就在廚房的餐桌上。勝一郎以單腳跨上架高地板的不自然姿勢，視線從眼前昏暗的樓梯移往鞋架。那裡有一個妻子還在的時候，用來插花的信樂燒花器。花器現在放的是乾洗店和報社的收據。

勝一郎接下來又別過臉，朝昏暗的樓梯看去。為了讓照不到日光的樓梯牆壁顯得明亮些，妻子掛了好幾幅畫。不知她是從哪裡買來的，每幅畫都是色彩繽紛、令人聯想到南國的風景畫。看著畫，彷彿強烈的日光就從椰子樹葉和香蕉樹穿透過來般。

猶豫了很久，結果勝一郎還是回到廚房。鑰匙果然在餐桌上，放進長褲口袋後，又再次走向玄關。但是，想從架高的地板下去時，勝一郎的腳又停了下來。

勝一郎家裡的二樓，以拉門隔成兩坪多與一坪半的兩個房間。當初蓋房子的時候，兩坪多的那個房間被當作客房空了下來。但是，夫婦倆都沒有會來訪的親戚，以前來家裡玩的勝一郎的後進偶爾會過夜，但那也是他們還沒有成家之前的事。勝一郎本來就不喜歡在家裡到處堆東西，一樓的房

＊萬葉集，現存最早的日語詩歌總集。

間裡只有一架櫥櫃，連本該擺放在一樓的衣櫥也全都塞進二樓兩坪多的房間裡。「塞」這個說法很傳神，因為兩坪多的房間裡，左右兩邊的牆壁全都被櫥櫃占滿了，考慮到打開抽屜的空間，幾乎沒有其他多餘的縫隙。

另一方面，一坪半的房間則被妻子當作更衣室使用。裡面有她的嫁妝化妝台，還有刺繡、書法、文書處理器等等，妻子在不同階段感興趣卻又很快便生厭的用具都還留在那個房間的壁櫥裡。妻子在世時，勝一郎幾乎沒有上過二樓，每天穿的衣服都由妻子上下樓梯幫他準備好，偶爾大掃除的時候，她也說「二樓我來就可以了」。就他想得起的範圍內，追溯最新的記憶，最後一次上去好像是妻子說擋雨窗卡卡的，他去看了一下情況。但是，仔細想想，這也是將近十年前的事了。

在妻子過世、手忙腳亂準備葬禮的過程中，勝一郎頭一件必須做的事就是選遺照。因為兩人沒有孩子，幾乎沒有拍照。少數幾次旅行中兩人互拍的照片應該是有幾張，但要用來當遺照顯得太過年輕了。舊照片全都在二樓妻子的房間裡。雖然沒有好好整理，但五十年的夫婦生活才只有五本相簿，實在也太少了。

結果，勝一郎選的照片是五、六年前因為不好意思推辭而出席的婚禮中拍的。那是以前公司裡的後進娶媳婦，妻子挽起頭髮，穿著和服，與身穿白紗的年輕新娘兩人合拍的照片。

葬禮的準備是一陣慌亂，那天，勝一郎就把攤開來的照片留在地板上，離開了二樓。妻子雖然過世了，但他並不打算將二樓妻子的房間清理掉。他想著，至少該把沒收的照片收好而再次爬上二樓，那應該是順利結束頭七法事之後的事。當他把攤在地上的照片收回相簿，正要放進壁櫥裡時，便看到好幾個與其他相簿疊在一起的信盒。說是信盒，但裡面沒有半個是漆器或是鑲貝的精緻信盒，全都是勝一郎從公司帶回來的紙製文件盒，但仔細以年代區分的盒子旁均貼著寫有「信件」的貼紙。

偷看寄給妻子的信這種事太不識相，他當然沒有這個念頭。從年代看來，其中很可能有年輕時的自己寫的令人臉紅的信，他甚至想敬而遠之。但是，當他關上壁櫥的門，從昏暗的樓梯下樓時，腦中忽然浮現「中野赳夫」這個男人的名字。這個名字出現的那一瞬間，勝一郎的血液凍結了。當然，勝一郎並沒有忘記他，相反的，甚至可以說，一直以來，勝一郎都刻意壓下他那趁隙便浮現心頭的面容。

而妻子的死似乎讓心情鬆懈了，最近又頻繁浮現。過去順利壓下的蓋子，這時候，樓梯下了一半的勝一郎不知為何就是壓不下，一回過神來才發現，自己正要爬上昏暗的樓梯。

勝一郎不認為妻子的信盒裡會有他的來信。別說信了，連妻子還記不記得他都是個問題。

勝一郎在台灣出生，一直在那裡待到終戰，也就是所謂的灣生。他與中野赳夫是舊制台北高等學校的同學，也同樣都唸理科，但勝一郎以技師為目標，與立志繼承父親行醫的中野赳夫不同班，在學校幾乎碰不到面。但是，他們是在同一個町一起長大的，進入青春期後又有攝影這個共同愛好，因此兩人有很多時光都是一起度過的。

中野赳夫的父親是台北榮町的執業醫師。包括他在內，整個家族都是台灣人，但現在回想起來，當時的勝一郎對這方面的意識薄弱得近乎不可思議。好比在糧食供應還十分充裕的時候，假日他到勝一郎家來玩，常被留下來一起吃晚飯。雖然母親並不會因為有他在就特別多加幾道菜，但等他回去之後，母親曾高興的說：「太好了，赳夫吃了很多，菜好像很合他的口味呢。」勝一郎覺得母親那樣高興未免太過誇張，便潑冷水說：「因為肚子餓了啊。」「也許真的是很餓，可是我也特地把味道調得濃一點了啊。」母親不滿地說。

然後這時候，勝一郎才總算有「啊啊，對喔」之感。

相反的，勝一郎想起自己也去他家吃過好幾次飯，可是卻喝不慣加了台灣特有香料的湯。只是，這些小小的不協調都不持久。每個家庭都會有不同的生活習慣，但是他從來沒有意識到，這是日本和台灣這麼大的議題。

終戰後，勝一郎一家人搭乘基隆啟航的引揚船回去日本。同樣住在附近的妻子曜子一家人，也是搭同一艘船。接受完國民黨的出國檢查、已經不能不上船的時候，妻子一再回頭，依依不捨地低聲說：「赳夫明明說過會來送行的。」這景象，至今勝一郎仍歷歷在目。

「他是要留在這裡的人，心裡根本已經沒有我們了。」勝一郎冷冷地回答。當然他並不是真心這麼想，也深知對方不是這麼無情的人。

「等我們回去安頓好了，我再寫信給他好了。」

記得曜子走舷梯上船時，還這麼說。

「妳這麼做，可能會給他造成麻煩。時代已經變了。」

語氣兇得連自己都感到吃驚。勝一郎默默從驚訝的妻子手中搶過沉重的包袱。「沒關係，我自己拿得動。」妻子這麼說，但他回：「別爭了，我來拿。」

海岸受到國民黨軍隊嚴密的戒備，台灣人在整片欄杆之後朝他們揮手，甲板上每個人都哭喊著告別。告別台灣，告別昨天之前的鄰人。

●

彷彿要對抗六合夜市的喧囂般，遠處警車的警笛聲逐漸靠近。在路邊攤大吃蚵仔煎的陳威志停下筷子，看向警笛聲的方向。今晚六合夜市也熱鬧非凡，在隨時都可能會下雨的沉重夜空下，大批遊客逛著攤販密集的夜市。近前就有來觀光的日本女孩聚在生煎包攤前，叫著「卡哇伊、卡哇伊」。威志沒念過日文，但因為電視綜藝節目的藝人經常掛在嘴邊，所以「卡哇伊」這個日文他是聽得懂的。只是他不明白，不就是個普通肉包，有什麼好可愛的？警車經過夜市入口而不入，警笛聲也隨之遠去。威志用筷子把剩下的蚵仔煎撥在一起，倒在米粉上。已經半夜十二點多了，攤販零零星星開始打烊收拾。威志自己也是才剛收拾好打工的冰店過來的。收拾的時候，問過打工的前輩吳信意：「我跟朋友等一下要去ＰＵＢ，要不要一起去？」但對方一心只想繼續玩剛買的電動，因而一口拒絕。

這個吳信意，是個令人不知如何應付的人，以前因為想當畫家而到紐約的藝術學校遊學，但回來以後沒畫畫，也沒從事相關方面的工作，不知為何，竟然跑到夜市附近的冰店和威志一起工作。一問之下，原來雙親是靠股票賺錢的富有散戶，又經營公寓大樓，家裡財產多到用不著他這個獨生子去工作，而他就因為喜歡面對面接觸客人這個理由，便開開心心做著時薪幾十塊錢的工作。

「既然有錢，自己開店不是很好嗎？」威志這麼說，對方卻懶洋洋回答：「才不要呢，自己開店很累的，而且光是想要開什麼店就好麻煩。」

吃完米粉，威志站起來，看向對面的飾品店。那家店已經熄燈了，朋友李大翔正把花車推進店裡。打從國中起，李大翔就一直和他同校，即便是畢了業的現在，兩人也玩在一起。高三時還曾發生過兩人主科考試的成績全部同分、一起落第的奇蹟。畢業後，兩人去考機車駕照也是同一天，下雨天第一次摔車也是同一天，兩個人互相調侃說，既然這樣，搞不好會同一天結婚、生小孩。

看李大翔還沒有要過來的樣子，威志又坐回椅子上，銜起吸管，喝他還沒喝完的檸檬汁。後面那桌喝醉酒的幾個男人從剛才就一直重複同樣的對話。他們針對去年獲得歷史性勝利的民進黨總統陳水扁在就職演說裡提出的「五個不」，這也不是那也不是地討論不出個結果，對政治不感興趣的威志覺得這話題簡直無聊得要命。

當然，去年政權從連續執政五十年的國民黨手中轉移到民進黨時，連威志也深感興趣，緊追政治動向。高雄因為地緣關係，絕大多數都是民進黨的支持者，親眼看著街頭天天上演支持選舉的大型集會時，威志親身體會到也許情況會一夜劇變的興奮。但是，都已經過了將近一年，當初連威志也為之狂熱的時代激情如今已歸於平靜。

當然，在政權才剛轉移的法治國家裡，並不會立刻發生急劇的變化，明理的大人固然有等候變化產生的耐性，但年輕人如威志，感覺到的卻是激情過後的空虛。

呆呆任憑身後男子們的話傳入耳中時，李大翔穿過人群從對面穿越馬路走了過來。威志舉起一手招呼，李大翔便誇張的惶恐立正，當場做出敬禮的姿勢。

「別鬧了啦。」威志笑了，但走過來的李大翔卻更加恭敬的敬禮說：「陳威志上校！屬下回來了！」

「你吃過晚飯沒？」威志不理他作怪，這麼問道。

李大翔一把搶過威志的檸檬汁，回答：「有啊，吃過了。邊看店邊吃了兩碗魯肉飯。我們走吧。」

「好，那就走吧。」威志說著也站起來。「……不早點去，正妹就全走光了。」

聽到威志的話，李大翔笑他：「說什麼『不早點去正妹就全走光』咧。反正就算有正妹在那裡，你也不敢去跟人家講話。」

「你這種去跟人家講話卻沒人理的人，有什麼資格說我！」

「至少我有去跟她們講話，比你好啦！」

「講話也算，那我阿嬤乘涼時講過話的人可多了。」

肩膀互相撞來撞去的兩人走出了夜市的人群，從夜市入口一大排摩托車中，各自尋找自己的摩托車，結果事前明明沒講好，兩人的車竟並排停在一起。

「原來你有在看我停哪裡喔？」

對於大為驚訝的李大翔，威志也不甘示弱回嘴：「是你每次都偷看我吧！」不愧是考試同分、頭一次摔車也同一天的兩個人。

「對了，你什麼時候去當兵？」

李大翔邊用力把摩托車拉出來邊問。

「一個月以後。」威志也一樣拉著摩托車回答。

「我們幾個裡面，你是最早拿到兵單的耶。」

「你也快了啦。」

兩人同時跨上摩托車。

「可是，一年十個月耶，好長啊。……不過，你又沒有女朋友，對外面的世界也沒什麼好牽掛的。」

李大翔邊發動引擎邊取笑道。

「你這樣講也太狠了。」

「我知道了，所以你是為了尋找牽掛，才每天跑ＰＵＢ。」

「是沒錯。不過只剩一個月，希望渺茫啦。」

「別這麼說嘛。你想想，當兵的時候難得放假卻只見得到我，多淒涼啊。」

李大翔用玩笑話趕跑威志的感嘆。

「啊——啊，好想到遠方去喔。」威志仰望夜空。

夜市的燈光照亮了厚厚的雲層。

「到遠方喔？」

李大翔也同樣抬頭看天，然後說：「我知道了。那要不要去墾丁？」

「墾丁？騎車去？」威志驚異的說。

「是很花時間沒錯，可是現在不是旺季，人一定很少，這樣玩起來不是比較痛快嗎？」

「和你去海濱勝地？」

「別在人這麼多的鬧區混PUB，去墾丁玩一趟，保證你進軍隊的時候神清氣爽。」

「我才不要跟你單獨去咧。」

威志將摩托車騎出去。濕熱的晚風吹上汗濕的臉頰。身後響起李大翔「等我啦！」的大吼。威志加快了速度，夜市的喧囂自身後遠去。

藍色的大浪打上了金色的沙灘，圍繞著墾丁小灣海灘的海岬上長滿了野生椰子樹，隨著海浪的節奏搖曳著大大的樹葉。下午近晚時分，沙灘上不見人影，只有海浪規律起伏。強烈的日光照得海面耀眼奪目，但在岩石後面脫衣服的威志卻覺得照不到太陽的沙好冷。

「真的還能游嗎？」

威志問先脫得只剩一件內褲，隨時準備奔向沙灘的李大翔。

「就算水冷一點也不會死人啦！」如此回答的李大翔以O型腿奔向大海。威志也趕緊脫掉牛仔褲，一時猶豫著不知該把手裡的錢包放哪裡，但環顧四周，和他對上眼的只有一隻野狗，心想野狗總不會偷錢吧，便把錢包扔在脫下的牛仔褲上。

他們跑過的向陽沙灘比岩石後方熱得多，先開跑的李大翔已經要進海了。

「李大翔！跳進去！」威志大叫。

回頭的李大翔亂了腳步，一個跟斗栽進海浪裡。

「嗚、好冷！」

海裡傳來這樣一聲慘叫。不知是否真的很冷，只見他四肢著地爬著逃離緊接而來的海浪。威志放聲大笑，一邊跳過四肢著地的李大翔。海浪打上了他著地的腳底，為了保持平衡而伸出的腳，在水中深深陷入沙裡。再來就跟李大翔一樣，被一波波的海浪絆住了膝蓋，一下子就被海水吞噬。

「好、好冷！」

威志也慘叫著逃離海浪。正想爬上沙灘，卻被下一道海浪打到背後跌倒。已經跑去避難的李大翔大笑看著全身是沙的威志。

「這麼冷，根本不能游！」

威志總算逃上沙灘，整個人平攤在沙上。曬了一整天太陽的沙子很熱，溫暖了受涼的胸腹。

「海水浴這樣就沒了喔？」威志臭罵還在笑的李大翔：「……我們就是為了這五秒鐘，騎車騎到屁股痛，跑到這裡來的嗎！」

位於台灣南端的墾丁，距離高雄市區騎機車需花四小時以上。一路上，他們雖然會在便利商店等地休息，但在大太陽底下騎了四個小時的摩托車，頭會發暈，屁股也硬得跟石頭一樣。

李大翔死約活約，威志才跑來這裡。下週他就要去當兵了，結果在PUB並沒有遇到「牽掛的人」。

「我餓了。」

胸口還貼在溫暖的沙上，李大翔好像真的已經放棄了海水浴般對他這麼說。接著，便站了起來，拍掉沾在肩上的沙。

「我們到那邊的飯店餐廳去吃東西吧。」

「真的這樣就結束了喔？」威志苦笑。

「因為，你也游不下去了吧？」

「這，話是沒錯……」

一抬頭，只見李大翔正看著從公車站連接到這裡的行人步道，一名男子正奔下長長的樓梯。威志抬起身子看過去，只見男子身穿輕裝的軍服，腳上是沉重的軍靴。

「大概是當兵放假吧。」李大翔喃喃說。

在沙灘上往大海走去的男子還很年輕，年紀大概跟威志他們差不多。他在沙灘上走到一半，就迫不及待開始脫軍服。

「他要游泳嗎？」威志低聲說。「搞不好直接跳海自殺。」李大翔笑著說。

結果男子看也不看威志他們一眼，把沉重的包包一扔，脫掉沉重的靴子，最後只剩下一條內褲，便直接衝進海裡。本以為他會冷得馬上爬上岸，但當他第二度現身，已經是在離岸邊有段距離的海裡了。他望著刺眼的頭頂太陽，身體浮在平穩的海浪上，顯得十分暢快。

「難道只有那邊水溫高嗎？」威志覺得納悶。

「那個人好厲害喔。」李大翔也讚嘆。「……等你當完兵，也會變得跟他一樣。」李大翔笑著又接了這一句。「我才不想。」威志嘆著氣說。

結果，男子在海裡游了好一陣子，然後若無其事回到沙灘，抱著脫了一地的衣服，走回行人步道。這平淡無奇的光景，不知為何竟深留在威志心裡。

這一天，他們與國中同學王窈君偶遇，那是在接下來他們頂著一頭濕髮走進度假飯店餐廳的事情。他們走進淡季中空無一人的店裡，在窗邊的桌位坐下來，等了半天卻沒有店員過來，威志開始奇怪「這裡是不是沒開啊？」的時候，說著「我們現在不供餐哦」走過來的正是她。

「咦？王窈君？」

先出聲的是李大翔，「你們在這裡做什麼？」她也很驚訝。

「海水浴啊！」他們兩人同聲回答，結果她笑了：「兩個大男生一起來？」

「妳自己呢？在這裡幹嘛？」

李大翔這麼問。她答道：「看了就知道啊，我在這家飯店上班。」

「是喔？」

「你們呢？現在在做什麼？」

「我們就那個啊，有在工作啊。」

「所以啊，在做什麼？」

「啊就我在六合夜市賣銀飾，這傢伙在附近的冰店。」

「也就是說，沒有去找正式的工作。」

「對啦，妳沒說錯。啊，對了對了，這傢伙下星期就要去當兵了。」

「這樣啊？」

王窈君以看什麼稀奇東西般的眼神看著默默聽著兩人對話的威志。然後好像想起什麼似的，突然改變話題：「啊，你聽說了嗎？美青的事。」

「美青？」威志歪著頭問。

「你們最近沒見面？」

「她現在不是在加拿大嗎？」

「是啊，可是她在那邊好像有點問題。」

「有問題？」

「原來你真的不知道。你家和美青家的大人們都有往來，我還以為你早就知道了。」

「到底是什麼事啦？」

記得是今年年初吧，威志和暫時回國的張美青巧遇。那是威志騎摩托車到燕巢祖母家路上遇到午後雷陣雨，在躲雨的時候。那時候，他們也沒說什麼，只是並騎在雨停了的農業道路上，一起從芭樂園眺望台灣高速鐵路的維修工廠。

「……聽說啊，美青在那邊好像懷孕了。」

「咦、咦咦！可是，她現在不是在那邊上大學嗎！」

對王窈君的話先出聲回應的是李大翔，他的聲音在空盪盪的餐廳裡作響，威志則因為太過驚訝而出不了聲。

「……她好像要休學回來哦。」

「回來？那對方呢？男方是加拿大人吧？」

李大翔窮追不捨地問。

「聽說是日本人，跟美青一樣都是留學生。可是啊——，那個日本人好像很沒擔當。聽美青說，他是個認真又溫柔的人，可是事情一變成這樣，就只會不知所措，像個小孩子。他爸媽還從日本飛過去，弄得很誇張。還在美青面前哭耶！說什麼『這樣會毀了兒子的將來。請妳當作沒這回事』之類的。一般人會對女孩子家講這種話嗎？真叫人不敢相信。而且那個男的對他爸媽說的話一句也不敢回。美青說她難堪到了極點。這是一定的嘛。」

聽著王窈君的話，威志想起在芭樂園中與美青一起望著建設中的維修工廠時她的側臉。之所以看起來比以前更有女人味，也許是因為當時她肚子裡已經有了新生命。

王窈君繼續痛罵那個日本人的不中用，好像是她自己遇到似的。但與其說是罵，更接近感嘆。

「……話說回來，美青回到這邊，也不知有什麼打算。當然，她爸媽是能幫一點忙吧，可是一個人養小孩可沒有那麼簡單。」

「咦？她要生？」威志不禁插嘴。

「要啊！所以才要回台灣啊！」

從她的敘述，威志一心以為美青已經墮胎了。那種直到最後一刻整個翻盤的感覺，真的讓他連話都說不出來。王窈君沒注意到威志仍處於大為震驚的狀態，開始說起同樣是離了婚，一個人養育女兒的阿姨有多辛苦。威志又想起在芭樂園裡相遇時美青的臉，心想，那時的她，真美。

高雄市政府的廣場上，反射出強烈的陽光，令人睜不開眼。聚集在廣場上的近千名年輕人肩上背著沉重的行李，每個人都瞇起了眼睛。站在幾乎是隊伍正中央的威志，也揉著睡眠不足的雙眼，聽著台上綿綿不絕的演講。

聚集在廣場上的年輕人，都是今天開始入伍，有人神色緊張，也有人像玩具被拿走的孩子般，面露不滿。

昨晚，威志家也為他辦了小小的餞行會。儘管以後每週放假都能回來，但至少接下來的一年十個月，他得離開家人，父母、妹妹，連住在燕巢的外婆都來了，全家人為了威志而聚在一起。

只是，開始吃飯的時候，雖然氣氛嚴肅，但等妹妹看起電視，母親與外婆開始為做了太多菜而煩惱著不知該如何善後時，餞行的宗旨就模糊了，回過神來，就只剩下威志和父親還坐在餐桌旁。

「每個人都要去的，用不著擔心。」父親說。

「我不擔心啊。」威志回答。

「跟爸那個時代不同，最近也沒管得那麼嚴了。」

「爸那時候很嚴喔？」

「那當然了，因為很怕啊，不知道大陸什麼時候會打過來。」

虎頭蛇尾的餞行一結束，威志就一個人先回自己的房間。自從在墾丁的飯店聽了王窈君那些話以後，他就一直想打電話給美青，但卻始終沒打。明天就要去當兵了，他覺得這可以算是突然打電話的理由。但是，他也只是想，最後並沒有真的拿起電話來打。

稀稀落落的掌聲響起，台上漫長的演講好像結束了。威志忍著哈欠，站在旁邊的男生以不安的聲音對他說：「不知道等一下會把我們帶到哪裡去？」威志也偏著頭說：「不知道耶。」又說：「反正，不會是什麼好玩的地方。」

二〇〇二年

七〇〇系T

「這輛車，看起來可以跑很快哦　台灣新幹線設計公開」

以日本新幹線技術建設的台灣版新幹線（台灣高速鐵路）的設計，十九日於台灣台中市發表。此一車型為台灣所設計，以新幹線七〇〇系「Nozomi」為雛形，命名為「七〇〇T」（T代表台灣）。將七〇〇特有的弧形鴨嘴尖端部分設計得較為直線，更顯精悍。

台灣高速鐵路計畫將台灣台北與高雄之間的十二個都市，約三百四十五公里的區間，以平均三百公里的時速、一個半小時的時間連接起來。目標是於二〇〇五年十月開始營運。

總工程費用約四千五百億台幣（約一兆七千億日圓），為台灣建設史上最大金額。列車為十二節車廂，分為商務車廂（一節）與標準車廂（十一節），總座位數計九百八十六席。

《產經新聞》二〇〇二年四月二十一日的大阪早報

台北市內，MRT木柵線中山國中站附近的泰國餐廳裡，林芳慧正專心看著菜單。兩個月前，她和同事多田春香來過，但當時吃過的雞肉料理名稱現在卻怎麼也想不起來。在旁邊喝泰國啤酒的男友江昆毅已經有點受不了，說「算了啦，隨便點啦」，但她就是為了那道菜來的，說什麼也要想起來。

「范琳琳她們什麼時候過來？」

又將啤酒加滿的昆毅問，芳慧眼睛盯著菜單回答：「馬上就到了吧。」

芳慧和等會兒要過來的范琳琳是高中以來的好友，范琳琳已經結婚，和經營一家小IT企業的丈夫住在附近。

「范琳琳她老公的公司，好像經營得不錯，前陣子還上報。」

「是喔？」

「他們不是架了介紹餐廳的網站嗎？」

「……啊，有了！」

「咦？」

「就是上次吃的那道菜呀。」

芳慧馬上叫來服務生。與水泥牆上播出的巴黎時裝秀的店內氣氛十分相稱、活像個模特兒的男孩走了過來。

「我們要這個。然後還要加點綠咖哩。」

服務生一走，昆毅就苦笑著說：「等范琳琳她們來了再點就好啦。」

「這家店出菜很慢。」

點完一定要吃到的菜，芳慧鬆了口氣般喝了一口啤酒，之後問昆毅：「那，你剛說什麼？」

「范琳琳她老公的公司？」

「不是，更之前。」

「哦，春香沒什麼精神？」

「啊，對對對。就是啊！上次她從日本回來後就一直沒什麼精神。……春香沒有說詳情，所以我也不是很清楚，不過好像是在日本的男朋友身體不太好。」

「在飯店工作的那個？」

「對。說是說身體不太好，可是從春香講的那個樣子看來，好像不是身體方面的問題，比較像輕微的憂鬱症。」

「憂鬱症？」

昆毅大吃一驚。

「還不知道啦。可是，聽春香說起來感覺很像。」

兩週前，台中市新開幕的服務中心事務告一段落，春香請了一週的休假回日本。回國之前，春香就經常說「男友的聲音在電話裡聽起來沒什麼精神」而很擔心男友，實際見面後，更是令她震驚。春香當然沒有把男友的情況詳細告訴芳慧，所以芳慧也只是推測，但春香嘴裡冒出來的「不過，也許只是因為工作太累才沒有精神」的話，卻令芳慧感到沉重。
「飯店的工作還繼續做啊？」
昆毅這麼問，「好像還不至於不能工作。」芳慧回答。春香也建議他去找直屬上司商量，但聽說被他很不高興的拒絕：「每個人都工作到極限，總不能只有我去訴苦吧！」
青木瓜沙拉送到了一臉憂鬱的芳慧這桌。
「我們擔心也沒用，來，吃吧！」
芳慧擠出笑容，把叉子遞給昆毅，這時候，范琳琳和她先生從門口匆匆進來。
「不好意思，要出門的時候，有電話找他談公事。」
琳琳道歉，芳慧卻瞪著她說：「天哪！妳是不是瘦了？」
「不會吧？」
「妳瘦了──！妳在減肥？」
「沒有啊。啊！不過我最近在吃中藥。」
「啊，那就是了。」
「真假？有用嗎？」
在一見面便立刻打開話匣子的女士們旁邊，男士們客客氣氣的握手。
「我看到報紙了。」昆毅說。
「哦，小小一篇。那篇報導寫得好像我們很賺錢似的，但根本沒那回事。剛才那通電話也是來說周轉很困難。」

「別苦著一張臉，大賺他一票，來買我們現在大推的天母豪宅吧。」

「現在不動產也很辛苦吧？」

「因為對大陸的投資案今年已經告一段落了。」

「上海嗎？」

「不、不，上海已經太貴了，現在是廣州那邊。」

男士、女士簡短寒暄過後，便各自拿起啤酒乾杯。

「啊，等等。在乾杯之前，今天不是有主題嗎？」

突然中止乾杯的范琳琳輪流對芳慧和昆毅投以頗具深意的視線。

「咦？妳怎麼知道的？」芳慧慌了。

「當然知道囉。聽妳在電話裡說『出來吃個飯』的聲音，我就想到了。」

「真的？」

「那，決定了吧？」

范琳琳把臉湊過來。芳慧害羞地看了昆毅一眼，宣布：「我們要結婚了。」

「恭禧！」

范琳琳毫不在意四周客人，大聲祝賀。

「太大聲了啦。」芳慧苦笑道。

「我就一直納悶說妳幹嘛不和阿昆結婚。都已經六年了？還是七年？我都偷偷替妳擔心，怕你們再拖下去會出問題。」

「所以現在要結啦。」

「阿昆，這孩子就拜託你了。她嘴巴很壞，脾氣很拗，有很多令人生氣的地方，不過嘴巴壞反過來說其實是很老實，脾氣拗你就當作是有個性吧。」

看范琳琳雙手合十這麼說，昆毅也只能苦笑。

「總之，太好了！來，乾杯！」

四人碰了杯。時間正好，芳慧絞盡腦汁想起來的雞肉料理也上桌了。

「那，結婚的日期和場地都決定了？」

范琳琳一放下杯子立刻發問。

「那些還早呢。」

「聽妳說得悠哉。結婚這種事，不管多早開始準備都不嫌早的。有問題儘管來問我，我會拿我的經驗當作教訓，保證讓妳有個完美的婚禮。」

接下來，在琳琳談著自己的婚禮如果哪邊哪邊如何如何就好了到一段落時，他們點的菜也吃得差不多了。聽膩了婚禮話題的男士們，又說起上海地價狂飆的話題，「他啊，想在大陸開分店。」琳琳對談起大陸生意經就停不了的丈夫潑冷水。

「是嗎？」

芳慧完全當真，琳琳笑說：「他是想在那邊當偽單身偷吃。」

「我才不會。」

「要偷吃可以，可是只要被我發現就離婚。」

也不知他們夫妻是不是真的在拌嘴，芳慧他們插不了嘴，只能苦笑。

「啊，對了，我都忘了。」

琳琳突然打斷會話。

「……喏，春香的艾瑞克。」

話題突然改變，芳慧一時還轉不過來。一聽到春香，還以為是剛才憂鬱症的事，但琳琳當然不會知道。

「喏，就是春香唸大學時在這邊認識的男生，英文名字叫艾瑞克的。」

聽到這裡，芳慧才「啊，啊啊」的點頭。很久以前，她知道琳琳的先生畢業於淡江大學，便半開玩笑要他們去打聽一下。順帶一提，琳琳也在芳慧的介紹下，和春香吃過幾次飯。

「……他朋友的朋友，說好像有這麼一個人。」琳琳繼續說。

芳慧朝琳琳的丈夫看，他也點頭說：「對，好像有個淡大建築系畢業的，英文名字就叫艾瑞克。」

「那個人就是春香的艾瑞克？」芳慧很心急。

「還不知道，不過我朋友的朋友和那個艾瑞克好像同班，當時那個艾瑞克認識了一個日本女生，有一段時間一直說聯絡不上。」
「那不就是他了嗎！」芳慧不禁拍手。
「時間對得上，而且春香是神戶人吧？」
「對，她是神戶人。」
「那個艾瑞克好像一直在等女生聯絡，可是後來等不及，還跑到神戶去旅行。」
「不是旅行啦。」
琳琳插進丈夫的話，重說了一遍：「……女生說會聯絡，結果沒有，可是他還是一直等，之後神戶就發生大地震了。」
「啊，對對。」
「然後啊，那個艾瑞克以為女生沒跟他聯絡，是因為在地震裡出事了。當然他的朋友都笑他說『人家沒跟你聯絡，是因為對你沒興趣』。他好像也是這麼想，也死心了，可是大概還是擔心吧，不然就是沒有完全死心。」
芳慧也知道日本發生了大地震。當時有超過六千人死亡，街上發生大規模火災的影像，台灣的電視也報導了好幾天。高速公路高架橋崩塌的慘狀，至今仍鮮明的留在她的記憶裡，後來有好一段時間，她就連經過台北市內的高架橋下都儘量快步通過。
「那場地震是幾年前來著？」
對這件事不是很清楚的昆毅問，琳琳的丈夫回答：「九二一是三年前，一九九九年，阪神大地震早了四年，所以是九五年吧。」

「七年前啊……的確和春香說的時間吻合。」

聽芳慧低聲這麼說，琳琳也用力點頭：「可不是嗎。」

「那個人叫什麼名字？」芳慧問。

「那個人？妳是說我朋友？」琳琳的丈夫問得糊塗。

「不是，我是說那個艾瑞克。」

「咦，叫什麼去了……」

丈夫正要想，琳琳就在旁邊說：「劉人豪。我想告訴春香，還特地抄下來，所以我記得。」

「劉人豪……」

芳慧喃喃說，但就連春香也不知道他的名字，芳慧當然也不會有印象。

「這個人是哪裡人啊？」芳慧問琳琳。

「這一點也符合，聽說是台中。」

在春香初次來台時，他認識了一個日本女孩。這個女孩是神戶來的大學生，而春香所說的、她遇見的男孩在淡江大學唸建築，來自台中。

「我越來越覺得真的就是他了……」芳慧說著。

「就讓春香和這個人見面吧。不過，都這麼久了，可能也不會有什麼結果吧。」

芳慧也認為昆毅的話有道理。

現在的春香一定一心為日本的男友擔心吧，可能沒有閒情沉浸在好幾年前的甜蜜回憶裡。

「……那，只是見個面也好。」

芳慧低聲這麼說，「可是，沒辦法哦。」琳琳打斷了她：「……聽說那個人現在在日本。」

「在日本？」芳慧吃了一驚。

「聽說在日本從事建築方面的工作。」

「在日本工作？難不成是為了春香去的？」

「……可能沒那麼單純吧，不過聽說那個人突然開始學日文，從淡大畢業後，就跑到日本留學唸研究所。喏，假如那個劉人豪真的就是春香的艾瑞克，這不就是一段佳話嗎？」

琳琳一臉陶醉的繼續說。

「……因為，他們只是在台北一起過了一天而已耶！後來就再也沒見過了。可是，卻一直把彼此掛在心上，一個從台灣到日本，一個從日本到台灣來工作。」

聽琳琳這麼一說，芳慧也認為確實如此。當然，現在一切都尚未確定，就像昆毅說的，過了這麼多年，可能也不會有什麼結果，但假如他真的是春香的艾瑞克，至少可以鼓舞一下現在為日本男友消沉的她。

接下來，據琳琳的丈夫說，這個劉人豪雖然的確住在日本，但他們中間的朋友卻已經沒有和琳琳的丈夫聯絡，不知道人在哪裡。只不過，既然有了明確的人物，要找出來也不是不可能。洽詢大學，至少能查出他的老家，也就能從這條線索和他取得聯絡。

講了一陣艾瑞克的話題，餐桌上再度展開琳琳婚禮的烏龍事件。只是，芳慧心裡想的全是該如何安排這個艾瑞克和春香戲劇性的重逢。當然，先決條件是告訴春香，如果春香真的認為不需要再追查下去，那就算了，但聽琳琳她們說，這個人在神戶發生大地震的時候，因為擔心春香還跑到日本去。看起來，和春香相比，他更珍惜兩人在一起那唯一一天的回憶。之前也說過了，將來不見得會怎麼樣，這一點芳慧也很清楚。可是如果不是遇見他，春香也許就不會來台灣工作。而如果春香不在台灣工作，自己也就不會遇見她。春香與艾瑞克的相遇雖然是一件小小的偶然，但越想越覺得這小小的相遇是很多事情的出發點。

●

究竟要把剩下的半個芝麻餅吃掉還是繼續留著？煩惱了許久之後，結果多田春香還是拿起了那半個芝麻餅。一手芝麻餅，一手列印花了半天做出的資料。資料是下週要帶日本聯合七社代表團巡迴台灣高鐵各站的行程表。本來預定當初正式簽約後立即成行的，可是現在不但簽約延遲，各企業的時間又無法湊齊，結果才拖到了這個時候。

資料和地圖上，從台北出發，經板橋、桃園、新竹、台中、嘉義、台南、左營的列車行經路線，她不知看了多少次，但實地親臨這些車站預定地，對春香而言還是頭一回。

「我可要先提醒妳，不管哪一站，可是什麼都沒有哦。差就差在是芭樂園、甘蔗田還是椰子林而已，過度期待是會失望的。」

已經造訪過當地數次的安西這麼說，好讓春香別太興奮。但春香調來台灣都已經兩年多，卻幾乎沒離開過台北，所以就算是工作，還是對這趟旅行充滿期待。

吃完芝麻餅的同時，列印也幾乎完畢。春香把油膩膩的手指擦乾淨，看著做好的小冊子，自認為成品真是有格調。

辦公室裡已經沒有其他人了，但春香還是先看了看四周，才像牛一般發出「喔——」的聲音伸懶腰。僵硬的背肌爬過一陣舒適的疼痛。已經十一點多了。春香在心中說聲「不好意思，稍微借用一下」後，就打了私人電話給東京的池上繁之。

繁之立刻接起電話，「今天你休假吧？」春香一這麼說，繁之便以無精打采的聲音短短應了聲「對」。

「後來身體怎麼樣？」

「沒事。」

「真的？可是你聽起來沒什麼精神。」

「有急事？」

「沒有，只是聽你說你今天休假。」

「……」

「跟你說哦，我最近又會回去。」

「嗯。」

「不然繁之，要不要換你來這邊……」

「抱歉。……我今天很累，下次再聊好不好？」

「啊，抱歉。……那我知道了。」

「那下次再說，抱歉。」

電話掛了。春香小小嘆了一口氣，看著螢幕上顯示不到一分鐘的通話時間。

這個月，春香休了一週的假，其中一半先在東京和繁之過，剩下的在神戶的家度過。她好幾個月沒回去了，所以繁之也事先配合她休了假，但好久不見的繁之臉色卻很差，一開口就「好累、好累」的。結果他們幾乎都沒有離開繁之的房間，就這樣過了三天。春香也勸他好幾次，像是身體不舒服最好去看醫生啦，和上司談談啦，但繁之都只是「嗯」或「噢」不置可否地冷冷回應，就連春香特地為他做的飯菜，也吃得一副連動筷子都嫌麻煩的樣子。

這樣的日子連續過了三天後，春香也煩躁起來。終於在要回家前一晚的晚餐時，春香忍不住說了：「不用吃得這麼勉強。」語氣雖然兇，但如果是平常，繁之應該會馬上說「啊，抱歉」道歉才對。可是這時候，抬起頭來的繁之的眼神，簡直就像看到害自己身體不適的原因似的，他大吼道：「那妳就不要白痴到做這麼多啊！」一瞬間，春香覺得血液凍結了。因為不習慣男人的怒吼，所以她雙手發抖，當下覺得不能被那種眼神一直看著，便逃到了廚房。

繁之把筷子一扔，身子一倒躺在地上。春香因為兩人拉開了距離而多少冷靜了些，便回嘴：

「你也用不著講這種話啊。」即使如此，繁之還是什麼都沒說的背向著自己。

「你不希望我來？」

「我又沒這麼說。」

「那你幹嘛說那種話？」

「別再說了……」

「不行。要好好說清楚。」

繁之好像勒住什麼人的脖子似的，用力抱著抱枕。春香直覺應該到此為止，但不知為何嘴裡就是冒出了「你說清楚啊」。

「……和春香在一起就會很累。因為妳特地來找我，就得要過得開開心心的那種壓力，讓我越來越痛苦。我知道春香個性開朗，是個好女孩。可是，每次都在我面前強調這些，我當然會累。」

「好過分……竟然說我強調……」

因為太過突然，連自己聽到了什麼、想要怎麼反駁都不知道。她只知道這一刻，她不應該待在這裡。

就連春香開始收拾行李，繁之也沒開口。一直維持著看著床底下的姿勢不動。

「今晚我去住東京車站附近的飯店。」出門前春香這麼說。即使如此，繁之還是沒有改變姿勢。心裡雖然暴躁，但繁之的樣子顯得很可憐，她因而忍不住加了一句：「而且我明天要搭的新幹線也很早。」可是，繁之不僅沒有回答，就連頭都沒有轉過來。

後來回到家，春香把事情一五一十說給母親聽。令人生氣的是母親聽完後所說的第一句話。

「因為妳那種正面思考，偶爾很惹人厭。」

這句太超乎預期的話，令春香大為光火。

「什麼叫惹人厭！積極開朗哪裡不對了！總比陰沉沉的女兒好吧！而且，我的個性是媽媽遺傳的！」

對於春香的反駁，母親似乎也覺得自己說得有點過分了些，便改變話題：「我說呢，繁之呀，那個是不是有點憂鬱症呀？整整三天都關在家裡，最後一天像變了個人似的大吼。」

突然聽到憂鬱症這個詞，春香笑著以「怎麼可能」帶過，但母親警告道：「就像妳說的，那種事跟我們家沾不上邊所以我們不知道，可是妳爸爸的部下就得過，有一段時間很慘呢。好像就是會一直以為不可能得到那種病，所以拖到不可收拾。妳可要好好留意他呀！」

那天，春香打電話給繁之。本來是準備道歉的，但接起電話的繁之聲音整個變了，變得很開朗，反而是他向春香道歉：「昨天真抱歉。」老實說，春香真的不知道該怎麼對應才好。繁之的態度簡直就像是故意惹她生氣，再讓她鬆一口氣般。

為了要擺脫繁之在電話裡陰沉的聲音，春香又坐在辦公室的椅子上伸了一次懶腰。伸長的腳踢到了架子，順勢滑動的椅子撞到了剛才芳慧還坐著的椅子。那一瞬間，芳慧今天早上告訴她的事情驟然復甦。春香恢復了正常的姿勢，望著芳慧收拾得整齊的辦公桌。

今天早上，芳慧突然告訴她找到了疑似艾瑞克的男子，老實說，春香真的不知道自己該懷著什麼樣的心情才好。心情這種東西，雖然不是自己決定想怎樣就能怎樣，但如果不決定一個方向，自己的心情也會因「我不知道該何去何從」而不知所措。

現在見了面，也不見得有什麼發展。這一點不必芳慧說，她比誰都清楚。她不認為艾瑞克還記得自己。但是聽芳慧說，他現在在日本工作。而最讓她驚訝的是，在台灣見過面後等不到自己聯絡而擔心的他，竟在發生阪神淡路大地震後去了神戶。這麼說，當時春香剪下的報導照片裡的義工，很可能真的是艾瑞克。

想得越多，想與艾瑞克見面的心情就越強烈。可是越想見面，就越覺得那都已經是八年前的事了。

八年前的那一天，帶春香逛紅毛城的艾瑞克約她：「如果妳有時間，要不要去我就讀的大學看看？」她沒有理由拒絕。就算語言不太通，但她真的很開心，而且比起紅毛城這種觀光景點，她更想看看台灣人實際生活的場所。

春香坐在摩托車後座，客氣的將手搭在艾瑞克肩上。坐著摩托車，在陌生的城市奔馳，這讓她覺得和艾瑞克很靠近，但可能因為兩人的身體都朝著同一個方向，讓她不會感到緊張。假如一開始就是在咖啡店面對面，也許彼此會更有戒心。坐在艾瑞克的摩托車上，她覺得彷彿受到陌生城市的歡迎。城市好像微笑著對她說，歡迎妳遠道而來。

穿過熱鬧的淡水車站前，摩托車開始爬上陡坡。前方是濃綠覆蓋的山，山腰的地方座落著看似大學的設施。

就在這時候，摩托車突然一沉，發出燒焦味。艾瑞克立刻注意到了，他停下摩托車檢查，發現是後輪爆胎了。

下了車的艾瑞克看著冒煙的後輪，一臉過意不去地說「抱歉」。如果兩人能用日文溝通，站在旁邊的春香也能開上一句玩笑「是我太重了」，但當下，她卻無法以英文來表達這分幽默。

「妳在這裡等一下。」

艾瑞克說完就推著摩托車往陡坡上爬。「咦？在這裡？」春香連忙叫住他。四周雖然有零星的人家，但仍舊是樹林茂密的山路，這讓她感到害怕。

「我先把摩托車停到我公寓。」艾瑞克說。

「很近嗎？」春香問。

「走路五分鐘左右。」

春香猶豫了一下，但很快就說：「我也一起去。」

春香一步步跟在推著摩托車的艾瑞克身後。爬了一陣子坡，艾瑞克的下巴朝路旁示意，好像在說「這邊」。那條路不是車道，而是沒有鋪柏油的農業道路，繼續走下去，便是大王椰子伸展著大片樹葉的原生林。路便是在大王椰子的葉子所形成的幽暗隧道中延伸而入。

樹葉下是濃郁的樹蔭，偶有清涼的風吹過。穿過這條隧道，就看到艾瑞克的公寓孤伶伶站在那裡。那是一幢建立在山坡上的水泥老建築，彷彿濡濕般的外牆上攀爬著藤蔓，乍看之下有如廢墟，但每個窗戶都晾著年輕男子的花俏T恤和內衣褲。

「這裡？」春香問，回過頭來的艾瑞克苦笑說：「對。很舊，便宜，公寓。」

明明有入口，不知為何艾瑞克卻推著摩托車，穿過建築物旁竹林般的地方。路上一棵大香蕉樹結了果，他回頭笑說：「這個，免費。」

一穿過竹林，便是開闊的景色。有一片雖然不大卻綠草茵茵的庭院。眼下，他們剛逛過的淡水市區和淡水河一覽無遺。

明亮的草地庭院裡放著幾把塑膠椅，一個白髮男子坐在其中一張椅子上。放在餐桌上的收音機播放著爵士樂。春香向他點點頭，那名男子也應聲說了什麼。艾瑞克立刻代她回答，男子的視線便轉向爆胎的摩托車。

面向這座庭院的建築物一樓有五扇門，每扇門都敞開著，因為庭院很亮，室內便顯得非常暗。艾瑞克走進其中一扇門，春香不知道該不該跟過去，踮起腳尖往裡面看。那是個日光照不進去的黑暗房間。只不過，這裡的日照量本來就和日本不同，戶外與室內的對比強烈，使黑暗顯得好美，好像會讓人不知不覺被吸進去。

裡面是大小約三坪的房間，地上是防水油布地板，後面靠窗處擺著一塊床墊，沒有床架。

她正打量著房間，艾瑞克卻緩緩脫下了T恤。突然出現肌肉線條分明的背，讓春香連忙轉移視線，但轉移開的視線卻撞上了白髮男子的視線。

「妳從日本來？」

男子以流利的英文問，春香簡短答「是」。也許是桌上放著看起來很難懂的書，戴著銀框眼鏡的男子顯得非常知性。

不知什麼時候，換上新T恤的艾瑞克已站在身後。他拿出毛巾，做出擦拭脖子的動作。春香微笑說「謝謝」，便接過毛巾擦去脖子上的汗。毛巾有洗衣粉的味道。她想起艾瑞克說過，常把髒衣服帶回家洗。

「渴嗎？」

艾瑞克問，春香邊擦汗邊點頭。又回到室內的艾瑞克，從小小廚房的迷你冰箱裡拿出瓶裝礦泉水，赤腳站在防水地板上。

艾瑞克向站在門口看的春香招手。春香脫掉布鞋走進去。被汗水悶住的襪子感覺不出防水地板的涼爽，但光是脫掉布鞋就通風許多。艾瑞克把水倒進架上兩個水杯的其中一個。她接過來喝下，水立刻流過乾渴的喉嚨。

「那個人，是大學教授。」

艾瑞克朝院裡的男子看。「他住在這裡？」春香很驚訝。她以為這裡是學生住的公寓。

「他家在台北市內。週末和家人來這裡。別墅？」艾瑞克歪著頭。

「別墅？」春香也把頭一歪，「對，很小的別墅。」艾瑞克笑出來。

春香再次朝庭院看。只見男子坐在樹蔭下的椅子上，悠閒的消磨時光。

「他常在庭院裡烤肉。孩子，有點吵。不過，我們可以吃免費的。」

艾瑞克豎起了大拇指。

大學教授在學生住的公寓裡租了一個房間當別墅。教授每逢週末就和家人在這裡悠閒度過。只是這麼一點小事，不知為何，就讓春香理解了台灣這個國度的氣氛。

「好地方。」春香真心說。

「在山裡。不方便。不過空氣好。」艾瑞克微笑著說。

在陰暗的房間裡，不知為何，她的眼睛老是看向艾瑞克曬黑的脖子。一說話，大大的喉結就會跟著移動。這時候，房間後面傳出了水聲。春香看向他，艾瑞克說：「游泳池。在窗戶後面。」

「游泳池？」

「要看嗎？」

艾瑞克推著她的背，往後面走。腳邊的床單仍留著今早起床時形成的縐折。從窗戶往外看，的確有座長約十公尺、水面漂浮著枯葉的游泳池。說是游泳池，不如說是巨大的水槽，但池邊的確也擺了張生鏽的泳池椅。飄浮在水面上的椰子葉看起來好像小船。

「水，很冷。沒有人會去游。」

身後的艾瑞克笑著這麼說。一回頭，艾瑞克的喉結就在眼前。春香連忙又喝了口玻璃杯裡的水。

床邊的架上擺著建築學的書和攝影集，艾瑞克從裡面抽出一本攝影集說「這個」然後遞給她。

春香翻開的那一頁是寫著「光之教會」的照片。上面沒有祭壇，水泥牆上直接鏤空形成一個十字架的形狀，光從那裡射進室內。

「……好美。」
大概是感受到春香不自禁低聲讚嘆的日語意思，艾瑞克開心指著照片下方的文字——大阪府茨木市。
「啊，如果是茨木，我朋友就住在那裡。」春香很驚訝。
「離神戶很近？」
「不近。不過也不遠。」
「將來，我想去看看這座教堂。」
艾瑞克邊這麼說邊回到廚房那兒。春香正要翻攝影集，艾瑞克便從冰箱取出芒果並以熟練的手法切了起來。甜甜的味道連春香站的地方都聞得到。
艾瑞克切給她吃的芒果非常甜。兩人直接站在廚房吃完，就好像大口咬下開始沉入淡水河的太陽。
「明天要回日本？」
艾瑞克這麼問，春香啃著芒果點頭。
「飛機是什麼時候？」
「十一點。所以，八點半就要從飯店退房。」
「我很想送妳，可是……」
「謝謝。不過，飯店就有巴士到機場……」

「機車爆胎，又沒有車……」

春香吃完芒果後，手因為果汁弄得濕濕黏黏的。立刻注意到這一點的艾瑞克打開了水龍頭，春香以冰涼的水洗了手。下一秒鐘，艾瑞克突然把臉湊了過來，並用嘴唇碰了春香的臉頰。

春香的手在流出的水中停止了動作。

「抱歉。」

艾瑞克小聲道歉，春香只是點頭「……嗯」了一聲。艾瑞克似乎稍微放心了，也把自己的手伸進水裡。在冰涼的水中，艾瑞克握住了春香的手。艾瑞克的手又大又熱的。

「好想再見到妳。」艾瑞克說。春香在水裡緊緊握住艾瑞克的手。

然後，艾瑞克便送春香回台北市內的飯店。在巴士裡，他們聊了喜歡的音樂。艾瑞克說的曲名春香不知道，春香說的曲名艾瑞克也不知道。只是，在介意著其他乘客之時，兩人中不知是誰先小聲哼唱了起來，而且不知為何，兩人竟一起唱完了。

艾瑞克在飯店前把紙條交給她，上頭寫有他的電話號碼。

「國碼我也寫了。」艾瑞克說。

春香立刻也想把自己的電話寫給他，可是艾瑞克說：「我等妳的電話。」他說的明明是「等妳的電話」，春香耳裡卻聽成「我相信妳」。結果春香就沒有把自己的電話號碼給他。

「我走了。」先開口的是艾瑞克。艾瑞克和她握手的手汗濕得很厲害。艾瑞克在走出飯店時，一路回頭了好幾次。

「我打電話給你！」春香叫道。

「我等妳！」艾瑞克也回答道。

艾瑞克的身影一消失，春香的內心突然澎湃不已。那感情如此巨大，她甚至無法理解那是什麼樣的感情，如果一直待在那裡，她可能會蹲下來大哭。只不過一起度過半天而已，卻讓她感受到未曾嘗過的寂寞。

沒關係，不用急。回到日本馬上打電話給他就好，然後就可以再和他見面。下次見面的時候，兩個人一定會更靠近。

春香做了一個深呼吸，才終於進了飯店。

第二天早上辦完退房手續，前往機場的巴士已經停在飯店門口了。似乎已經有人上了車，於是春香也匆匆趕上。

昨晚她幾乎沒睡，一心想早點回日本。她好想早點回去，打電話給艾瑞克。

春香一上車，巴士就緩緩駛離了飯店門廊。坐在窗邊的春香不經意地朝窗外看。

一台摩托車停在那裡，是舊型的、深藍色的摩托車。之前爆胎的後輪已經修好了。跨坐在摩托車上的艾瑞克摘下安全帽，他看起來像是在微笑，也像是因為強烈的陽光而瞇起了眼睛。

春香連忙想打開車窗，但是卻打不開。她伸手去開車窗的鎖，卻因座椅擋住而搆不著。巴士不顧慌張的春香，駛出了門廊。艾瑞克跨坐在摩托車上揮手。不是因為強烈的陽光而皺起眉頭，艾瑞克是在微笑。他看起來很哀傷，是因為自己的心情使然嗎？春香也揮了手。除此之外，她什麼也不能做。

「我會打電話！我會打電話的！」

春香做出打電話的動作，艾瑞克微微點頭。巴士加快了速度，春香把臉貼在車窗上，下一秒，就看不見艾瑞克的身影了。

當天回到神戶的家後，春香在整理旅行包包時，發現自己弄丟了艾瑞克給她的電話號碼。她確確實實在飯店房間裡把紙條收進小包包了，可是卻怎麼也找不到。

她找遍了所有行李，內口袋也好，外口袋也好，裡面裝的東西全部翻了出來，連旅遊書和帶去看的文庫本也一頁一頁翻開來檢查。她當然也立刻打電話給台北的飯店，著急的向會說日文的飯店人員詢問。但之前她所住的房間已經有別的客人住進去了，而且並沒有看到紙條之類的東西被遺留下來。

「難不成會在垃圾筒……」

「若是丟進了垃圾筒，那很抱歉，我們已經處理掉了。」

對方的聲音聽起來很替她擔心。

春香茫然的蹲在東西全被翻出來的行李箱旁。

只不過弄丟了一張紙條，又不是一輩子都見不到了，只要再到台灣去就好了，去找淡水那棟公寓就好了。想到這裡，春香終於找回了冷靜，對之前簡直快發瘋的自己苦笑。

可是後來，她卻無法再與他重逢。當然，能做的努力她都做了。去了台灣，也找了公寓，走了好幾次曾與他走過的路。可是，就像找不到弄丟的紙條，他的公寓，他的人，也不肯再度出現在春香面前。

●

一靠近高雄縣，氣溫又上升了一點。開著強力冷氣的巴士車內溫度自然不可能上升，但從車窗窗簾縫隙射進來的陽光甚至令人感覺刺痛。

「在台灣，每往南走一點，就好像越靠近太陽一點。」

同行的製鐵公司亞洲部經理忽然冒出這句話，隔著窗戶承受著曬了會痛的陽光，安西誠也認為他的話一點都不誇張。

由參與台灣高速鐵路建築的日本聯合企業幹部所組成的「開工車站暨路線確認團」，終於即將抵達最後一個目的地高雄。擔任導遊的安西和多田春香也與旅行團同行，但要照顧總人數多達二十六人的大企業幹部實在不容易，行程安排四天三夜，雖不算緊湊，但安西就不用說了，連總是精神抖擻的多田春香，到了今天最後一天，在車上也一直打瞌睡。

旅行頭一天，首先從參觀新安置於台北的日本聯合共同辦公室開始。來自各企業的赴任人員數量還很少，寬敞的辦公空間還呈現紙箱堆積的狀態，但這間設於台北首屈一指的商業區辦公室不但日照好，和安西他們大井物產外派人員的小辦公室相比，氣派的程度，令人一眼就能明瞭目前正在進行的台灣高速鐵路這項事業的規模有多龐大。

參觀完共同辦公室後，一行人搭包車，依著「板橋、桃園、新竹、台中、嘉義、台南」的順序南下，參觀了各地的高速鐵路車站建築預定地及建築工地。幾乎所有的預定地都還是田園風景中的廣大空地而已，工程雖完全都還沒有進行，但拿著安西他們苦心製作的車站完成CG*，望著紅土的開發地，不可思議地，現代設計的各個車站便歷歷在目。

參加旅遊的企業幹部們，全都因其他案件而已與台灣企業有過交易經驗，也來過台灣好幾次，在城市裡看到什麼都少有新鮮感，但畢竟很少有人來到未來將鋪設高速鐵路的偏遠之地，望著原生椰子林和美麗的灌溉設施，大家都不禁異口同聲說：「難怪人們常說台灣是蓬萊或美麗島，越看就越覺得台灣這個地方肥沃的土地很多。」

安西也認為他們說的一點都沒錯。那是他在「Chrystal」剛遇見Yuki的時候，安西發現，在大都會台北街頭，竟然連一個遊民都沒有。東京就不用說了，同樣是亞洲，像首爾等地也常見的遊民，在台北，他卻一次都沒看過。趁著酒席上氣氛輕鬆，安西直接提出這個問題，Yuki回答說：「因為在台灣不工作也有東西吃啊。隨便進一座山，水果就多到吃不下。」也許是開玩笑的，但他覺得那不盡然是假話。在南國台灣，簡單地說，沒有棉被也不會死。像日本或韓國這種有寒冬的國家，不買棉被就活不下去。可是在台灣，即使一年到頭穿同一件衣服也不會死。當然，這種說法並不實

＊CG，Computer Graphics的縮寫，指電腦圖學。

際，但安西卻莫名地喜愛，因而把這和自己尚未理解的台灣人根本性格重疊在一起。

他已經快半年沒見Yuki了。最後見面那天，安西還清楚記得。不，已經不是記不記得的程度了，幾乎可以說，當時的對話天天都重現在他耳邊。

那天他一反常態，在「Chrystal」發了酒瘋。應該是擔心的媽媽桑命令Yuki把他趕出店門的。等他回過神來，已經坐在和Yuki常去的海產店露台座位。Yuki在計程車上好像說要送他回家，是安西硬要她帶他來這家店的。

他已經不記得當時怎麼會說到那些話，但忽然間他發現自己大吼了些什麼，而那些話讓Yuki臉色鐵青。他的感覺與其說是回過神來，不如說是發完瘋清醒了。眼前的Yuki面無表情。安西拚命回想自己剛才吼了些什麼，而他想起的是：「要我相信妳？別笑死人了，一個台灣陪酒小姐有哪些話能信！」這句難聽的話。

安西雖立刻想打圓場，但頭腦和舌頭都已轉不過來。「啊，不是的……」只說了這些，意識便逐漸遠去。在遠去的意識中，之前的對話片段在腦海中流過。

「我，擔心，安西先生。」

「不是擔心我，是擔心我的錢吧？」

「擔心，身體。」

「妳和Kevin那個男的根本把我當白痴來取笑吧？想笑就笑吧！反正我只把妳當作酒店的女人。」

「我，很擔心。」

「妳以為我是真心愛上妳嗎？我都知道，妳們是想騙我。我是故意讓妳們騙的。」

「安西先生，誰都，不相信。」

「不要隨便把相信這種話掛在嘴上！」

第二天早上醒來時，安西躺在家裡的床上。應該是自己回來的吧，但他已經沒有記憶了。嚴重的宿醉讓他感到反胃想吐，而他和Yuki的對話則仍在腦中盤旋不去。

「不是的……。其實我很想相信妳……。我知道Kevin真的是妳弟弟，我也知道妳是真的很擔心我。可是，我沒有勇氣相信。我想相信，卻又怎麼樣都不能相信……」

在朦朧的意識中，安西一再重複這些話，心裡急著想向Yuki道歉，但身體卻完全無法動彈。

安西打電話到「Chrystal」，是下一週的事。他請媽媽桑叫Yuki來聽電話，「她已經不做了。她不適合做這一行。不過，安西先生，有新的女孩哦。」媽媽桑說。

高雄市郊外，來通知已經快到高速鐵路終點站左營站預定地的導遊拍了一下安西的肩，打盹的安西揉揉眼，打了一個大哈欠，「安西先生，你真的不要緊嗎？你臉色越來越差了。」旁邊的多田擔心地對他說。

「沒事的。把今晚的餐會安排好，到這裡就可以解散了。」安西硬是擠出微笑。

顯然半信半疑的多田自告奮勇：「如果安西先生太累，今天的晚餐我可以一個人應付。」

「今晚的聚會，只有三家公司參加吧？」安西小聲問。

身為大企業的幹部，難得到台灣，當然會謀劃新的事業，幾乎所有的參加者在今天這最後一天的晚上，都安排了與高雄市內的企業或政治人物用餐。

「如果只有三家，我一個人就夠了……」

「我沒問題的。」安西打斷了多田的話。

他自己也知道，這幾週身體很差。即使睡了也無法消除疲勞，但就連要睡也有困難。每當準備入睡，妻子在電話那端喋喋不休的抱怨聲就會自動響起，回過神來時，自己已將臉埋在枕頭裡悶聲大叫。這次旅行時的身體情況也一點都不好，但是因為身邊的多田懷著觀光的心情愉快的參觀台灣各地，讓他也覺得心情稍微獲得了排遣。安西自以為精神還不錯，但連日頂著太太陽，向參加者說明車站建設計畫詳情時都會頭暈，而每次都是多田替他解圍。

安西開始從妻子的言行中感覺到她對自己強烈的厭惡，是從兒子大志沒通過小學入學考那時開始。當然在此之前，夫妻的關係也不能說好，但至少他並沒有感到被妻子痛恨。那時候，也沒有發生什麼事。只是安西決定外派台灣時，因為太忙而無暇聽妻子說話。有一次，他不禁順口說出了「不必勉強讓他進私立小學也沒關係啊」。

「在我們當然是勉強才能進得去，但在別人家那是理所當然的，所以用不著勉強。」

妻子的這番話，頭一次讓安西感到自己不是被討厭，而是被痛恨了。

她本來就是個神經質的女人，然而安西也差不多，所以學生時代認識、結婚當時，對於彼此這種略嫌神經質的地方感到很自在。例如妻子外出回來，一定會把帶出門的包包放在報紙上；若遇到送貨或收報費的人來過，一定會擦拭大門門把。要是有人看到，一定會覺得她有潔癖，但安西能理解她的心情。雖然他自己不會做到那種程度，但他並不認為妻子這樣的舉止有什麼特異可言。又好比到彼此的朋友夫婦家作客，如果對方家裡打掃得實在不乾淨，彼此都知道待得不舒服，便會默契十足及早離開。但是，不知是待在一起久了，讓安西變得隨便了，還是妻子的潔癖更加嚴重了，兩人之間的差距漸漸拉大。最近，他甚至覺得妻子看自己的眼神好像在看什麼髒東西。當然在爭吵之中，安西也提過離婚這兩個字，但是每次妻子都會說：「我不是會婚姻失敗的那種女人。」

從四天三夜的旅行回到工作崗位後，安西深受頭痛所苦。旅行時在暈眩之後會有短暫的頭痛，但回到台北後，卻變成二十四小時不間斷地在眼後陣陣發痛。他也去台北有日本醫生的醫院內科、眼科、神經科看過，結果都只得到，「沒有發現什麼不對勁的地方。可能是環境改變所造成的影響，或是工作太累造成的。」雖然會頭痛，但還沒痛到頭快裂開的程度，所以天亮了就只好去上班，然後若無其事的處理眼前堆積如山的資料。

這樣的日子又過了三、四天，山尾部長把他叫了過去。經手的工作只剩一點就要完成了，所以他很想延後五分鐘再去，但特地親自來叫他的山尾部長表情嚴肅，結果他什麼都不敢說，只能老老實實走向部長室。離席時他想把做好的部分先轉交給翻譯，便叫了就在附近的林芳慧，但她接過文件後不知為何一臉訝異，「啊……好的……」回話回得不乾不脆。

搬遷後的新辦公室裡，山尾部長有了專用的辦公室。雖然不大，但從窗口可以俯瞰有美麗行道樹的民生東路。安西敲門之後開門進去，山尾部長要他坐在客用的沙發上。若是工作方面的指示，大夥總是站著聽的，所以部長的這舉動讓安西不禁緊張起來。

「怎麼樣？」山尾部長從自己的位子對他說。

安西不知如何回答，只好應聲「是……」

「繞圈子講話太麻煩，我就單刀直入的說了。」

山尾部長的身子往前傾向辦公桌。

「安西，我看你暫時休息一陣子不要工作吧。」

「不要工作？我嗎？」

他萬萬沒想到是這樣的話。被叫進辦公室時，心想不知是工作上做錯了什麼，但怎麼也沒想到竟然犯了被上司要求暫停工作這麼大的過失。

「我犯了什麼錯？」安西著急地問。

「你用不著這麼吃驚，我不是叫你把工作辭掉。現在少了安西你，我們這個團隊會立刻走不下去。啊，正因為這樣，我才希望你現在稍事休息，把你的精力、體力養回來。就算你自己沒發現，但其實你的疲勞已經累積到相當程度了。」

山尾部長以一種像是練習了好多次的口吻說。他不顧只能茫然呆坐的安西繼續說下去。

「……從日本來台灣，環境有所改變，再加上安西又是領頭打拚的，會累也是當然。」

「可是，在這裡努力的不只是我……」

安西急著打斷山尾部長。一瞬間，山尾部長的表情出現了陰影。

「這次參加旅行的人有跟我聯絡。不是來投訴安西那類抱怨的話，只是說，覺得你好像有點累。」

「是哪一位？當然是參加了旅行的人吧？」

「是誰都不重要。」

「難不成是多田小姐？她說了什麼？」

知道自己聲音變大，安西乾咳了幾聲。

「多田什麼都沒說。再說，用不著問多田，最近看到你，我也看得出來。我說過好幾次，這項業務一直到最後都需要你。」

「是參加旅行的人說了什麼嗎？」

「我說過了，不是這樣。」

「可是……」

「好了，你聽我說。」

「可是，我現在也還在回覆傑克．巴托提出的問題表，又不能突然請誰替我做……」

「關於那份問題表，你應該已經提交了。」

「咦？」

「我說，那張問題表，是上禮拜安西你提交過的。」

安西越激動，山尾部長的語氣就越柔和。安西試著在腦海中反芻剛才部長對自己說了什麼。上週已經提交過的同一份文件，自己又再重做？那怎麼可能。

「總之，你先休息一週。要回日本也好，要在這裡休息也可以。知道了嗎。」

一回過神來，雙手在發抖。只是這顫抖並不是出於被下令停職的憤慨，而是因為部長的話讓他心中某處鬆了一口氣。「稍微休息一下」這句話，最近安西也對自己說過好多次。自己叫自己「休息一下」，自己再反駁自己「怎麼能休息」。

安西在無意識中站了起來。他本想無言地離開部長辦公室，卻又忽然停下腳步低聲說：「謝謝部長。」

從第三天起，安西聽話請了一週的假。在山尾部長的安排下，讓他休了突然到東京出差的有薪假，但實際上，他並沒有回日本。神奇的是，一開始休一週的假，偏頭痛就好了。雖然仍舊到天亮都睡不著，但只要一睡著，直到近午都不會醒。安西自己也努力讓身體和頭腦休息。工作的資料當然不看，電腦和手機的郵件也都不開，有空就到台北市內悠閒散步。

這時候他才發現，原來他租的公寓大樓附近有一座很大的公園。他在附近買了肉包進入公園，公園裡的銀髮族有的正在打太極拳，有的在打羽毛球。安西看著他們，坐在長椅上吃肉包。然後，只是單純想著肉包的美味。

走出公園，安西的雙腳不知為何竟朝向「Chrystal」所在的林森北路。在平日的午後，店當然沒有開，但因為許久未有的舒暢，他自然而然就向那裡走去。

白天的不夜城，有水的味道。母親所經營的小酒吧那一帶也是這樣。路旁灑的水，吧台上整排玻璃杯的水滴，擦過吧台的濕抹布，流進排水溝的汙水，從製冰機掉落的冰，熱熱的小毛巾，這些各種形態的水的味道，飄盪在彷彿精疲力盡的街景中。

安西轉進「Chrystal」所在的小巷時，打定主意只經過不停留。夜裡看到的門，與白天看到的簡直是截然不同的物體。關掉電源的立式燈箱招牌上，晾著玄關的門墊。

正當他依照預定即將走過時，門開了。安西不由自主停下腳步，兩手提著水桶和拖把的Kevin出現在他面前。Kevin似乎沒有立刻注意到他，粗魯的把水桶一放，開始從入口旁的自來水注水。即使如此，他似乎仍察覺到一直站在那裡不動的安西很奇怪，便回頭看了一眼。安西嚥下一口唾沫，他完全想不出該說什麼。假如Kevin知道他最後對Yuki說了什麼，很可能會當場撲過來打人。這時候，Kevin似乎認出佇立在那裡的安西了。「啊！」他睜大了眼睛，「……安西先生。」露出了笑容。

「好久不見。」安西總算發出了聲音，但曾對Yuki大罵的話又重上心頭，使他差點當場癱軟。

「Yuki，店，不做了。」

Kevin歪著頭說。

「嗯，我知道。我……對Yuki……」

他說不下去了。手在發抖，他用力握緊發抖的手。

「……我，對Yuki說了很不應該的話。我想她不會原諒我的。可是，我想向她道歉。」

聲音幾乎帶著哭聲了。連忙跑過來的Kevin拍拍垂著頭的安西的肩。

「沒關係，沒關係。姐姐，喜歡安西先生。沒關係。」

Kevin拿出手機開始打電話。安西不願讓他知道自己身體在發抖，擺脫了Kevin放在肩上的那隻手。

Kevin和對方說了三兩句話，便說聲「來，Yuki」把手機遞過來。安西發抖的手把手機貼在耳邊。

「安西先生？」

他對手機傳來的Yuki的聲音，喃喃地說：「抱歉……」，除此之外，什麼話都說不出口。

「身體，沒事嗎？」

Yuki的聲音令他淚如泉湧，回過神來，他已經一股腦地把現在因為身體狀況不好正在休假的事告訴了她。不知道Yuki懂得多少，但是，傳回來的是Yuki說「安西先生，總是工作過度」的聲音。

接下來又說了些什麼，他已經記不清楚了。覺得自己好像單方面說了在公園裡吃了肉包，肉包很好吃這類的話。「既然有時間，不如去泡溫泉吧」提出這邀約的是Yuki。儘管上次分手分得那麼差勁，Yuki約他的語氣卻很自然，讓安西也能坦然說「謝謝」。

Kevin待在稍遠的地方，好像不好意思聽他們對話般，故意把拖把洗得很大聲。

第二天，Yuki帶他去的不是一般的新北投溫泉，也不是陽明山，而是更深入山區，以泥湯著名的當天來回溫泉設施。總之是座要進入一山又一山的秘湯，不但沒捷運，公車也是好幾個小時才一班。

那天，來到安西公寓前接他的Yuki，坐在弟弟Kevin車上的前座。Yuki對驚訝的安西說：「今天弟弟當司機。」「可以嗎？」安西很不好意思，但姐姐的命令似乎是絕對的，只聽Kevin說：「沒關係，沒關係。安西先生沒精神。姐姐心情不好。」也不知他究竟知不知道兩人分手的情形，顯得毫不介懷的樣子。

望著陽明山、七星山峰峰相連的美景兜風，實在快意。Kevin在車上播放音樂，聽著姐弟倆和樂融融的哼著歌，就連安西似乎也隨時會跟著唱出那些歌曲的中文歌詞。

車子在山裡行駛了一個小時左右，那座溫泉設施就突然出現了。乍看之下很老舊，但廣闊的停車場上停了好幾輛觀光巴士，生意相當興隆。車子停在溫泉的入口，安西和Yuki下了車。他以為Kevin也會一起進去，但兩人下車之後，卻只有Kevin自己要直接回去。

「Kevin，你要回去了？」安西急著問，「我，晚上，約會。行情好。」Kevin笑著說。

「難不成你只是特地送我們來而已？」

安西又一次感到過意不去，Yuki連聲說「沒關係、沒關係」便往內走去。

「謝謝你啊，特地送我們來。」

安西向已經發動車子的Kevin道謝。Kevin從車窗伸出手來作為回應，隨後就調高車內音響的音量。與剛才截然不同的舞曲在山中大聲迴響著。

要怎麼回去呢？這時候安西才忽然想起這個問題，來的時候有人送當然沒問題，但這裡又不是招得到計程車的地方，又不知道公車開到什麼時候。他問已經在櫃檯看收費表的Yuki，卻得到「別擔心，應該會有公車的」的悠哉回答。

費用是Yuki付的。溫泉設施似乎有家族和情侶用的浴池，但這裡的賣點據說是大型露天浴池，加上Yuki也這麼建議，因此他們決定分開入浴。

就像在車上聽Yuki說的，露天浴池真是沒話說。山坡上散布著露天泥池，其中有些地方還可以自行挖掘石灰泥，製作專用的浴池。白濁的露天溫泉在緩緩下沉的南國夕照下，呈現出令人屏息的夢幻色彩。頂著強烈的夕陽，光著身體到處走，有種意料之外的解放感。

慢慢泡了一小時左右的露天溫泉後，在附設的餐廳與Yuki會合。剛泡過溫泉的Yuki肌膚泛紅，濡濕額上汗毛的汗水，在餐廳的燈光下閃閃發光。供應樸素台灣菜的餐廳因為眾多來客而熱鬧不已。餐廳的所在之處像是一片寬闊的水泥地，雖然不是戶外，但從敞開的門吹進來的風，帶著山的味道。

Yuki最先點的是加了大量嫩薑的蛤蜊冬瓜湯，還在流汗的安西頓時猶豫了，但被Yuki以「剛洗完澡，喝熱熱的東西對身體好」半強迫地喝了。雖然因為喝了熱湯又出了汗，但汗水是清爽的，而山中吹來的風也很快吹乾了這些汗。

「其實，我這次休假是公司的指示。」

安西突然把這件事告訴她。不知為何，一旦開口，話便接二連三冒出來。

「……大概是壓力吧，我好累，又一直出錯，所以上司叫我休息。我自己也知道，可能差不多快撐不住了，可是又不能自己開口說想休息。上司這樣交代，其實讓我鬆了一口氣。明明是在跟我說你是個沒用的東西，不知道為什麼，我就是鬆了一口氣。」

他不知道自己的話Yuki理解多少，但Yuki徒手為他剝著看起來非常辣的螃蟹，邊微笑著對他說：「安西先生沒問題。這個工作不行，可是其他工作OK。慢慢來，慢慢來。」儘管這些話過於樂觀，但他也漸漸願意相信或許是這樣。

安西吃了辣得令人發麻的螃蟹，喝了冰涼的台灣啤酒。他忽然注意到，和日本的啤酒相比，味道較淡的台灣啤酒不知不覺變得更合自己的口味了。

這天，令安西吃驚的是，在吃過飯該回台北市內的時候，他以為Yuki正在查公車的時刻表，但最後一班公車已經開走了。可是Yuki一點也不受大為驚慌的安西影響，不以為意地說：「沒關係。等我一下。」便去找一樣也是從餐廳裡出來的年輕情侶。不知她在問些什麼，安西遠遠看了一陣子，只見Yuki邊說著「沒問題，沒問題。他們會載我們到士林車站。」邊跑了回來。

「咦？」

安西無法掩飾他的驚訝。然而，如此驚訝的安西反而讓Yuki驚訝。

「沒問題，他們也要回台北。」

「可是，他們是不認識的人啊？」

忽然間背後感到一股視線，一回頭，那對情侶站在那裡，女方以流利的英語問：「可以立刻出發嗎？」她臉上的表情看不出有嫌麻煩的樣子。

「可以，謝謝。」安西說著行了個禮。

星空好美，感覺星星好近。下一刻，安西忽然想，我不要再逃避，要好好和妻子溝通，以兒子為第一優先，找出答案。

●

送晚報的機車聲傳來，葉山勝一郎站了起來。雖然不是一直在等，但每天傍晚到了四點，附近的小學就會響起主旨為「當地的大人們共同守護放學回家小朋友」的廣播，接著，播完廣播後晚報就來了。身體便是自然隨著這樣的節奏而行動的。

來到門口的勝一郎從信箱裡抽出晚報。本以為只有晚報，沒想到信箱底部還有個略大的信封。心想著是今天早上忘了拿的嗎？抽出來一看，好像是宅配公司配送的郵件。

勝一郎當場拆了信。裡面出現的，是一本簡易裝訂的小冊子，封面上寫著「相隔遙遠的我們在台高」。看來是會刊。翻到背面一看，上面有舊制台北高中同學會的字樣。

勝一郎稍加翻閱。卷頭有戰前的台北市地圖，還刊載了許多ＯＢ*們的隨筆。筆者幾乎都是日本人，但裡面也散見幾個台灣人的名字。

「你好。」

突然有人叫他，勝一郎看向外面，就見對面的男主人提著百貨公司的紙袋站在那裡。

「出門啊？」勝一郎也以不失禮的態度回應。

「去買點東西。」市井將看來頗重的紙袋稍微提高。

「買什麼？」

「掃地機器人，葉山先生你知道這東西嗎？」

「掃地機器人嗎？」

「就是最近推出的這種圓形的掃地機，只要按一個鈕，就會自動打掃房間，沒電了就會自己回充電器充電。」

「哦。」

勝一郎不太能夠理解市井所說的，但還是適度點了點頭。

「哎，我看女兒家裡有，感覺好像很方便，就買回來了，也不知道是不是真的會掃。」

「不管是一個人還是夫婦兩個人，積的灰塵都一樣多啊。」

對於勝一郎這句話，市井也苦笑道「沒錯沒錯」。市井好像還想繼續聊，但勝一郎在這裡就結束了對話，說聲「那，回頭見」，便拿著會刊做出一副要看的樣子。

「好，回頭見。」

一回到起居室，勝一郎立刻打開會刊。看來，這是校友們一年發行一部的刊物。這突然勾起他

＊OB，old boy的略稱。用來指男性畢業生或前輩。

的回憶，已經是幾十年前的事了，他記得這本小冊子第一輯出刊時，妻子曜子在開封時那不勝懷念的樣子。「你好歹也去參加一次同學會不是很好嗎？」曜子應該這麼說過。

勝一郎從來沒有對曜子談過台灣的回憶。不僅沒有，在婚姻生活中，若是曜子忽然說出懷念台灣的話，勝一郎還會面露不悅。可能因為這樣，曜子似乎認定勝一郎對台灣沒有好印象，偶爾提到台灣時，臉上還會出現抱歉的神情。大概是為了配合勝一郎吧，她從來沒參加過自己在台灣時代的同學會。這份會刊看來每年都應該會寄來，但一定是曜子在交給勝一郎後，他卻碰也不碰，因此這麼幾年下來，曜子也就不再告訴他了。

在一頁頁翻過的會刊中，勝一郎找到了令人懷念的名字。雖說是ＯＢ，但畢業年份各異，幾乎都是沒印象的名字，不過其中有著「鴻巢義一」這個名字。勝一郎與他並不算熟稔，但一看到這個罕見的姓氏，戰爭結束前的學徒動員中與他同隊、一同從事台北市內道路工程的往日情景便歷歷在目。在艱苦的作業中，鴻巢永遠都是個愛逗人發笑、善於交際、快活的人。

他一直看到最後一頁，但最後除了鴻巢義一，再沒有其他能勾起他回憶的姓名。卷末是寄稿者的名冊，勝一郎用手指一一劃過去，上面也刊載了鴻巢義一在東京都府中市的住址和電話。勝一郎大略看了他簡短的隨筆。那是他以一貫輕快的筆調，描寫了去年夫婦同遊台灣的回憶。依照文中所述，他似乎已去過台灣好幾次，去年的旅行是與當年的台灣人同學和其妻四人，從花蓮南下台東。勝一郎對這個台灣同學的姓名沒有印象，但仔細一想，他才猛然想起，當時每個人都已改為日本名。

他雖不認為這個同學就是中野赳夫，但鴻巢義一仍與台灣有聯繫，這忽然令他心生羨慕。若是妻子還在世，也許這份羨慕也僅止於羨慕，但當他回過神來時，他已手拿著名冊，正在打電話給鴻巢義一。

電話聲響了許久之後，來接電話的人似乎是鴻巢義一的妻子。勝一郎不知該如何說明，便報上自己的名字，並告訴對方他是台高的同學。這位疑似妻子的女子，應聲「哦，台高的呀」，並再度確認了勝一郎的名字後，總算叫了丈夫。

等了一會兒，便傳來記憶中的大嗓門。

「喂！說到葉山，除了阿勝還有誰？」

雖不是和年輕時一模一樣，但口水簡直要從話筒裡噴出來似的。

「對！還記得我啊？」勝一郎也盡力像是回到當時般大聲說。

「記得啊。啊——，當然記得。怎麼，你現在在哪裡？還好嗎？」

「很好啊。你現在在府中啊？啊，我剛才看了同學會的會刊。」

「對對對。你一直都沒消沒息的。偶爾大家聚在一起，還會提到你呢。」

「是嗎？啊啊，真叫人懷念吶。」

「何止是懷念呢。那，你怎麼樣？現在……」

「我也在東京。已經退休了，閒閒在家沒事。」

「是嗎？我也一樣。既然都在東京，就見個面吧，彼此都到了快翹辮子的年紀了，趁還沒翹掉之前會一會。」

明知說話的對象是個住在東京府中的七十多歲老人，但勝一郎卻覺得，如果現在照鏡子，鏡子裡出現的會是拿著聽筒的十幾歲的自己。

「你以前都和呂燿宗混在一起啊。」

「呂燿宗？」

這是個陌生的名字，也不是會刊上寫的、去年和鴻巢一起遊花蓮和台東的那個台灣人。

「呂……啊，對喔。吶，就是以前的中野赳夫啊。」

聽到這個名字，勝一郎不禁倒抽一口氣。

「……中野，還好嗎？」

不知為何，聲音啞了。

「很好啊，好得很、好得很。難不成你們後來都沒有聯絡？」

「是啊。」

「中野在終戰後繼承了他老爸那家小醫院，現在已經成為台北前十大的大醫院了。你以前也是請他老爸看病的吧？中野把那家小醫院弄得好大呢。」

「你們最近見過面？」勝一郎怯怯地問。因為他覺得聽鴻巢的說法，中野赳夫好像死了。

「見過，去年見到的。他們那邊也辦了同學會，我因為退休沒事幹，就配合他們的時間參加了。當然大家外表都變了，但一說起話來，全都是老樣子。」

回過神來時，勝一郎已跪在地上。自己也不明白為什麼會鬆了一口氣，但似乎是因為鴻巢義一所描述的中野赳夫目前大有成就的情況，讓他感到終於卸下了多年來肩頭上的負荷。

那一晚，勝一郎從衛星頻道看了一部叫作「悲情城市」的台灣電影。電影開始的場景是一九四五年日本占領下的台灣。場景中有著廣播播出昭和天皇的聲音，敲著故障收音機的男子，悶熱的夏日夜晚以及昏暗的房間。男子額上滴著汗，在後面的房間中，男子的妻子則正準備要生產。故事是蔣介石率領國民黨來到因日本戰敗而光復的台灣，在那兒建立中華民國的四年間，以某一戶人家的變遷作為主軸。這部電影是在一九八九年公開上映，當時人類史上持續最久的台灣戒嚴令才解除不到兩年，影片便正面描寫了在那之前絕不能公開討論的二二八事件。

勝一郎本來就知道有「悲情城市」這部電影。但不知是上映時聽說的，還是後來看到什麼雜誌得知的，總之他大概知道是什麼樣的內容。自己離開後在台灣發生的悲劇，勝一郎當然也想知道。但是，他卻從來也沒想到要去看。在此之前，勝一郎完全不去看戰後的台灣，而這恐怕是來自於對某件事的愧疚。那麼，這份愧疚究竟是針對什麼？思考總是在這裡就停止了。不，正確的說，並不是思考停止，而是自己制止了。

妻子在的時候，勝一郎從來沒看過衛星頻道。大概是七、八年前吧，換電視的時候妻子自行簽的約，他只知道每個月都會有節目表寄來，有幾次，他拿著節目表對妻子說：「簽這種約，妳真的有在看嗎？要是沒看就解約吧，免得浪費。」但每次妻子總是反駁：「有呀。他們會播好看的老電影。」

直到電影「悲情城市」結束的那兩個半小時，勝一郎動也不動，目不轉睛盯著畫面。勝一郎死命緊盯著過去不曾想看的東西。盛夏台灣的駭人濕氣與熱氣透過畫面，在勝一郎的肌膚上復甦。或許正因如此，半世紀的時光頓時縮減了。電影裡所描繪的世界，與勝一郎所知道的台灣光景重疊在一起。甚至連明明不可能在場的年輕時的自己，也混在演員當中，出現在那片簡直是以原色描繪的、如水墨畫的光景裡。令人懷念的家也出現了。悶熱的三坪房間裡掛著蚊帳，在蚊帳裡，年輕的勝一郎在鋪好的墊被上，彷彿要逃離自己的體溫般不斷翻身。敞開的窗外，好多青蛙在叫。撩起汗濕的背心擦臉上的汗，自慰一下也就能睡著，但蒸騰的熱氣令人提不起勁。好渴。就在這個時候，窗外響起腳步聲，勝一郎豎起耳朵細聽。下一瞬間，窗邊突然冒出一張臉，「喂，你睡了沒？」一個男子的聲音如是說。

他馬上就聽出那是中野赳夫的聲音，但是朝向他所冒出來的那張臉，因背著月光而讓人看不清。

「還沒。」勝一郎又翻了一次身。

「這麼熱睡不著吧？」赳夫說。

勝一郎沒回答。

「要不要出來一下？與其在房間裡喊熱悶著，乾脆別睡了，出來外面走走反而舒服。」

勝一郎想像夜晚走在路上的自己。涼涼的土壤味，還有吹撫著冒汗肌膚的夜風，那景象真是誘人。

「啊——！」

勝一郎像是放棄般叫了一聲後爬起來。看他那樣子，赳夫發出了笑聲。

「拿水桶裡的水來沖一下好了。」勝一郎說。

起身後，便看得到赳夫在蚊帳外的臉了。大概是被蚊子叮了，只見他頻頻抓著汗濕的脖子。

結果勝一郎是爬窗來到赳夫所在的庭院的。這裡的空氣與悶在房裡的不同，搖晃著樹葉的風舒適怡人。

「真的來潑點水好了。」勝一郎說著，就以庭院裡澆花用的井水幫浦在水桶裡打水。水聲清涼地響起。打了半桶水，便當頭淋下。冰涼的水，將髮間、頸上的汗水，以及惱人的暑氣一起隨著嘩啦的聲響沖落到腳邊。

「你要不要也沖一下？」勝一郎問。

「好啊。」赳夫說。於是勝一郎又開始將水打進水桶。

同樣積了半桶，赳夫就舉起木桶一股腦兒倒在頭上。在乾燥地面濺起的水花，噴到還沒有長毛的小腿，感覺有些癢癢的。

「勝一郎？」

廚房的燈亮了，聽到水聲的母親打開了窗戶。渾身濕透的勝一郎與赳夫就站在流洩而出的燈光下。

「哎呀，赳夫也在。」

母親似乎大吃一驚，「我們去散散步。」勝一郎對母親這麼說。

「先別走。你們兩個要這樣渾身濕透的走在路上？台高的學生這樣怎麼見人。我馬上拿手巾來。」

母親拿來的手巾，有台北中午的味道。

一踏進夜晚的街道，勝一郎他們的腳步自然而然便朝向台北車站。他們當然沒有目的地，但因為沖過水，晚風怡人，所以只想盡量遠離剛才還折磨著自己的被窩。

來到通往台北車站的大街，只見運送人、貨的斗子車*整排停在路邊。白天飛揚的熱沙塵，在靜夜中返回地面。

「到車站前面也只有悶熱而已。喂，走這邊吧。」

勝一郎也同意赳夫的話，便跟著轉進小巷。

「你偶爾會遇到曜子嗎？」

「曜子？」

「對，曜子。」

「怎麼這麼問？」

因為問題過於唐突，勝一郎不禁納悶了起來。

「聽說高雄那邊已經開始學徒動員*了。」

往前走了一步的赳夫說。

「哦，這我也聽說了。」勝一郎對他的背影回答。

「我們學校也不可能永遠都獲得特別待遇吧。」
「這個夏天，再不然就是秋天……」
「我說，勝一郎。」
「嗯？」
「你和曜子的父母從以前就常有來往吧？」
「曜子的爸媽？啊，哦，有是有。……不過，幹嘛？突然說這些。」
「我有事想拜託你。」
赳夫在黑暗的巷子裡停了下來。睡在路旁的野狗醒了，大概以為有得吃，吐著舌頭靠了過來。勝一郎抓起腳邊的小石頭，做出要丟牠的樣子。狗嚇得往後退，又慢慢回到原來的位置蹲下。就在那瞬間，勝一郎明白赳夫要說什麼了。
「……如果開始學徒動員，我們遲早會上戰場。」
在繼續說下去的赳夫身邊，勝一郎變得非常著急。在此之前，他還沒有認真想過要娶曜子為妻。可是，他曾模模糊糊考慮過，假如自己要結婚，他會想娶像曜子那樣的女孩。
「……一旦上戰場，沒有人能保證可以平安歸國。可是，如果有人在等我……」

＊斗子車，指大貨車、砂石車之類的。
＊學徒動員，二戰末期以後，因勞動力極為不足，所以動員國中以上學生投入生產軍需或糧食的需要。

「喂、喂，你先等一下。你……」

勝一郎不由得打斷了赳夫的話，但是赳夫沒有停下來。

「也許你會笑我那只是浪漫主義，但這是我自己拚命想出來的結果。」

在月光下，望著自己的赳夫眼中泛起淡淡的淚光，勝一郎急著想轉移話題，腦中卻一片空白。

「假如能平安回國，我這一輩子就對曜子……」

就是赳夫說到這裡的時候，勝一郎的嘴巴擅自動了：「慢著。你不是日本人。曜子的父母會答應把曜子嫁給二等國民嗎？」當他回過神來時，話已經出口了。

「……啊，不是的。也不知道曜子本身是不是真的認為這樣能夠幸福。」

勝一郎一味著急著。這時候，他已經完全明白自己剛才說了什麼了。赳夫的臉就在眼前，只是，那張臉上沒有表情。憤怒、悲傷、懊惱，都完全沒有出現在赳夫臉上。

「抱、抱歉。剛、剛才那是……」

勝一郎急著找話說，但赳夫只應了聲：「不用了，算了。剛才那些話全都忘了吧。」就離開了。

●

午後沉重的日光連細細的巷子深處都不放過。巷子裡亂成一團。盆栽、機車、長柄刷、塑膠桶，分開來一個個去看都知道是什麼，但整體看來就只是亂成一團的雜物。架設在每戶人家窗上的冷氣發出噪音震動著。為了閃避這些冷氣機排氣口排出的熱風，身穿軍服的陳威志在巷子裡時左時右走著。背在肩上的包包好重，每當改變方向，就會左右傾倒，幸虧更重的軍靴穩住了平衡。

走到巷底，威志打開了自家大門。一開門，便流出冰涼的冷空氣，在鋪設著磁磚的起居室沙發上，父親正坐著看電視，「喔，回來啦」淡淡的說了這句話。

「兒子我到家了。」威志故意誇張的回答。朝兒子瞄了一眼的父親嫌麻煩似地重複一遍：「好，你回來了。」接著就說：「很熱，快把門關上。」似乎擔心室溫更甚於當兵休假回來的兒子。

「媽呢？」威志把肩上沉重的包包放在鋪磁磚的地上。

「孩子的媽！威志！」

眼睛捨不得離開電視畫面的父親朝二樓喊，但怎麼等都等不到回答。不耐煩的威志從樓梯下朝二樓看，連聲叫：「媽！媽！媽！」

「不用叫那麼多聲，我聽得到啦！不然，你是有什麼好吃的要請我吃嗎？」

總算從二樓傳來母親的聲音。

等了一陣子，母親說著：「你已經回來啦？」這種沒有母愛的話走下樓來。

「什麼叫你已經回來啦！回來不行喔？」

威志也不禁火大。

「因為我在想你會不會吃過飯才回來。有什麼好生氣的？」

「午飯我已經在車站前吃過了。」

「哦，那太好了，因為現在家裡什麼都沒有。」

「拜託，妳兒子當兵放假久久才回來一次，應該要更……」

「什麼久久……明明一個禮拜就回來一次。」

「那我回來是不行喔！」

「又沒有人這樣講。」

每個週末，兩人都會重複這段對話，因此父親也已經不再放在心上，卻是指著電視說：「你們看，蛇血湯耶！」這下，威志也不想再抗議了。把寶貴的假期花在這種不關心兒子的父母身上，實在太浪費了。威志從沉重的包包裡拿出待洗衣物的袋子交給母親，說聲「我要先去睡午覺，晚上要出去」後就脫掉沉重的軍靴，一口氣爬上自己在三樓的房間。

「啊，對了對了，外婆叫你去看她！」

母親的聲音從樓下追上來，但威志沒有回答。

打開自己房間的冷氣，威志穿著軍服就往床上躺。一躺下，軍服就因為汗水而黏在身上。

「啊──，熱死了！」

出聲喊熱並不會變得比較涼快，但若不喊個幾句，房裡實在熱得令人無法忍受。

對於當兵放假回來的兒子，如今父母已經變得完全冷漠，但一開始的時候倒也不是這樣。頭一次回家時，連脫掉軍服的時間都不給，就把他帶到附近的高級海鮮料理店，「累了吧？一定很苦吧？上官有沒有欺負你？在同一個部隊裡交到朋友了嗎？」等等，兩人連珠炮般問個不停，對能夠平安放假回家的兒子的驕傲溢於言表。而威志這方面，平時不太搭理自己的父母原來竟是如此愛自己，讓他感動得內心暗自流淚。這樣的情形到第二、第三次回家時還繼續著，但可能是威志不該挑剔的說什麼「下次回來的時候，不要去吃那家餐廳，換到天空塔飯店的餐廳啦」，第四次回家時全家就沒上館子了，第五次則沒飯吃，至於第六次，父母雙雙去泡溫泉，連「你回來了」的招呼都沒了。

身為一個認真實踐兵役義務的兒子，對於父母這種嚴重的怠慢當然是有很多話要說，但威志自己也多少有些弱點，假如他被派到台灣精英部隊「蛙人部隊」，或是每天操練到體力完全耗盡的陸海空軍頂尖部隊，還能夠擺擺架子，但不知是幸還是不幸，經過半年的一般訓練之後，他被分發到的地方，是軍方經營的運動設施。

「軍方經營的運動設施？」

一心以為兒子每天都背著機關槍在原野上匍伏前進的母親，首先感到不解。

「對啊。軍人也是要休閒的，所以才會有為軍人蓋的設施。」

「你在那裡做些什麼？」

「做什麼喔？就很多啊。像是設施的營運。」

「營運？舉個例子。」

「就像打掃……」

「打、打掃？」

「對啦！打掃也是很辛苦的工作好不好！」

「這我知道……。那就是說，你每天都在打掃體育館？」

「不是體育館，是游泳池。」

「游泳池？掃游泳池？」

「對啦。妳很煩欸！」

「我是聽說過有人運氣很好，分到內勤啦，解暗號的部署啦，這些坐辦公桌的，所以很高興，可是掃游泳池……實在不知道應該要高興還是難過。」

事實上，被指派為體育設施要員的威志分配到泳池管理的工作。母親吃驚，父親取笑，但泳池管理一樣也是有一名上官，每天早上在泳池邊也有一對一的朝會。只是，當朝會結束，的確就是無聊到連威志本人都感到空虛的時間。若是哪個部隊來用泳池的日子，還有點活力，但除此之外的日子，真的是無事可做，每天的工作幾乎就是奉上官的命令，用腳趾頭撿起沉在池底的落葉。

父母就不用說了，當威志說起這件事時，每個人都會笑出來。想像著一個人在泳池用腳趾頭撿落葉的樣子，有人認真問起「一天能撿到幾片？」也有人捧腹大笑「你這也可以算是另一種蛙人部隊耶。」被人這麼取笑威志也會生氣。因為其實他每天都是很認真在做這件事的，雖然無意炫耀，但他撿落葉的技術可是一天比一天進步了，有些日子甚至為了撿到自訂的數量，還會撿到腳抽筋。但是，他越是認真辯解，大家就笑得越厲害。唯一一個誇他「你這孩子，運氣真的很好呢」的，就是燕巢鄉的外婆，「你這種運氣啊，不是努力就能得到的。很了不起呢。」對他大肆稱讚。

事實上，威志自己最近也認為，也許自己真的有這種好運。比方說，在游泳池管理部的唯一一名上官就是很好的例子。這位學長，本來是台南腳踏車店的兒子，比威志大三歲。他總是叫別人去撿落葉，自己在樹蔭下睡午覺，而且只對吃有興趣，只要睜開眼睛就是在吃零食。有一次，威志在泳池裡撿著落葉，心裡正巴望著「你最好吃太多吃壞肚子」，結果上官真的突然開始肚子痛。威志連忙跳出泳池帶他到醫務室，但他可能是吃了壞掉的芒果，連拉了三天肚子。把這種事叫作運氣好像也有點怪，但此時威志懷著反省的心，暗自發誓，從今以後不要隨便詛咒別人不幸。

結果，威志直接在床上睡著，因為冷氣太冷打了一個大噴嚏而醒來時，照進窗來的已經是夕陽了。想到只有一天的休假就這樣睡掉了實在浪費，威志便從床上跳了起來。只是，就算跳起來也沒別的事可做。沒跟朋友李大翔約好去PUB，離晚上還有一段時間，肚子又還不餓。威志邊想著這些邊淋浴。自蓮蓬頭宣洩而下的水沖掉了被冷氣吹冷的汗水。

之所以忽然想到要去看燕巢鄉的祖母，一方面也是剛才母親交代的，但也是因為在好像又會悶熱起來的天氣裡，在芭樂園中騎摩托車奔馳應該很痛快。

威志也不把濕頭髮好好擦乾，就跳上停在門前的摩托車。不知為何跟在身後過來的父親問：「你要去哪裡？」他回答：「外婆家。」於是父親便說：「那就把這拿去。」要他帶去的好像是一個在超市抽中的日本製電鍋。據說是前幾天和母親在超市買了日本製的電鍋，抽獎抽到了同一台。

威志邊接過電鍋邊受不了地說：「不能換別的嗎？」

「就是不能啊。我們說一個家裡有兩台電鍋也只是占地方，在那裡講了足足三十分鐘吶。」

才短短一天的休假，用來聽父親無聊的牢騷太浪費了。威志把裝有電鍋的紙箱放在腳邊，就發動了摩托車。

他熟練的操縱龍頭，騎出狹窄的巷子，來到外面的馬路，賣粥的大嬸叫他：「哎呀，你回來啦？」威志按了按喇叭代替回答。在市街穿梭時，濡濕的頭髮先被風吹乾，但接著又被汗水弄濕。來到大馬路上，摩托車的數量增加了，光是停下來等紅燈，前面和旁邊的摩托車熱氣，就熱得讓他飆汗。汗流得越多，威志就越是覺得清爽。他不禁深深感到，到頭來，還是屬於熱帶地方的高雄這座城市，才最適合自己。

穿過鬧區，來到整片芭樂園的農業道路時，雲的樣子就不對勁了。他忽然想起上次也是在這裡下起大雨，在避雨的時候巧遇美青。美青那個男人婆不知從什麼時候起變漂亮了。聽說美青在加拿大留學懷孕而要回到台灣的事，已經是快一年前的事了。美青已經回台灣了嗎？

威志忽然很想知道，便在芭樂園中停下摩托車，拿出手機，但裡面當然沒有美青的電話。威志又開始騎車。吹過芭樂園的風撫過汗濕的脖子，好舒服。

一進聚落，一下就到外婆家了。那是一幢老舊的二層樓鋼筋水泥建築，本來應該是綠色的外牆，但牆上的磁磚有很多片都脫落了。假如這是艘太空梭，肯定是回不了地球的那一種。

威志邊想著這種無謂之事，邊把摩托車停在大門前。引擎一熄火，就聽到裡面傳出了笑聲。

「哎呀～笑了嗎？看到婆婆笑了喔？」

忽然傳進耳裡的外祖母聲音，讓威志瞬間把電鍋抱緊。外婆終於痴呆了？他心裡這麼想。但所幸，好像是有人在跟外婆說話，因為他也聽到一個年輕女子的聲音：「要婆婆抱嗎？你想讓婆婆抱是不是？」

這個聲音他有印象。威志從敞開的大門看進去。昏暗涼爽的起居室裡，美青正要將嬰兒交給外婆。

「美青？」

威志不禁低聲叫出來，「啊，你看，叔叔也來了哦。」美青突然把本來要交給外婆的嬰兒轉過來朝著他。威志反射性地張開雙手。可是手上有電鍋，所以先把電鍋放在腳邊，再抱起那個又圓又胖的嬰兒。一抱，本來笑得很開心的嬰兒便哭了起來。大概是覺得威志胸口的汗噁心。

「別、別哭啊！」威志急了。

立刻從旁搶過嬰兒的外婆開始哄道：「叔叔流汗臭臭，不喜歡喔。」雙手空下來的威志終於能問美青：「妳在這裡幹嘛？」外婆替美青回答：「是我叫她來的。」

「為什麼？」

「為什麼？當然是為了想抱美青的小寶寶啊！」

「美青的小寶寶？」

威志嘴張得好大。眼前那圓滾滾的嬰兒正在外婆懷裡開心笑著。明明剛才才想起美青在加拿大懷孕……而已，不知為何就是無法把眼前的嬰兒和美青連在一起。他還缺了這期間中所需要的時間。

「妳、妳的孩子？」威志的聲音都變調了。

美青拿本來披在肩上的兒童毛巾擦了自己鼻子上的汗。

「妳的？」威志又問。

「對呀。你要問幾次才高興啊。反正，就是發生了很多事。」

「啊，那個我聽王窈君說了，在墾丁的度假飯店。」

「咦，是嗎？……這麼說，她還在那裡工作了？」

「現在就不知道了。已經隔了一段時間了。」

「那，你是從她那裡知道的？我有孩子的事。」

「對。」

「那，前後經過你也全都知道了吧？」

「嗯，差不多。」

「是嗎？」

「嗯，是啊。」

「那，就是那樣啦。所以我從加拿大回來，現在在我家照顧這個孩子。」

嬰兒正試圖把手插進外婆嘴裡。「不行不行」美青連忙把孩子抱走。

「妳說得還真簡單，什麼就是那樣啦。妳真的沒問題嗎？」

「什麼沒問題？」

「就是說，妳自己一個人養得起孩子嗎？」

「這又輪不到你來擔心。」

「我又沒有擔心。」

威志和美青鬥起嘴來，和國中時幾乎沒有兩樣。但是，這當中卻多了一個愣愣的、輪流看著他們兩人的嬰兒。

威志在T恤上擦了手上的汗，然後去摸嬰兒的臉頰。嬰兒的小手抓住了威志靠過來的手指。

「啊，他抓我手指！看哪、看哪！」

威志不禁歡呼，但美青和外婆似乎傻了眼，異口同聲說：「就手指啊，他當然會抓啦。」

二〇〇三年

軌道

「台灣　明慶『雙十節』辛亥革命九十二週年盼新幹線帶動經濟」

在台灣，將成為未來重要基礎建設，連接台北—高雄兩地間的「台灣高速鐵路（台灣新幹線）」正加緊建設中，預計於二〇〇五年十月完工，日本企業聯合傾全力支持這項首次出口日本新幹線技術的企劃。

台灣新幹線將以最高時速三百公里運行，約九十分鐘即可連接北高兩地，需時約一般鐵路的三分之一。即便不參考連接東京—大阪間的東海道新幹線為日本高度經濟成長所帶來的貢獻，也不難想像，這條高速鐵路對台灣經濟成長的重要性。預估，高鐵首年度載客數為一日十七萬人次。二〇一〇年預計將達三十萬人次。相關工程建設可望帶動連鎖經濟效應，推估可將台灣經濟成長率推升一個百分點。

目前土木工程約完成了八成，已進入軌道工程。隧道工程也順利進行。兩年後，日本新幹線技術將在台灣開花結果。這條全線長約三百四十五公里、縱貫台灣的台灣新幹線，可說是日台間合作關係密切的象徵。

《產經新聞》二〇〇三年十月九日的東京早報（節錄）

劉人豪在位於九段下的公司辦公桌前，呆望著台灣高速鐵路即將展開軌道工程的新聞報導。報導中刊登了小小的台灣地圖，顯示出台北─高雄間鐵路與新建設的台灣高速鐵路時而交會時而分離的兩條路線。這條高速鐵路完成之後，人豪家所在的台中和台北間，只需一個小時就能來回。過去搭最快的自強號都要花超過兩個小時，所以時間會縮減一半以上。

「Jin-chan，你還沒吃中飯吧？我們要去新開的那家蕎麥麵店。」

忽然有人叫他，人豪聞聲抬起頭來。同屬環境計畫室的有吉咲拿著粉紅色的長夾站起來並再度問他：「要去嗎？」

「好，我也去。」

人豪立刻站起來，但他忽然覺得奇怪，便問：「妳剛說我們？」「高浜室長說要請客。」有吉刻意放大音量讓室長也聽得到。

「哪時候說的？」室長回答得似乎有些傻眼，卻也不否認。

「對喔。上次加班的時候，室長說過下次要請大家吃午餐。」人豪想起來了。

「看吧，劉君也記得！」得到援軍的有吉聲音更大了起來。

把設計圖捲起來的室長說著「只請蕎麥麵，沒有天婦羅哦」並站了起來。見室長開始準備外出，有吉便看了看人豪桌上的報紙。

「啊，這我知道。台灣要蓋新幹線對吧？」

「還早呢。」

「咦，Jin chan，你下次什麼時候回台灣？你已經提假單了吧？啊，如果我那時候也去台灣，Jin chin會不會帶我去玩？」

有吉在人豪認識的日本人當中，講話速度算是相當快的，但不知為何，她的日語很容易懂，這多半是發音的問題。好比總務部的中村，雖然他講話時會好意把速度放很慢，但字和字都連在一起，讓人很難分辨。

人豪從台灣的大學畢業後服完兵役，便來到日本。最初兩年是待在澀谷的日本語學校，之後便進入日本的研究所。他在台灣和日本學的都是建築，在研究所裡更專門研究環境設計。來日本時是二十四歲，唸完日本語學校進研究所的時候，已經快二十七歲了，雖然覺得自己的人生起步得相當晚，但來自世界各國的留學生很多是同年代或比他更年長，才使他轉念認為，所謂的起步是由自己決定的。但是一到了要在日本建築公司找工作時，很少企業願意把三十幾歲的人當一般新鮮人來用，因此，幾乎所有留學生都不得不回祖國。所幸人豪畢業論文所製作的高速公路系統交流道周邊景觀案得了一個小獎，再加上研究所指導教授的強力推薦，才得以進入目前這家大型建設公司。

本來聽說日本建設公司的企業風氣相當封建，但這家公司從很久之前便具有遠見，廣納國外人才，即使不會說日語，只要會說英語，便可自世界各地前來應徵。進公司後經過幾個月的研修，人豪被分派到環境計畫室，那裡除了他，還有兩個外國人。分別是來自新加坡的蜜雪兒，以及來自英國的艾瑞克。偶爾這三人聚在一起以日語談笑時，同事們都會覺得不可思議：「好奇妙的情景。」

如果就只他們三個人，說英語也可以，但只有人豪是日語比英語好，所以其他兩人便配合他。

說到艾瑞克，人豪在台灣的時候，英文名字也叫艾瑞克。說到英文名字，台灣的習慣，是國中的英文課時，由英文老師為所有學生取英文名字，所以每個人都有英文名字。當然，這在日常生活中用不到，但如果遇到外國人，為了方便對方記憶，多半都是使用英文名字。

事實上，人豪被分派到現在這個部門時，認為中文名字不好發音，便自我介紹說「請叫我艾瑞克」，但不巧已經有一個艾瑞克了，於是就變成「有兩個艾瑞克叫起來不方便，那劉君就叫劉君吧」。當然，人豪也認為這樣比較好。然而有吉咲等同期的人不知從何時起，在公務之餘將「人豪」以日語發音，把他叫作「Jin-go kun（人豪君）」，後來不知不覺又變成「Jin chan」。大家願意用暱稱叫他當然是很令人高興的一件事，但日語的「Jin chan」這個發音，剛好聽起來很像中文的「緊張」。現在他已經完全習慣了，不然當初大家開始這樣叫他的時候，從背後聽到，還真的會緊張一下。

走出九段下的辦公室，濕熱的暑氣便向人豪他們襲來。在辦公室空調裡冷透的身體有一瞬間感到舒適，但來到大馬路上等紅燈時，卻開始汗如雨下了。

「啊——，好熱。雖然再怎麼喊熱也不會覺得比較涼，可還是要喊。」在自顧自這麼說著的有吉身旁，人豪照例望著聳立在馬路對面的廢棄大樓。不知道為什麼，這棟孤伶伶被留在東京都心頭等地段的廢棄大樓，有著異樣的魄力。只不過，聽說這裡其實並沒有被廢棄，裡面還是有人住。

剛進公司的時候，人豪調查過這棟大樓。一九二七年（昭和二年）竣工。關東大震災後由鄰近商店等共同出資興建，成為東京復興的地標，但如今嚴重老朽，整棟大樓覆蓋著防止剝落的網子。

「劉君，伊豆美術館的設計案，進行到哪裡了？」

忽然被高浜室長點名，人豪回答：「呃，這個星期之內會完成present用的模型。」

「咦？那個是Jin chan在做啊？……不過，在這年頭竟然還有這麼奢侈的企劃。占地又沒有多大，卻要花掉五億？」

插嘴的有吉一直拿手帕按著額頭。

「前不久安藤忠雄也在電視上說過，只要放眼世界，一定會有景氣好的地方。」室長回答。

「記得是外國資本？」

「中國。」

「中國怎麼會想在伊豆蓋美術館？」

「蓋個文化設施爭取好印象吧。比光是搜購土地看起來體面些。」

人豪聽著兩人的對話，沒來由的覺得不自在，便再次把目光投向對面的廢棄大樓。盛夏的熱氣照在大樓上，彷彿要將大樓緩緩融化般。

咲和高浜室長當然知道台灣和中國現在是什麼樣的關係，所以也才能在人豪面前說中國的不是，但日本人中，也有些人對台灣與中國的關係毫無興趣。人豪在學生時代，就遇過同學當著他的面說中國壞話，然後又「啊，抱歉」的連忙道歉。老實說，他實在不知道該如何反應才好。日本人把台灣人當作中國人的情況，比他們這些在日台灣人所想的還嚴重。而複雜的是，也有些人硬是想把台灣和中國分開，程度遠遠超過他們認為自己不是中國人的感覺。

燈號變了，人豪他們走過熱氣蒸騰的斑馬線。

「啊——啊，要是現在來杯啤酒，一定很痛快。」

人豪聽著有吉語帶遺憾的聲音，又望著廢棄大樓。忽然間，他有個想法：如果把時間化為有形體的東西，會不會就是這種感覺？

「請問，室長。」

人豪問走在前面的室長。

「……在日本，如果要把『時間』畫成畫，日本人會畫什麼？」

「啥啊？」

室長回頭傻眼道：「把『時間』畫成畫？」「Jin chan，這是腦筋急轉彎嗎？」有吉從旁加了進來。

「不是啦……」

「那，是心理測驗之類的？」

「不是，是一般的問題。」

「一般的問題喔……。如果叫我把『時間』畫成畫……時鐘吧？要是我，應該會畫時鐘。」

繼這樣回答的有吉之後，室長笑著說：「我也是時鐘吧。稍微個性化一點，像達利那樣？」「怎麼問這個？台灣不一樣嗎？」

被有吉這一反問，人豪不禁歪著脖子回答：「不知道耶。」他想了想，覺得假如在台灣問同樣的問題，也許大家也是會回答「時鐘」吧。

「一樣是時鐘吧。」

花了不少時間，結果還是同樣的答案，所以有吉笑了出來：「什麼嘛！」

重新裝潢開幕的蕎麥麵店，位在過了斑馬線之後再往前的巷子裡。據說到了午餐時間都要排隊，但大概是時間比較晚了，沒有任何人坐在店門口那排椅子上，他們運氣還算不錯。

「請問，那如果是『歷史』，會是什麼樣的畫？」

「『歷史』啊……。這個也很難。應該是看了一眼就想到『歷史』這兩個字的畫吧……」

室長認真思考起來。發問的人豪也加以思索，但同樣沒有想出什麼代表性的東西。有吉則好像已經厭倦了這個話題，開始玩起手機。

結果，人豪他們還沒有找到答案，就進了蕎麥麵店。就座的時候，室長放棄地說著：「好難啊！」「是啊。」人豪也放棄了，於是話題結束。

蕎麥麵店的窗戶也看得到廢棄大樓。從後側看的大樓，印象又與正面不同。一些組合屋和推出窗應該是居民擅自增建的，宛如海岸岩石上繁殖的貝類，讓整棟大樓變成一個畸形醜陋的東西。

這天，下了班的人豪先去了健身房，回到自己住的公寓時，已經晚上十點多了。離開健身房就立刻吃了拉麵和煎餃，所以肚子飽飽的，但一看廚房的櫃子，裡面有上次回台灣時在機場買的水煮花生，不禁就伸手拿來吃。吃著花生，跟著就想喝酒。人豪在玻璃杯裡倒了同樣是在機場免稅店買的約翰走路，當作睡前酒。

人豪住的公寓位在距離下北澤車站走路十五分鐘的地方。遠離車站前的吵雜，附近一帶又是自古以來的豪邸區，人豪所住的公寓也是建在日式豪邸的夾縫間。公寓是四層樓的鋼筋建築，人豪的房間在三樓，從陽台可以俯視鄰家美麗的日本庭園，這是他選擇這個房間的原因之一。

人豪把緊閉的窗戶全部打開。入夜後，氣溫好像也稍微下降了，撩動窗簾的晚風吹起來很舒服。人豪啜飲著杯裡的威士忌，打開電腦，收到了幾封郵件，其中有王春銀的名字。春銀是他的大學同學，現在在荷蘭建設公司的台北分公司上班。幾乎每次人豪回台灣他們都會見面，但總是由決定好回國日期的人豪主動和他聯絡，難得由他先發信來。

上次見面時，他說過下次想到日本泡溫泉，所以人豪心想他可能是要和女友一起來日本。打開信，映入眼簾的，照例是不知該說是簡潔還是偷懶的短短幾行字。

「有個日本女生在找你。你認識一個叫多田春香的女生嗎？」

信一下子就看完了，但人豪卻依然靜止不動。有東西在腦中浮現，但連他自己也不知道那是什麼。

放下杯子，人豪又把郵件重讀了一次。春香，上面的確是這麼寫的。

時間已近十點半。有一小時時差的台灣是晚上九點半，還不算是打擾別人的時間。才這麼一想，手就已經動了。拿手機想打給春銀，想到用手機打費用很貴，又將手伸向市內電話。因為心慌，按錯了兩次，在漫長的電話鈴聲之後，聽筒傳來春銀的聲音。

「是我，劉人豪。」
「哦，人豪？上面顯示為未知來電，我還以為是誰呢。」
他的語氣依舊老神在在。電話彼端的雜音很大，人豪因而問道：「你在外面？」「下雨啦，下雨。我現在在高速公路底下躲雨。」春銀笑道。聽筒裡傳來的似乎是台灣潑水般的夏日大雨。光聽雨聲，就覺得自己的腳也跟著濕了。
「關於你寄給我的那封mail。」人豪立刻進入正題。
「mail？哦，那個啊……」
「怎麼回事？她在找我？」
「你認識那個女生嗎？」
「嗯，認識。所以才想向你問仔細一點。」
「就是那個叫什麼什麼的日本女生在找你啊。」
「找我是什麼意思？你是說她現在在台灣？」
「不是欸，好像是好幾年前就在這邊工作了。」
「這邊？」
「台灣啊。要解釋有點複雜，總之，就是那個女生的同事的朋友，和我認識的人剛好是朋友，啊，那個，許明德啦，你也認識吧？以前大家一起去花蓮那次他也有去。」
聽春銀這麼說，人豪是有印象，但卻想不出那個許明德的長相。

「記得嗎？」

「啊，啊啊。有印象。」

「聽說那時候，你跟許明德講過？」

「講什麼？」

「就是你以前曾經為了找一個日本女生跑到日本去。就在神戶發生大地震之後。」

經他這麼一提，似乎的確有過那樣模糊的記憶。

「反正，這個叫多田春香的女生在找的台灣人特徵跟你很像，所以許明德就叫我來問一下你知不知道這個人。」

現在那個日本女生在台灣？而且在找我？

聽筒那端又傳來台灣急促的雨聲。打在地上的雨，濺濕了裸露的小腿。風，撫過被濺濕的小腿。

●

多田春香拿著水果刀，慢慢削著被冰箱冰透的木瓜皮。指尖碰到冰涼的果肉，香甜的味道鑽進鼻子。

總之，冷靜下來。對，先冷靜下來再說。

春香心裡這樣喃喃說了無數次。時間還不到四點。星期六下午，外面是超過三十五度的高溫，從窗戶看出去的天空逐漸變暗，可見例行的午後雷陣雨可能就快來了。既然要下，希望快點下一下。打在滾燙地面的雷雨，將會為台北市送來涼風。被雨打濕的行道樹很美，南國都市的魅力也因此倍增。

春香把一塊切好的木瓜送進嘴裡。沒有她以為的甜，但冰涼的果汁在乾渴的嘴裡擴散開來。春香又看了一下時鐘，時間只經過了兩分鐘。約好五點鐘在舊希爾頓大飯店的大廳見面，她已經準備好可以出門了。在猶豫了許久之後，決定不要硬裝年輕，選了平常也會穿去上班的T恤。

舊希爾頓大飯店是九年前春香初次來台時住的飯店。對，就是九年前艾瑞克來送她的地方，也是春香確信彼此很快就會再見面、在巴士裡揮手的地方。

九年來無能為力的事情，在這一週裡發生了戲劇性的變化。一週前，林芳慧打電話給她。芳慧激動的說，終於和可能是艾瑞克的人取得聯絡了。他也很想和春香見面，但由於現在在東京上班，無法立刻見面，所以她已經把春香的電子信箱透過朋友傳給了他。

一年多前，芳慧也曾經提過類似的事。當時還不能確定那個人是不是艾瑞克，還只是可能的階段而已，後來芳慧也沒有提到任何進展，所以她一直以為是搞錯人，一心想看熱鬧的芳慧也終於死心了。

然而，據芳慧說，當時她馬上就試著和對方聯絡，但居中的人隨即在成立IT公司的上海被詐欺案牽連，沒有心思幫忙找人，同時芳慧也忙著準備自己的婚禮，不知不覺時間就這麼過去了。

春香自己也不好意思催別人趕快幫忙找九年前帶她遊台北的人。就算她敢厚臉皮去拜託，要是被問起「那妳還是很想見他了？」她也很難老實回答「想」。結果，唯有時間毫不停留地過去。工作方面，鋪設軌道的工程也已經展開，每天的工作就夠她忙了，加上這半年來不斷出差，精神上和體力上都不容她沉浸在九年前的回憶裡。然而，一週前突然接到芳慧的聯絡，告訴她找到艾瑞克了。短短八個小時之後，她就收到艾瑞克以日語寄來的電子郵件。

多田春香樣：

好久不見。

真的、真的好久不見。後來春香小姐過得還好嗎？

我這樣寫日文信給妳，是不是有點奇怪呢？

已經過了九年了，感覺起來好像是昨天，又像是遙遠的過去。

現在，我在日本的建設公司從事環境設計的工作。如果沒遇見春香小姐，我想我一定會走向不一樣的人生。當然，我對現在的人生很滿意，這都是託春香小姐的福。笑。

聽說春香小姐在台灣從事高速鐵路的工作，而且春香小姐還記得我。

我真的很高興。

有很多事情想告訴妳，在這九年間發生的事。春香小姐的事，我也很想知道。

其實，這個週末我會回台灣休暑休。如果有時間，要不要找個地方喝杯茶？雖然有很多事想聊，但我不太會寫日文書信，這封信我也重寫了好多次。笑。

總之，這個週末，如果有空，願不願意見個面？

艾瑞克／劉人豪

春香前往捷運車站時，雲的狀況開始有些不對勁。陰沉的天空不知何時已低到幾乎快觸碰到高樓樓頂了。大馬路上的細葉榕才隨著風勢大幅搖晃著枝葉，不一會兒，大滴的雨就突然打在腳邊。雨滴一落地，水泥地面立刻升起一股又濕又悶的熱氣。

春香彷彿要逃開地面濺起的雨水般，跑到公車亭的屋簷下。才幾秒鐘時間，頭髮和肩膀就濕了一大片。春香從包包裡取出手帕，一抬頭，一個同樣跑來躲雨、穿著制服的女孩便朝著春香盈盈微笑。曬黑的女孩臉上流下亮晶晶的雨滴，背在肩上的網球拍上繡著國中校名。躲雨女孩的模樣有著說不出的樸素，又令人感到說不出的懷念。拿手帕擦著濡濕頭髮的兩人面前，駛過的車子激起了水花。馬路對面的大樓騎樓下也有許多人在躲雨。

春香抬頭看低低的天空。雲很厚，但雨應該不會下太久。制服女孩已經坐在公車亭的長椅上，看著從書包裡拿出來的講義。春香也想在她旁邊坐下，卻忽然發現一件事。

啊……剛才我沒看時間。

這麼一想，便看了看手表。突如其來的午後雷陣雨，讓春香跑進了公車亭的屋簷下。和艾瑞克的約會是五點，若是從前，她應該會先確認時間才對。確認時間，思考該怎麼做。是要淋雨跑到車站呢？還是攔計程車？可是春香卻沒有看時間，而是看了看天空。下意識裡，她已經準備要等這陣雨停了。對，就像旁邊那看起講義的女孩。對，就像在馬路對面一樣在躲雨的台灣人。

結果，雨十分鐘就停了。強烈的日光又回到尚在微微飄著雨的天空中。

女孩收起講義站起來，走上被雨打濕的馬路。被大雨聲蓋掉的街上噪音和蟬鳴也回來了。不知是突然被擋住了腳步，還是坐在公車亭的長椅盯著雨直看的關係，當春香再站起來時，她發現自己已經不再緊張了。相隔九年之後，要和艾瑞克再見，她不知道該說些什麼才好。前一刻一直還在想著這些的，現在心情卻已經發生了變化，不再念著相隔九年要和艾瑞克見面，而是認為可以見到艾瑞克了。

春香走出了公車亭，踩在濕濕的地面上，她發現自己的腳步與剛才截然不同，變得好輕。

轉乘捷運後，春香爬上了通往地面的樓梯。每爬一階，脖子所感覺到的外面的熱氣就更明顯。一來到地面上，約好見面的舊希爾頓大樓就在眼前。春香穿過人潮走在人行道上，飯店正面的門廊停著前往機場的接送巴士。九年前，春香也是在這輛巴士上，向前來送行的艾瑞克揮手。春香在走進飯店之前，先停下來做了一個深呼吸，才又開始往前走。正面玄關越來越近，每當自動門打開，飯店裡的冷氣就流洩而出。

艾瑞克孤伶伶站在空蕩蕩的大理石大廳裡。大廳裡雖有大批客人，但春香卻在瞬間捕捉到了這個情景，艾瑞克也立刻就看到春香。那種感覺，就好像明明是在聽得到彼此聲音的距離內，但不知為何，兩人都沒出聲，想以微笑來代替，卻又無法順利露出微笑。

艾瑞克仍是筆直看著春香，有好幾位飯店的客人從兩人之間穿過。春香忽然想起九年前，在淡水的攤販旁與艾瑞克重逢那時候。在人群中，春香看到了艾瑞克。正在吃牛肉麵的艾瑞克，九年前也和現在一樣，只是筆直望著春香。

先略略舉起手來的是艾瑞克。他的臉頰上浮現一絲笑容，春香也努力微笑著。但是也許是有東西妨礙了她，讓她無法好好微笑。現在在她眼前的，是九年前遇見的艾瑞克沒錯。九年的歲月讓少年氣息從他的神情中消失，但他仍是那個夏日裡穿著洗得乾乾淨淨的T恤的艾瑞克沒錯。

「嗨。」

艾瑞克走過來。春香心裡想著，如果他每走近一步，九年的歲月就縮短一點，那該有多好？我變了吧？老了吧？若是敢問這些自嘲的問題，也許就能放得開了，但她當然沒有這麼從容。可是，春香轉念又想，艾瑞克來到這裡了，站在眼前的艾瑞克，和我一樣，期待著睽違九年的重逢。這麼一想，好像哪裡開竅了似的，緊繃的臉上又出現了笑容。

「嗨。」春香也用英語回答。

「你都在日本吧？」春香以英語問。

「妳都在台北吧？」

彼此對彼此的問題互相點頭，兩人的距離已拉近到一公尺左右。在旁人看來，也許只是一般的相約會合，但一想到這一公尺中流動著九年的歲月，距離就不再縮短。

「你會講日語吧？」春香又以英語問。

「嗯，因為我學過了。」艾瑞克看來有點害羞，不知為何以英語回答，然後他問春香：「……妳會說中文嗎？」「一點點，真的是一點點而已。」春香也是又以英語回答。
「兩個人都會說日語和中文，那為什麼還是用英語對談？」
艾瑞克有些呆愣的歪著頭。
「因為，那時候也是說英語。」春香回答。
一公尺的距離沒有縮短，但春香覺得艾瑞克的雙眼更近了，而她也能夠確定，自己這九年來牢牢記住了這雙眼睛。
「好啦，你用日語講點什麼嘛。」春香又以英語說。
「被妳這樣一講，怎麼好意思。」
「可是，你在日本公司都講日語吧？」
「那春香不也一樣，在這邊都說中文？」
用英語說到這裡，彼此都笑了出來。一公尺的距離還是沒有縮短，但忽然覺得不必硬要縮短也沒關係。
「不好意思，請問一下。」
就在這時候，春香身後有人說話了。連忙回頭一看，一對六十多歲的日本夫婦不知為何滿頭大汗站在那裡。
「請問，你們是日本人嗎？」
夫婦倆似乎沒聽到兩人以英語對話的聲音，怯怯地問。

「是的，有什麼事嗎？」春香回答。

「不好意思，我們好像跑錯飯店了……」

看來怯懦的丈夫這麼說，妻子從旁責怪：「都是你把喜來登和希爾頓說錯了。計程車司機不就說已經沒有希爾頓了嗎？可是你偏偏要說那就到這裡。」

「……我本來想從這裡搭計程車過去，可是他們又說用走的也很近……」

回答一臉困惑的丈夫的，不是春香，而是艾瑞克。

「若是要去喜來登飯店，從這裡走過去大概要十到十五分鐘。沿那邊那條大馬路靠右一直走，飯店就在右手邊。」

聽了艾瑞克的說明，夫婦倆互看一眼點頭說：「如果是這樣，就走過去吧。」春香沒有看這對夫婦，而是盯著艾瑞克的臉直看。等這對夫婦一路行了好幾個禮才走出飯店後，春香便迫不及待睜大了眼說：「你的日語明明就很厲害！」「哪裡哪裡。」艾瑞克謙虛的說。她不理又逕自說下去：

「聽到你剛才的日語，叫我怎麼還好意思說中文啊！」

「妳工作都是用日語吧？」艾瑞克自然而然直接說起日語。

「偶爾也用英語。」

「那就沒辦法啊。因為我是每天工作都要說日語。」

「……話是這麼說，可是你的日語真的很棒。」

「謝謝。」

艾瑞克搔著頭這麼說，春香又再度看向他。在記憶中，艾瑞克總是說著英語單字。那個艾瑞克現在雖然害臊，卻以日語道謝，感覺真奇妙。九年的歲月明明無法簡單縮短，但好像就只有艾瑞克口中說出來的日語輕盈的飛越了這九年的歲月。

「要不要去喝個咖啡……」

艾瑞克的嘴唇動了，春香還呆望著他。

「啊，嗯。」

「去飯店的咖啡廳也可以，可是我剛才看過，人很多……」

「一出去就有星巴克。」

艾瑞克對立刻作答的春香微笑：「妳對台北已經比我還熟了。」

艾瑞克邁出腳步，春香也走在他一步之後。彷彿這九年的空缺被剪掉了，九年前和現在連接起來一樣。假如時間是一條緞帶，那感覺就像把那九年的空缺剪了下來，再把過去和現在縫在一起一般。可是，被剪下來的那九年的緞帶到哪裡去了？

春香不禁朝腳邊看。被剪下來的緞帶當然不可能掉落在兩人腳邊，這樣的話……。春香看向艾瑞克大幅揮動的手。她明白那是錯覺，但艾瑞克手中看起來就像是抓著緞帶的一端。春香搶上半步，想抓住緞帶搖擺不定的另一端，卻一直抓不到那晃動的緞帶。

走出飯店，艾瑞克因為暑熱而皺起眉頭轉頭看她。

「東京也很熱吧？」春香問得彷彿這裡是屬於自己的城市般。

「東京也很熱，可是跟台北的熱不太一樣。」

「有什麼不一樣？」

「我也說不上來……」

明明有九年份的話想說，好不容易見了面，卻和他聊起天氣。她覺得，這是很自然，也很不自然的一件事。

「真的耶，那裡多了一家星巴克。」

艾瑞克指著馬路前方，春香問：「你在東京也常去星巴克嗎？」

「去啊。公司一樓就有一家。」

顯示只剩十五秒的行人號誌開始閃爍。「要跑嗎？」艾瑞克挑戰似地問，春香應聲「當然」便開始跑。才剛下過雷陣雨的地面還是濕的，濕濕的地面有夏日傍晚的味道。

●

不知不覺間，冷氣停了，人豪因額上的汗而醒了過來。找了找應該放在枕畔的遙控器卻找不到，於是他直接躺在床上伸長了腳去開窗。窗戶一開，馬路上來來往往的摩托車聲立刻傳了進來。電風扇還在轉，攪動著房間裡悶濕的空氣。人豪又去找遙控器，但是他手裡抓到的，卻是睡前吃剩的西瓜皮，這下讓他不知道該把濕黏的手放在哪裡好。

就在這時候，傳來有人上樓的腳步聲，「晚飯要在家吃嗎？」是母親的聲音。

「我等一下出去吃。」人豪又抱起枕頭。

門開了，因悶熱的房間而皺起眉頭的母親受不了他：「放假就只會睡。」

「明天我開車帶你們到日月潭還是哪邊走走。」

「……你後天就要回日本了吧？蔡明樹的店你去過了嗎？」

「今晚去。」

「生意好像很好哦。上次電視上也介紹說他是台中最好吃的辣醬炸雞。可是，上過電視以後最近去買都要排隊呢。」

也不知是高興還是抱怨，母親自顧自說完便下樓了。大概是走到一半發現忘記上來的目的，又問：「咦？晚飯不用準備你的份喔？」「對，不用。」人豪回答。光是出聲說話就會開始冒汗。

現在在台中市開辣醬炸雞店的蔡明樹，是他高中以來的好友，大學畢業後在大證券公司上了幾年班，不知他是怎麼想的，竟然辭掉了薪水優渥的工作，開起辣醬炸雞店，也就是所謂的上班族創業。他從年輕時就一直說：「不管做什麼都好，我要存一筆本錢，將來要做生意。」所以他已踏出了夢想的第一步。店開幕時，人在東京的人豪也收到了通知。雖然是封簡單不花錢的邀請函，但在拿起邀請函的那一刻，不知為何，人豪就像是自己的事一樣高興。

人豪剛到東京留學時，頭一個打電話給他的就是這個蔡明樹。大概也不是為了鼓勵他才打電話來的，但光是「東京啊～下次我去找你玩」這句話，就讓人豪覺得令人孤單害怕的日本與台灣之間的距離一下子縮短了好多。

這次，人豪利用暑休假期回台灣七天六夜。平常他都是直接回台中的家，但這次他先在台北的飯店住了兩晚，當然是為了和九年不見的多田春香見面，在約好的舊希爾頓飯店大廳等候時，他一心想著該從哪裡說起、對方是懷著什麼心情來的，想得他心浮氣躁，還去廁所洗了兩次臉。一眼見到九年不見的春香時，自己究竟作何感想，現在，他還無法明確以言語表達。她既是記憶中的那個女孩，卻也是另一個完全不同的人。

人豪覺得口渴，便下床來到一樓。父母都在起居室，看到下樓的兒子，母親說：「哦，你現在就要出門啦？」

「沒，我口渴。」

「明年，我跟你媽又要去日本哦。」

人豪正要開冰箱的時候，坐在沙發上抽菸的父親說。

「什麼時候？也是春天嗎？」人豪問。

「我在想，這次到京都那邊看看。從東京過去，搭新幹線很快吧？」

「三小時吧。」

「說到新幹線，台灣也會有高鐵哦，你知道嗎？」

母親插嘴這麼說。「嗯，我知道。我還認識在那家公司工作的日本人。」人豪回答。他指的當然是春香，但他竟如此自然的提起她，連他自己都感到驚訝。

「台中也會有一站吧？」人豪改變了話題。

「會是會，可是車站很遠。」母親回答。

「不是和現在的台中車站在一起？」

「如果是就方便了，可是聽說是蓋在你阿姨家附近。」

「阿姨家？車站蓋在那種鄉下地方，給誰搭啊？」

「車站蓋好以後，那一帶好像也會被開發呢。你阿姨家的田地好像已經開始漲了一點。」

小時候，他常去阿姨家玩。那裡有一望無際的田地，水流亮晶晶的水渠。和表兄弟們抓樹蛙、賽跑的田間小路，剎那間重回腦海。只不過，這些風景和他在日本搭乘的新幹線無法重疊起來。

父母親出門去吃晚飯，人豪便又回到房裡睡了一下。在他睡覺時，天空下起雨來，打在細葉榕行道樹的劇烈雨聲吵醒了他。父母已經回來了，正在樓下談論剛才吃的火鍋。光聽他們講，肚子就咕嚕咕嚕叫。

像這樣偶爾回台灣時，不知為何他會一直睡。他甚至懷疑台灣的空氣裡是不是混了什麼讓人想睡的成分。實際上，人豪在東京生活了那麼久，從來就沒睡過午覺。平常忙著工作自然無暇午睡，但在清閒無事的假日裡，待在房間休息時，有時雖然會躺在床上，卻不會入睡，而是看書或收聽廣播。東京和台灣，也許不同的不僅是空氣，連兩地流動的時間也不同。一天的時間，在東京感覺起來比在台灣短，這一點，自己也無法解釋。但好比三個小時後要出門，在台中就覺得好像還有五個小時，在東京卻覺得只剩一小時。若是還有五小時的時間，當然會想睡個午覺，可是，只剩一小時就沒有時間可以睡了。然而，實際上其實同樣都是三個小時。

人豪沖了澡洗掉了睡覺時流的汗之後走下樓來。正在看電視的母親對他說：「哎呀，你還在？」

他回答：「我正要出去。」

「人豪，這個溫泉從東京可以當天來回嗎？」

母親正在看的是介紹日本的旅遊節目，台灣的女藝人穿著浴衣，正吃著旅館的料理。

「這是哪裡？」人豪問。

「由布院？」

母親唸了畫面上出現的地名。人豪雖然知道這個地名，卻不知道究竟在哪裡。

「在日本哪裡？」

「大分。」

「大分啊。沒辦法當天來回哦，那個在九州。」

「下次我跟你爸去東京的時候，也想去這種溫泉看看。」

人豪背對著母親的話，走出家門。他向家裡說了聲「借一下爸的摩托車喔」，不等回答便跨上了車，轉動插在車上沒拔下來的鑰匙。對面人家的兒子踢著拎在手上的袋子走來。「喔。」人豪叫了他一聲。

「……你長大了呢。幾年級？」

對於人豪的問題，男孩似乎有點生氣地回答：「才一年級。」

「你去哪裡啊？」

「做體操。」

「什麼體操？」

「普通的體操。因為我不能再胖了。」

男孩的回答讓人豪苦笑。他的確是頂著一個圓滾滾的肚子。

「真辛苦，這個年紀就要減肥。」人豪笑著說。「才不是減肥，是練肌肉。」男孩嘟著嘴說。

「幫我跟你家的人打聲招呼。」人豪說完，就騎著摩托車走了。濕潤的夜間空氣撫過才剛沖過澡的脖子。人豪鑽過塞車的車陣，前往中華路夜市。他想去蔡明樹開的辣醬炸雞店看看，也想吃吃好久沒吃的肉圓。在東京，也有很多供應台菜的餐廳，但到現在他還沒有找到讓他滿意的肉圓。

馬路前方看得到熱鬧夜市的燈光了，攤販的燈光照亮了熱氣與喧鬧。人豪在小小的孔廟前停好摩托車，走進蔡明樹的店所在的後巷。路上有好幾家肉圓攤，讓他忍不住想過去，但他還是想先把胃留給蔡明樹的辣醬炸雞。蔡明樹的店離夜市的主要道路有段距離。夜市的喧嘩一度中斷，變暗的巷子盡頭，有一盞燈光。但是，傳聞似乎不假，店家擺出來的長椅和椅子上有大批客人，有情侶、有攜家帶眷的，個個都在大嚼裝在紙袋裡的辣醬炸雞。

蔡明樹的店以橘色為基調，氣氛明亮。從排在櫃檯前的大群客人身後往店裡瞧，可以看到蔡明樹正在剛出油鍋的炸雞塊上撒芝麻。上次見面的時候，他還一身正經八百的西裝，但人豪倒是覺得現在做休閒打扮、在額頭上綁了一條毛巾的樣子更適合他。

他直接跟著隊伍排隊，忽然停手抬頭的蔡明樹看到了他。只見他頓時把頭一歪，然後「喔喔！」誇張的大叫。人豪也稍稍舉手，以一聲「喔」回應。明樹把裝了黑芝麻的容器交給了年輕店員，拿髒圍裙擦著手從廚房走了出來。

「什麼時候回來的？」

人豪被明樹推著，離開了客人的隊伍。

「前天。」人豪回答。

「也不早點跟我聯絡。」

看著露出雪白牙齒而笑的明樹，令人豪感到萬分懷念。比起回家，這更有回到故鄉的感覺。

「聽說你生意很好，看樣子你真的很賺哦。」人豪朝店那邊揚揚下巴。

「可不是嗎？我自己也嚇了一跳呢。」

又有一家人去排隊了。廚房裡，員工們忙碌的走來走去。

「很忙吧？你回去吧。」

「我在不在都一樣，會賣的東西就是會賣啦！」

看到明樹自豪的笑容，人豪也不禁笑了。

「……對了，你還沒吃過吧？」

說完，明樹立刻走進調理區，拿了一包炸雞來給他。「不用了、不用了。有人還在排隊。」人豪還要客氣，明樹卻笑著說：「我們這裡沒有人會因為老闆把自家炸雞先給好朋友就生氣的啦！」

隊伍裡聽到這句話而回頭的一位大嬸催道：「氣是不會氣，可是要多送我幾塊哦！」

人豪從紙袋裡取出一塊熱騰騰的炸雞，抓著骨頭，用門牙一咬，肉汁就從炸得脆脆的皮裡溢了出來。

「如何？好吃吧？」

明樹迫不及待地問。東西燙得還吃不出味道，但人豪仍邊呵氣邊回答道：「嗯，好吃、好吃。」

「你等會兒有事嗎？」

被明樹一問，人豪啃著炸雞搖頭說：「沒有。」

「那你等我一下。我們去喝個酒吧。」

「不用了啦，你很忙吧？」

「老闆不偶爾摸個魚，員工們也沒辦法喘口氣啊！」

對於很有明樹慵懶風格的說法，人豪也點頭道：「好，那就去吧。」

「你等我一下，我準備好就去。」

「那我先到那邊去吃肉圓。」

明樹立刻脫掉圍裙，交代年輕員工一些事情。人豪把最後一塊炸雞放進嘴裡，走向剛才看到的肉圓攤。夜市正進入熱鬧的巔峰，各個店家都大聲播放著音樂，每個攤位前都人潮洶湧。人豪穿過人群，在肉圓攤的桌位坐下，向老闆娘大聲點餐。但老闆娘看也不看他一眼，只舉起手作為回應。

人豪迫不及待先拆了免洗筷。

鄰桌忽然傳來日語，他轉過頭去一看，一對年輕情侶正把旅遊書攤在桌上。「怎麼辦？要回飯店嗎？」女孩問，「妳吃飽了？可是我還想再多吃幾家。」男方回答。正好這時候，老闆娘把肉圓送了過來。情侶一直盯著看，人豪便以日語說「很好吃哦」，兩人也說著「看起來好好吃喔」而看得更起勁了。

「這是什麼肉？」

對於男方的問題，人豪回答：「豬肉，應該是心臟四周比較硬的部分。」可能是語調有點不同吧，女孩誇大的表示驚訝：「你日語說得真好！」人豪心想，上次被別人稱讚日語好而感到高興是什麼時候？最近聽到這樣的誇獎，都覺得自己的日語還差得遠，但總比被別人說差勁來得好。

就在這時候，明樹從人群中出現了。他立刻向老闆娘點了自己的份，「最近，我在追一個女生，你陪我去她打工的ＰＵＢ吧。」他說。

「很近嗎？」

「就在那邊。」

「最近在追，是追多久了？」人豪笑著說。

「這次很久哦，快半年了。」

「那我看你是沒希望了。」

「會嗎？可是我覺得她快要被我打動了欸。」

鄰桌的日本情侶站了起來，對人豪說道：「我們先走了，謝謝。」人豪也點頭說：「哪裡，路上小心。」

「你朋友？」

眼睛隨著情侶轉的明樹問，「不是。」人豪回答。

明樹的肉圓也送來了，兩人暫時無言進食。雖然幾年不見了，但像這樣同桌坐著吃東西，感覺就像昨天也一起在這附近的攤販逛似的。

「……前天，我見到那個日本女生了。」

在自己也幾乎無意識的狀況下，人豪低聲這麼說。他並不是為了想談春香才來找明樹的。說起來，他是決定不提才出門的。然而，嘴巴卻擅自採取了行動。

「那個日本女生？」

「什麼跟什麼啊？」

「啊，沒什麼……。算了。」人豪說。

大口吃著肉圓的明樹不太感興趣地問。

明樹訝異的歪了頭，拿T恤的袖子擦了額頭上快滴下來的汗。正當明樹要繼續吃的時候。

「咦？等、等一下。你說那個日本女生，難道是……」明樹吃驚得幾乎連人帶椅整個向後翻。

「……等、等一下！你說你見到那個日本女生了？那個、日本女生？」

明樹看來比人豪還要激動。「你冷靜一點。」反而是人豪去拍明樹的肩。

「在哪裡？在哪裡見到的？等一下，已經多少年了？她還記得你嗎？啊，不可能記得喔。她後來不是都沒跟你聯絡嗎？你一直等……」

明樹一股腦兒說個沒完，人豪便制止他：「我說，你冷靜點啊。」

「可、可是，你不是見到那個日本女生了嗎？」

「是啊，沒錯。」

「可、可是，你怎麼還能這麼冷靜？說起來，你的人生全都受到她的影響欸。」

「你也太誇張了。」

「可是要不是遇見她，你也不會跑到日本留學啊？」

「這倒是真的。」

看到明樹吃驚的樣子，人豪也不禁鮮明地回想起當時的情況。等了一天又一天，天天在等春香的聯絡。從臨別時的表情，他不相信她不會聯絡，甚至還查了她回去的班機是否真的在日本降落了。當然，飛機是平安降落了。那麼，難不成是從機場回家途中出車禍了嗎？不，也許是第二天發生了什麼意外？當時他每天都這麼苦惱著。每天去大學圖書館查看晚三天到的日本報紙，略過看不懂的平假名和片假名，只能靠著看得懂的漢字，在裡頭找春香的名字。他是什麼時候把這份一個人悶在心裡的感情告訴明樹的呢？一開始明樹也笑他，但也許是感受到人豪的感情是認真的，不知從何時起，明樹也開始說：「就沒有別的辦法了嗎？」一起為他擔心。

當然，他心裡也有春香早就把自己忘掉了的想法。在台北的時候，他覺得兩個人之間好像有什麼，但搞不好她在日本是有男朋友的，不，也許認為兩人之間有什麼的只有自己，對對方而言，自己只是旅行中的一段小插曲而已——他每晚臨睡前都會這麼想，然後閉上眼睛拚命叫自己放棄，等到最後就要睡著時，卻又一定會想起春香最後的表情。他想起自己瞞著她到飯店去送行，春香在飯店開出來的巴士裡，那驚訝的神情，即使如此，她似乎顯得很高興。自己可能也是這樣，但玻璃窗後的春香卻一副隨時都會哭出來的樣子。他甚至認為，如果春香忍著淚拚命做出打電話的動作時，臉上的表情是裝出來的，那麼自己未來這一生就不知道還能相信什麼了。想到這裡，他才總算入眠。當時他每天都是這樣過的。

「那個，算起來有幾年了啊？」

忽然間明樹問他，人豪才回過神來。因為回溯起遙遠的記憶，連夜市的吵雜都感覺變遠了。這時候，他才又想起自己正處於這吵雜的正中央。

「……吶，就是日本發生大地震，你急得要命，跑到日本去的那次啊？你還臉色大變，說什麼『搞不好她被地震波及了』『她住的神戶離震央很近』。那是幾年前啊？」

對於明樹的問題，人豪立即回答：「八年前。」

「已經那麼久了喔。不過，也對啦。後來大家大學畢業，你去日本留學，就直接留在那裡工作，當然是有這麼久了。」

明樹感慨萬千喃喃說著，人豪也點頭附和：「就是啊。八年好漫長啊。」如今回想起來，自己也覺得自己當時好傻。在台北共度一天的日本女孩後來沒有聯絡，想一想，這種事比比皆是。可是，他深信唯有他們的邂逅是不同的。

台灣電視新聞也連日大幅報導阪神．淡路大震災的情形。高速公路的高架橋淒慘地倒塌；大型巴士掛在斷掉的高架橋邊，隨時都可能會墜落；下層被震垮一半的高樓建築不安定地搖晃著。從空中俯拍到街上不斷竄出火苗、濃煙四起的影片，影片中甚至還有避難的人走在鐵軌上。雙親哭喊著女兒還在瓦礫中，年幼的兄弟茫然望著燒毀的家。這些事明明發生在遙遠的日本，人豪卻宛如置身其中，無論做什麼都心不在焉，一整天守在電視機前。神戶這個城市的名字，在他看來等於是直接化成了春香這個人。悲慘的新聞影片也明確報導出一天比一天還多的災民人數。每當那個數字變大，人豪就會感到錐心刺骨之痛。

應該是在地震發生的三、四天之後，他就下定決心到日本去。當然他也明白，就算自己到了震災現場也無能為力，但他希望至少能靠近一點。

辦護照花了一星期，取得日本簽證又花了一星期，還以為只要想去，隨時都能成行，人豪對如此無知的自己感到丟臉。有生以來頭一次強烈感覺到什麼叫作國境。在申請護照的窗口、申請簽證的窗口，人豪只覺得好像人人都在對他說：「你只是個微不足道的小人物。」結果，人豪有生以來頭一次搭飛機前往日本時，距離震災已經過了三週。

「喂！怎麼了？發什麼呆？」

肩膀突然被明樹輕輕一撞，人豪握在手裡的筷子掉了下來。

「然後咧？結果怎麼樣？」

明樹追問。

「什麼怎樣？」人豪還沒回神。
「還問，你不是在九年後見到那女生了嗎？」
「見到了。」
「她還記得你嗎？」
「記得。」
「是嗎，她記得你啊。然後咧？你們是在哪裡見到的？東京？走在路上剛好遇到？」
「不是，是在這裡見面的。在台北。」
「她來旅行？」
「她在這裡工作。」
「咦？她在這裡？工作？」
「對。」
「你在日本，她在這裡。你們的人生怎麼一直錯過啊！她在台北做什麼？」
「在台灣高鐵的公司工作。已經來這裡三年了。」
「所以你們剛好遇到？」
「不是，是有朋友寫e-mail給我，說有個日本女生在找我。」
「在找你，這麼說她也一直在找你囉？然後咧？九年之後才見到，結果如何？多年的相思爆發，緊緊抱在一起嗎？」

看著打趣的明樹，人豪只苦笑說了聲「沒有」。

「沒有……這可是睽違九年的感動重逢耶？」

「……是啊。不過，就是平平淡淡的。」

不知為何，聲音就是提不起勁來。

「……想說的話太多，不知從何說起，結果什麼也說不出來，閒聊一下就走了，就這樣。」

人豪這麼說，然後注視著明樹。可是就算他再怎麼看，連自己都無法說清楚這種感覺究竟是什麼，答案自然也不可能寫在明樹臉上。

「喂，請問這裡是春香家嗎？我是繁之的母親，好久不見。這陣子好不好呢？不好意思，突然打電話給妳。看妳好像在台灣很努力工作，一定要好好保重身體哦。其實，我是有點事想跟春香說才打這通電話的。……妳好像不在，那我下次再打哦。對不起，突然打電話來。」

下班回來，家裡的答錄機錄了一段熟悉的聲音。春香手裡還提著便利商店的塑膠袋，就這樣聽完留言。繁之母親的聲音聽起來好像有些怕怕的，是因為鼓起勇氣打國際電話的關係嗎？春香的母親當初打到台灣時，也因為台灣的鈴聲和日本不同，忍不住掛了好幾次電話。只是，繁之母親的聲音有種更急迫的感覺，雖然說她會再打，卻還是有希望儘快聯絡上春香的著急。

一聽完留言，春香就先把便利商店買來的水和紅豆甜點放進冰箱。住東京時，她和繁之母親見過好幾次面。剛開始交往的時候，頭一次見面是請她去家裡吃中飯時，但繁之似乎不喜歡和女朋友及母親一起吃飯，後來母親好像也邀過春香幾次，但幾乎都被繁之回絕了。繁之的母親是所謂的專職主婦，總是把家裡打理得井井有條。而春香成長的家庭則頗為大而化之，對她來說，一塵不染的繁之家簡直就像樣品屋，本來是會很不自在的，但繁之母親大方的應對化解了尷尬的場面，她還告訴繁之：「你家好像飯店的會客廳一樣。」繁之的母親透過繁之得知了春香的感想，後來當春香再次前往拜訪時，她顯得十分高興的說：「春香，妳說我們家很像飯店的會客廳對不對？」支持著在大型不動產公司工作的丈夫，又將獨生子教養成一名好青年，繁之的母親就是這樣的女性。從她身上可以清楚看到身為好妻子、好母親的自信。也許是因為這份自信，她對兒子的女朋友春香也非常溫柔，對待春香宛如一個能理解自己興趣的同性朋友。

今天下班比較早，時間才剛過八點。日本快了一小時，所以是晚間九點。這個時間回電也不算打擾。春香拿起聽筒，但是旋即覺得應該先打電話給繁之。上週也收到了繁之的電子郵件，內容是和平常沒有兩樣的近況報告，高中同學到英國留學啦，很久沒去電影院看電影，看到的時代劇不怎麼好看等等。他們照例以一週一封的頻率通信，但從上次吵架之後，已經將近半年沒見面了。在那之前，回國必去東京繁之的住處已成慣例，但這兩次回去，都沒有去東京，只回神戶家就回來。話雖如此，雙方也都沒有提出分手。依常理來看，這樣的關係很奇特，但春香人在台灣，製造了所謂延期償付的狀況，也許就使得彼此都不認為有改變的必要。

她先打了繁之的手機，果然沒接。心想他可能在工作，便只留了「我寫mail給你」的留言就掛了。接著，她撥了存在手機裡繁之老家的電話，繁之的母親立刻接了。

「對不起這麼晚打擾。我是春香，您打電話找我。」

聽得出繁之母親對於春香的來電感到驚訝，「啊，春香？對不起喔，還要妳特地打電話來。」她的聲音高了半階。

「好久不見。對不起，我才是疏於問候。」

「沒關係啦。春香在台灣很努力吧？啊，對了對了，雖然有點久了，不過要謝謝妳送的台灣烏龍茶。我有交代繁之要好好向妳道謝，不知道他有沒有轉達？」

「啊，哪裡。我應該直接拿去送您的。」

「沒關係、沒關係，不用的。」

再這樣下去，對話可能會沒完沒了，繁之的母親也沒有要進入正題的意思。

「請問，您說有事要跟我說？」

春香伺機發問。

「啊，就是啊……。喏，就是繁之的事。」

「嗯。」

「這次是第二次不是嗎？」

「咦？」

「就是住院呀。上次，喏，他是請了一週的年假。我看他工作好像很辛苦，所以本來是多少有點排斥的啦，可是如果去住在幫人家看這類狀況的醫生那裡治得好，那樣也好，可是這次要住一個月呀。他又說公司那邊會用留職停薪來處理。我也嚇了一跳。」

繁之的母親逕自說了一長串，春香卻不太能理解。她說的的確是繁之，那個繁之明明就是自己的男友繁之沒錯，但聽起來卻好像是個完全不相關的人。

「請問……」春香打斷了她的話。

但是，一開了頭，繁之母親的話就停不了。

「公司那邊聽說是很開明，可是像我這種老派的人，又沒有生病，卻要請一個月的假，很擔心他是不是真的還回得去呀。」

「請、請問，您說又不是生病是指？」

「因為，他只是輕度的憂鬱，還不算生病不是嗎？他自己一副沒事人的樣子，而且任誰來看，都不像需要住院。只是，好像真的是很累。」

春香吃驚得忘了閉上嘴巴。不要說這次住院了，連上次住院一週的事，繁之都沒告訴她。

「……要住院一個月，我當然是打算去探望他，可是他又叫我不要去，說他去那裡就是要放鬆。我看了他寄來的醫院介紹，看起來很像度假飯店，也就比較放心了。……所以呀，我想春香一定會去探望的，妳去過之後，雖然麻煩了點，不過可不可以請妳順便來家裡一下，把那孩子的情況告訴我？」

繁之母親的話說到這裡，便突然打住。春香仍處於驚訝之中，說不出話來。

「春香？」

「啊，是。……啊，呃，我知道了。我會去探望，回程一定會去拜訪的。」

春香總算擠出這些話。電話那頭，繁之的母親似乎放心了。「這種事情可能不要太大驚小怪比較好，可是我就是擔心。」她繼續吐露母親的心情，但這些話還是沒有進入無法了解狀況的春香耳裡。

春香回日本，是在接到繁之母親電話的下一週。她不是臨時決定回國，而是本來就已經安排好要回東京總公司出差，只是多請了兩天假，準備在東京待一整週。

與繁之母親通完電話以後，春香猶豫著不知該不該聯絡繁之本人，但最後她還是寫了電子郵件給他，把事情一五一十告訴他，還表示如果可以，希望能去探望。第二天晚上，繁之來電了。他說，為了不讓春香擔心才沒說，卻因為母親大驚小怪，反而害她更擔心。繁之笑著說話的聲音很有精神，安撫了春香緊繃的情緒，最後她忍不住責怪起繁之來：「你怎麼都沒說？害我跟伯母通電話的時候還要裝作什麼都知道。」

繁之說，他的身體狀況還是不好，雖然不至於無法上班，但回到家後，每天都會覺得很多事情都應該能做得更好而懊惱得無法入眠，導致睡眠不足，結果第二天上班時，反而使得工作效率更差。勸他去看醫生的，是身為過來人的公司前輩，前輩對他說：「那跟感冒一樣，惡化了就很難治好，所以你最好還是讓身體多休息。」所以他半年前開始定期就醫，上次住院一週，而這次決定住院一個月。住院一週之後，一方面也是醫生開的藥有效，變得好睡許多，而這次想要一次根治，所以乾脆住院一個月。

聽著繁之的話，春香想起以前整理繁之亂得嚇人的房間。在好幾天都沒有開窗的混濁空氣中，滿地都是垃圾，連站的地方都沒有。那時，春香一心以為繁之一定是因為工作太忙，連打掃的時間都沒有，並沒有過於擔心，現在想起來覺得好慚愧。

在電話的最後，春香又問了一次：「你怎麼不跟我說？」繁之回答：「因為彼此總是都很匆忙。」還有另一點則是「……春香對我來說是不是能談這種事的對象，我已經有點搞不清楚了。」春香無話可說。她不知道自己現在受到了什麼樣的對待，也不知道對此是該感到生氣，還是該感到悲哀。

春香前往位於熱海的療養所，是星期四、五如期在公司開完會後的第二天。依規定，會客時間是上午十點到下午四點，春香想早點去，所以八點就從東京車站搭上了新幹線。

繁之在電話裡告訴她的療養所，在網路上也非常好找。正如繁之母親所說，官網上一張張的照片，看起來不像醫院，反而有高原度假飯店的風情，山丘上綠草茵茵，整個相模灣盡收眼底。繁之將要在這裡悠閒的住上一個月。治療計畫當中還有打高爾夫，就像繁之自己說的，還沒住進去就好期待，廣大的院區內還附有各種體育設施。

在熱海站下了新幹線的春香多出了一點時間，便在車站附近閒晃。不管往哪裡看，都有溫泉的指標，她悠哉的想著，如果有可能，不知道能不能帶繁之出來泡個溫泉？

會客時間快到了，春香搭計程車前往療養所。在計程車行駛的路上，相模灣一覽無遺。日光下，閃閃發亮的大海非常遼闊，水平線清晰可見。春香心想，台灣雖然四面環海，卻不太感覺得到海。當然，如果到南邊的墾丁等地去，自然另當別論，可是在台灣，也很少聽到有人去海水浴場玩。

計程車在偏離市區的狹窄山路上行駛了一陣子。當盡頭出現了巨大的門時，司機停下車說：

「車子好像不能開進去哦。」

春香一時說不出話來。

的確，門後是一大片寬廣的草皮，但將裡外兩邊隔開的高牆卻巍然聳立，壓迫感十足。下了計程車，春香不禁怯步，心想繁之住的果然不是度假飯店。

一走進療養所的院區，氣氛頓時變了。最前方的建築物窗裡有個女子的身影。她穿著睡衣，緊盯著春香，但她的眼神沒有任何力量。春香小跑步到櫃檯所在的本館。明明是鳥鳴聲，聽起來卻像是誰在大叫。好可怕。明知道沒什麼好怕的，她卻還是全身緊繃。

她跑進了本館大廳，繁之就在那裡。「喔」的舉起一隻手的繁之是一如往常的他，她卻覺得好像是別人戴著繁之的面具。春香不禁跑過去抱住繁之。抱住他，就不用看他的臉。她好怕，怕如果看了，自己的感覺，自己害怕繁之的事，就會被繁之，不，是被戴著繁之面具的另一個人知道。

照例在公司一樓的星巴克買了咖啡後，劉人豪前往位於十六樓的公司。昨晚加班後又和高浜室長及同事有吉咲到神保町的居酒屋喝酒喝到很晚，今天早上有點宿醉。他決定晚一點進公司，先在附近跑跑步流點汗，所以進公司時反而神清氣爽。說到跑步，在慢跑路上，他看到一隻很像大樓公告上貼的走失貓咪。他為了看清楚而跟著貓咪跑，但貓咪跳過圍牆進了別人家院子。張貼尋貓啟事的是住在相隔兩戶的尾崎老夫婦。有一次，人豪幫忙尾崎老太太從一樓搬宅配送來的大件貨物到他們家，後來他收到了青森蘋果作為謝禮。今晚要是有時間，就去看到貓咪的地方再找一下好了。

人豪打開了辦公室的門。門一開，立刻抬起頭來的有吉便「啊，Jin chan來了！」不知為何，誇張地迎接他。

「不好意思，我來晚了。」

人豪一道歉，有吉便拍手道賀：「恭禧！」

「恭禧？」人豪感到莫名其妙。

注意到人豪的其他人，也對他說「喔」或「太好了」。

「咦？發生什麼事？」人豪問有吉。

「上次公司內部比稿，Jin chan的中選了。」

有吉的解釋，終於讓人豪理解，而驚叫了一聲「咦！」

「真、真的嗎？」

「真的啊。那邊的公布欄上就有你的名字。」

不知何時已來到身後的高浜室長往他肩上一拍。

「真的嗎？」人豪又問。

「就跟你說是真的。」高浜室長笑了，「你去看看吧。」有吉指著公告欄說。

「啊，是嗎？我的設計中選了嗎？」人豪半信半疑喃喃地說。

「又來了——！你明明就很有自信。」

有吉的話惹得所有人都笑了。一個月前，人豪參加了公司內部比稿，內容是改建中禪寺湖畔一座兩百平方公尺的別墅。這次比的不是精細的全案，而是大略的設計，所以人豪是拿利用週末悠閒時間做出來的東西投稿。由於是將老舊的日式旅館改建成別墅，他計畫將數寄屋造的母屋幾乎完全保留，只改建面湖的後側，並且在後院增設大片木棧露台作為船塢。聽說投稿的作品將近三十件，其中還有設計獨棟住宅的專家，他一直以為自己不可能中選。即使如此，他還是熱心投入設計，因為他正好在去年楓葉時節去過中禪寺湖，那裡的靜謐之美與鄰近故鄉台中的日月潭似乎有幾分相似之處。

公告欄上的確有自己的名字。人豪的手指在紙面上滑過。

「中選就代表，Jin chan暫時要離開我們這個小組吧？」

忽然間，有吉的聲音回到耳裡，人豪看向站在旁邊的高浜室長。

「上面還沒有正式的指示，不過應該是吧。劉君，你那個伊豆美術館的案子，還要多久才能結束？」

「再兩週就沒問題了。」

回到辦公桌前，人豪打開電腦裡中選作品的CG。儘管還幾近於草圖，但只要想到接下來要在與案主不斷來回協調中，讓這幢別墅佇立在那座湖畔，就令他滿心雀躍。

那天晚上，人豪寫了電子郵件給多田春香。傍晚，有吉本來提議要幫他開慶祝會，但高浜室長表示，連喝兩晚身體實在受不了，希望延期，結果改成週末。七點結束工作後，人豪立刻回公寓，在回去之前，他先去了附近的澡堂。回家路上，他去找那隻走失的貓咪，果真鴻運當頭，那隻很像走失貓咪的貓就在今天早上那個地方。正好他手上有毛巾，晃了幾下代替逗貓棒，貓咪果然像隻家貓般，尾巴豎得直直的靠了過來。人豪一把抱住牠。貓咪當下雖想逃，但卻也沒怎麼抵抗。

回到公寓，人豪去敲張貼了走失啟事的老夫婦家的門。開門的老太太一眼就認出是自己的貓，她虛脫般當場蹲下說：「小虎，你跑到哪裡去了？」把貓咪還給主人後，老太太拉著人豪的手連連道謝，還要他帶回一大包韓國綜合海苔當作謝禮。

可能是因為今天一整天心情都很好，回過神來，人豪已經在寫電子郵件給春香了。自重逢第二天寫信道謝後，他就遲遲不敢再寫。

信不長，內容只提到了自己在中禪寺湖畔別墅的社內比稿中選、找到走失的貓咪，以及問她下次回台灣時願不願意再出來吃飯。

令人驚訝的是，信送出去後才三十分鐘左右，他正在看電視時就收到了春香的回信，而且信上寫著「我這週剛好出差來東京」。

人豪立刻回問：「要不要出來？」但是，接下來兩個多小時都沒有回信，一直到超過十二點，才總算來了一封：「如果有時間，後天找個地方吃中飯吧？」人豪馬上回覆：「ＯＫ。詳情明天再聯絡。」

人豪有種完成了什麼大工程的充實感，整個人轉身就往床上倒，然後重新感到非常的不可思議。說起來，他是有一點因為忘不了杳無音訊的春香，認為到日本就見得到才來的。但都已經過了九年，應該是為了遇見春香才展開的日本生活，其中卻完全沒有春香，而且九年後，兩人竟然是在台北重逢。就像到遠方去找走失的貓，貓咪卻回到了住家附近；在家裡守候著，貓卻為了找飼主而跑到遠方。

在台灣看到阪神・淡路大震災的新聞時，人豪坐立難安，因而第一次來到日本。當然，他不認為自己能遇見春香，但不知為何，他就是覺得，只要自己鼓起勇氣到日本，罹難者名單上就不會出現春香。明知自己什麼忙都幫不上，卻還是大老遠跑到日本來，就是為了這個緣故。連他自己都不記得是怎麼從成田機場來到東京的。靠著旅遊書和機場、車站的標示，一個勁兒向前走，等回過神來，人已經抵達預約的池袋廉價飯店了。

大概是從下了飛機後就一直處於緊張狀態吧。在飯店又小又髒的客房床上把行李一放，全身突然虛脫，在小小窗戶外頭發著光的華麗日語霓虹燈模糊了，這才發現自己似乎是因鬆了一口氣而泛淚。

在池袋的飯店住了一晚，人豪便前往大阪。難得來到日本，卻還是用便利商店的飯糰和麵包裹腹，總之先坐上新幹線再說。乘著新幹線，人豪來到了新大阪車站，當時新幹線只行駛到這裡，再往前的路段已停止運行。震災後才過了三週。就連自己是否正朝春香所住的神戶這個城市靠近，他都無法確定。即使如此，在大阪下了新幹線，這座城市已經比出現在台灣新聞播映中的畫面平靜多了，如果對於此事一無所知，甚至不會察覺到最近曾發生過大地震。

到了大阪，人豪馬上就不知何去何從。從新大阪搭私鐵來到大阪中心，在車站四周晃了幾小時，也只得知了沒有開往神戶的電車。好像是他正在為當天的棲身之處找便宜住宿時吧，現在就連是哪一帶的什麼公園都想不起了，但漫無目的的走在路上的人豪，不知為何注意到兩輛麵包車。麵包車四周聚集著與人豪年紀相當的男女，車子的擋風玻璃上，寫著幾個大學的名稱和「救援」的文字，現在回想起來，還有片假名寫的「義工」。

人豪不敢上前去問，只在一小段距離外看著他們。不久，不知為何，他知道那些麵包車好像要出發去神戶。當時不要說日語，連英語都只會單字的人豪，卻叫住了其中一個人。應該是「既然都來到日本了」的想法推動了他。

人豪以英語單字向看似領隊的男子表達「我有朋友在神戶」。一開始他好像以為人豪是剛來日本的留學生，雖然彼此只能以單字溝通，對方還是誤以為人豪是擔心日本的朋友而特地從台灣返回日本的。最後對方問他：「我們準備到避難所當三天的打掃義工，現在要進入神戶的災區，要不要跟我們一道去？」

載著人豪一行人的麵包車一路開往神戶，一直到半路，都與其他車輛一同行走在一般道路上，但漸漸地，車輛變少了，經過禁止進入的關卡後，就只有偶爾才會和對向來車交會，那景象，簡直就像誤闖廢棄的大城市。讓人豪同車的大學生領隊幾天前也還在災區從事義工活動，與關卡人員應答如流，能夠通行的道路似乎也全盤記在他腦中。人豪在路上看到很多倒塌的大樓，雖是異樣的光景，但看多了可能眼睛也習慣了吧，甚至會覺得本來就是那樣設計的。一棟完全傾斜、倒在緊鄰大樓旁的某大樓，那式樣顯然是嶄新的設計。倒塌後亂七八糟的水泥碎片有如奇特的藝術。

城市不見人影，會動的，就只有在青空中緩緩飄過的雲朵。剛出發時，車內還有人說話，但隨著窗外景色的改變，談話聲消失了，只剩下有人機械化的念出到達後的注意事項。道路上堆積著瓦礫和水泥碎片，學生領隊所開的麵包車在瓦礫四散的車道上緩緩前進。不久，稀稀落落走在人行道上的人數變多了。從大馬路轉進一條巷子後，麵包車停了下來。擋風玻璃前方，是小學的校園，看來，從城市裡消失的人們就聚集在敞開的大門後。

偌大的校園裡，有忽左忽右忙碌著的人們，以及無數秩序井然的帳篷。大概是有人專司炊事吧，白色的蒸氣從體育館旁的廣場升上青空。人豪他們由領隊帶頭，下車進入校園，隨即就有一名認識領隊的女子前來，並將代表義工的黃色臂章發給人豪他們。正當人豪要接的時候，領隊對那名女子說了幾句話，大概是解釋人豪為何會在這裡。聽他解釋完之後，那名女子竟以零落的中文問他：「你知道你朋友的住址嗎？」

人豪很驚訝，但仍以中文答：「不，我不知道。」可能是人豪一直注視著她，她說：「我在大學裡學中文。」這時候，人豪才發現自己來到日本後，沒有跟任何人好好交談過。大概是眼前有個懂中文的人太令人高興，人豪不知不覺便說了一大串中文。包括在台北與春香的相遇，後來等不到聯絡，以及明知莽撞，還是無論如何都想到距離春香近一點的地方等。

雖然不知道對方聽懂多少，但等人豪說完，只見她一臉抱歉的說：「神戶地方很大，要找是不可能的，而且現在也還有很多地方不能去。」

「我知道，可是我就是想來。」人豪回答。

結果，人豪在她的建議下，在避難所當義工。和她交談時，從大阪一起搭車來的團體已經開始清理垃圾集散處了。和她談完，人豪也加入他們的行列。雖然語言不通，還是能有樣學樣幫起忙來。

避難災民明明多得擠滿了校園，但生活卻驚人的有條理。乍看之下雜亂無章的光景，若從內部仔細觀察，食材保管庫和露天廚房這些設備，都距離廁所和垃圾場有一段距離，地面上也沒有一點垃圾。當然是因為有大批義工幫忙打掃，但前來避難的人們也會自己找點工作來做。在義工同伴的提議下，他也在校內設置的公布欄上貼了，「如果有人知道神戶市多田春香的安危，請與義工事務所聯絡」的紙條。結果，人豪在這個避難所待了四天。這四天中，他整理垃圾場、搬運救援食糧、搭帳篷、清理廁所水槽……等等，只要有人叫他幫忙，他什麼都做。

在避難所中，沒有時間詳細解釋，於是他又被當成了剛來日本的留學生。白天工作，晚上在為義工準備的教室裡，和大家睡大通鋪。雖然只會說英文單字，但他與同樣是從東京來當義工的大學生小野學不知為何很合得來，直到現在都還保持聯絡。人豪預定停留一週，也已經買好了機票。因為是廉價機票，所以無法更改。因此，人豪改變最初的計畫，告別還要再多留幾天的義工團，與小野學所屬的另一個義工團回到東京，最後一晚就借住在小野的公寓。

在回台灣的飛機上，人豪感到很充實。雖然一如預期，沒見到春香，但他不需要說服自己就能相信，到日本的這一趟沒有白走。

人豪腳步匆促爬上從駿河台下通往御茶水站的坡道。到透過電子郵件和春香約好的「山上飯店」只需不到五分鐘，但現在距離兩人約好的時間已經過了七、八分鐘。飛奔離開公司的時候，他就應該要發個簡訊說會遲到，但又躊躇著花時間寫簡訊反而會更晚到。

就在他正要出公司的時候，不巧來了一通電話。因為不是急事，若是請接電話的人轉告一聲稍後回電也可以，但錯就錯在他不小心接了電話。對方是曾經合作過的工務店老闆，要說的事很快就說完了，但對方知道他中禪寺湖畔的比稿中選，便細問起是什麼樣的設計。遇到這種情況，人豪就會掛不掉電話。以前，他會明言「沒時間，我要掛了」，但有一次被聽到他這麼說的同事提醒：「剛才那樣說不太好吧。不管再怎麼趕時間，用柔和一點的說法不是比較好嗎？」平常雖然不至於如此，但人豪在情急之下脫口說出的日語，聽在日本人耳裡似乎相當刺耳。因此想趕快掛掉電話的時候，他便會遲遲說不出口。

跑上前往山上飯店的最後一段坡道後，人豪先在大門前深深吸了一口氣，調整呼吸。一進大廳，不知為何，背後竟有人對他說「這邊」。回頭一看，春香就站在那裡。

「抱歉，我來晚了。」人豪先道歉。

「聽說這裡有別館，我想你該不會是在那邊等……」

「出門的時候剛好有電話……」

春香注意到人豪額頭上的汗，微笑著說：「你是跑來的喔？」「嗯，對。」人豪也老實承認。

從他們的所在之處看得到大廳內的會客廳，那裡擺著好幾張看來頗有年代、觸感舒適的皮沙發，彷彿唯有那裡流動著不同的時間。

「很近嗎？艾瑞克信裡說的義大利麵店。」

「啊，對！就在那邊。」

「我從早上就什麼都沒吃，肚子好餓。」

「那裡很好吃哦。」

兩人自然而然並肩而走。下了飯店旁的一小段坡道，就是綠意盎然的公園，長椅上，坐滿了午休的上班族和學生。

「這一帶有很多餐廳吧？」

小碎步在陡坡上走著的春香這麼問，人豪笑著說：「漢堡、牛丼、蕎麥麵、烏龍麵，每週五天還吃不完一輪。」

「啊，我在台北也一樣。每天都想著今天要吃滷肉飯呢？還是牛肉麵呢？還是清爽的乾麵呢？一天只能吃三餐，讓我覺得好不過癮。」

人豪看著春香以輕快的節奏走下公園石梯的背影。寫信和春香約好之後，他老是想起在神戶避難所度過的那幾天。在台北重逢的時候，不知為何沒有提到這些。當然不是不能說，但說了就等於是在向她告白，當初自己是多麼企盼春香的聯絡，當時又是多麼想她。不，其實他也不是不能告白，畢竟當時他真的是那樣，即便讓她知道這些事，對自己也不會造成任何困擾。但是，都已經過了九年這麼漫長的歲月了，事到如今才把那麼久以前的感情說出來，春香也不見得會高興。在這九年間，人豪也經歷了許多事，也曾和韓國女友同居過，所以不能保證現在的春香沒有這樣的對象。這麼一來，人豪就不能不認為，這些往日的感情，有可能會毀了難得的重逢，卻絕不可能使場面更加熱烈。

兩人穿過熱鬧的公園，進了義大利餐廳。這是一家夫婦經營的小店，人豪曾和公司同事來過多次，所以在吧台後的老闆娘主動招呼：「哎呀，劉君，好久不見。」

「今天和朋友一起來。」人豪簡單介紹了春香。

老闆娘為他們安排了窗邊的桌位。一就座，老闆娘便露出別有含意的笑容問：「劉君的女朋友？」人豪趕緊否認：「不是的。」

「哎喲，何必這麼慌呢？」

老闆娘笑著回廚房去了。

「抱歉。」人豪向春香道歉。

「沒關係、沒關係，這沒什麼。來看看要吃什麼？」

春香打開菜單。不知為何，人豪盯著她的指尖看。看起來沒有擦指甲油。若仔細觀察，她也幾乎沒有化妝。他忽然想到，日本公司裡以化全妝的女性居多，但在台灣的女性，卻幾乎都沒有化妝。

「妳這次在日本待到什麼時候？」

人豪問從菜單抬起頭來的春香。

「我現在跟一個男生交往，他身體不好……」

因為事情來得太突然，人豪只能勉強回答：「是、是嗎？」即便如此，他仍舊拚命佯裝平靜地問：「情況很糟嗎？」

「唔、嗯……。所以這次我沒回神戶，一直在東京。」

話說到這裡就中斷了。像是生什麼病啦、情況如何啦，可問的事情應該很多，但人豪卻什麼都說不出口。陷入這種狀況，人豪才發現自己突然想告訴春香些什麼。自己至今仍然喜歡春香，他是為了告訴她這件事，才匆匆爬上山上飯店的坡道的。

「對不起喔，突然說這些。」

忽然回過神來的春香這麼說，「不會的，沒關係。」人豪這樣回答。春香大大嘆了一口氣，改變話題道：「啊──真的好餓哦。你推薦什麼？」

「妳喜歡他嗎？」

總算擠出來的話竟是這麼一句，就連自己也不知道自己說了什麼。春香說她和某個人在交往，而自己竟然問「妳喜歡他嗎？」人豪當場汗如雨下，春香也有點驚訝。人豪很急，一心想著一定要改變這尷尬的氣氛。但是不知為何，神戶避難所的情景不斷在眼前重現。就在這一瞬間，人豪的嘴巴動了。在動的同時他就後悔了，但為時已晚。「妳喜歡他嗎？」人豪又重複問了。

兩人究竟沉默了多久呢？溫柔地對他微笑的春香低聲說：「我……擔心他。」剎時間他不懂她說了什麼。他在相信她會說「我喜歡他」的同時，心裡卻期待著她會說「我不喜歡他」。然而，她的回答兩者皆非。很不巧，這時候老闆娘來點餐了。「請再等一下。」人豪慌了，一口氣喝光水杯裡的水。

「……後來，我到神戶去了。春香沒有消息，結果又發生大地震，我很擔心，明知道找不到妳還是去了，可是，見不到也沒關係。我那時候相信，只要我到附近去，春香就不會有事。雖然我什麼忙都幫不上，但我那時候還是跑到神戶去了。」

話突然間就冒了出來，就像突然落下的台灣雷陣雨。春香一直低著頭，等她抬起頭來時，雙眼裡卻含著淚。

「我以為，我一輩子都見不到妳了。」人豪繼續說。

嗯、嗯——春香忍著淚附和，然後說：「我有你在避難所幫忙的照片，報紙刊出來了。」

「報紙？」人豪問。

「對，報紙。我啊……我……」

春香欲言又止。

「什麼？」人豪把臉靠過來一些。

「對不起。……沒什麼，對不起。」

春香顯得很痛苦，人豪無法再繼續問下去，他絕不想害春香難過。結果，九年前的感情就只是九年的感情。掛念了九年，只表示他沒有忘記九年前的感情而已，那絕非現在的感情。自己把九年前的感情搬出來，要對方告訴他現在的心情，實在太卑鄙了。

「對不起。」人豪道歉。

他把春香面前的菜單拉過來，「點這個套餐吧。有前菜、義大利麵和湯。義大利麵可以從這裡選。」他指著B套餐說。

「謝謝。」

春香道謝，仍垂著眼。

「我要點這個長臂蝦細麵。春香要選哪一個？」人豪問。

總算抬起頭來的春香回答：「我也要一樣的。」「嗯。」人豪點頭。「嗯。」春香也對點頭的人豪點頭。

二〇〇四年

卸船

卌卌卌卌卌卌卌

「台灣新幹線資金短缺　明年十月通車亮『黃燈』」

日本新幹線技術首度出口的台灣高速鐵路（台灣版新幹線）建設工程陷入資金短缺。營運公司將於七月底前增資七十五億新台幣（約二百四十億日圓），但若無法如期籌措資金，銀行團將停止融資，工程恐將中斷。七月過後至年底前，仍需約二百億元（約六百四十億日圓）的資金周轉。預計明年十月通車的計畫亮起「黃燈」。

據台灣當地媒體《經濟日報》三天前的報導，若增資計畫不如預期，交通部將檢討取消與營運公司合約中所訂之民間事業建設計畫許可，全案將交由台灣當局接管。

二〇〇四年五月四日《產經新聞》的東京早報（節錄）

葉山勝一郎接到竹本——於熊井建設服務時的部下，也是現任該公司常務董事——的電話，是去年底的事。竹本年輕時也是努力的部下之一，常到勝一郎家拜訪，吃著妻子曜子親手做的料理，針對日本交通系統的未來與現狀向勝一郎討教。

許久沒聯絡，竹本先簡短的為久疏問候道歉，接著很快便轉入正題。簡單地說，他希望勝一郎針對現代日本汽車的普及，以公共交通系統的觀點所做的考察與發展發表演說。

「不了，別找我吧。」

勝一郎一開始這樣拒絕。但竹本堅持，說這是熊井建設與國土交通省（相當於台灣的交通部）合作協辦的年度講座，往日的部下也都會到，希望勝一郎放鬆心情，以恩師的身分，當作是來參加同學會。據竹本所述的詳情，會場是都內一流飯店，約可容納一百五十人。竹本的堅持，加上他趁著話當年的空檔力勸，十五分鐘後掛電話時，勝一郎終於盛情難卻地答應了。

這麼一來，就必須做上許多準備。勝一郎自去年底就翻出舊資料，忙著準備，顧不得過年。只不過，自從妻子走了之後，過年時分最令他感到寂寞，而竹本強勢的邀約反倒排遣了他的寂寞卻也是事實。

一月底，當演講即將於下週舉行時，神戶工廠打造的台灣新幹線七〇〇T的英姿上報了。勝一郎大略看過報導後，便打電話給在台灣時的高中同學鴻巢義一。自前年在寄來的同學會會刊裡看到他的名字並取得聯絡以來，兩人大約兩個月會互通一次電話，還曾兩、三度到府中一家鴻巢常去的居酒屋小酌。

在此之前，勝一郎一心認為，即使見了往昔的友人也只會話當年，一定無聊至極，因此對這類聚會不感興趣。但彼此都從職場上退休，見了面不僅會話當年，也會談現在、今後的生活，話題聊個沒完。也許鴻巢一樣沒有孩子也是原因之一，但兩個月一次搭電車到府中，享用美酒佳肴，對現在的勝一郎來說已是極為期待的一大樂事。

勝一郎看了報後打電話給鴻巢並開口邀約：「有一陣子沒去了，去喝一杯吧？」鴻巢好像也在等勝一郎的電話，說以前也就讀台高的橋口也想跟你見個面，下次一起帶他過去。

勝一郎不記得橋口這個人，但心想見了總會想起來，當下便爽快答應。

「啊，對了對了。我打電話給你，是還有另一件事。」勝一郎改變了話題。

「……今天報上刊了台灣新幹線新型列車的照片。」

「哦，我剛才也看到了。不過，真不可思議。這麼多年過去，我當然也知道進步了很多，可是在我腦海裡，台灣還是蒸汽火車啵、啵啵、啵吐著煙的地方啊。」

「報導說明年通車。」

「好像是。」

「所以啊……」

說到這裡，勝一郎卡住了。他知道自己想說什麼，但不知為何就是無法順利說出口。

「明年十月通車不是嗎？我在想，好久沒去台灣了，想去看看。」

鴻巢先這麼說。這完全就是勝一郎想說的話。

「……如何，葉山也一道去吧？你從終戰回到這邊之後，就再也沒去過台灣了吧？」光是鴻巢這幾句話，就讓勝一郎渾身發熱。

「是啊，就沒再回去過了。」勝一郎簡短的回答。

「哦，你也是說『沒再回去』哩，不是『沒再去』。我們同學裡頭也分成這兩種。」

他是自然而然脫口而出的話，但被鴻巢這一提醒，勝一郎發現確實如此。

「其實，用不著等新幹線，我今年本來就想去玩一趟。你要不要也一起來？反正你也是閒著吧？」

鴻巢隨口邀約的話，讓勝一郎越聽心情越是輕鬆。

「說的也是，又何必等新幹線通車。我去查查我的護照期限。」

「就是啊。我們也到了隨時都會倒下的年紀了，等到倒下了，那才真的是想回去都回不去了。」

聽著鴻巢開朗的語氣，勝一郎也笑說：「就是啊。」

在大倉飯店舉行的演講，於盛況中結束。勝一郎耐心將以前的資料翻出來，構思演講內容，還編輯了幻燈片和當時的錄影帶，結果比預定的四十五分鐘延長了十五分鐘，再加上最後的問答，大大超過一個半小時。雖然委託的主題是日本整體汽車普及的發展，但勝一郎把演講內容集中在自己參與的工程上，因此以幻燈片和錄影帶介紹當時的情景時，能夠加上一些個人的插曲，更增添了寫實感，成功引起幾乎滿座一百五十位來賓的興趣。

問答結束，下了台的勝一郎，由這次演講的邀請人竹本等熊井建設的董事們慰問著走向休息室。剛來到走廊，背後就有人叫道「不好意思」。

回頭一看，站在勝一郎面前的，是在問與答中提出「希望能針對高速公路休息區等，公共事業中建造的公園與遊憩場所的功能，請教您的意見」的青年。他的日文雖然流利，但口音有些不同，因此勝一郎猜想他是外國人。

「對不起，把您叫住。我是剛才提問的人。」

青年一臉緊張的站在那裡。

「嗯，我記得你。有什麼事嗎？」勝一郎臉上露出笑容。

青年似乎因為勝一郎的笑容而鬆了一口氣，「我只是想告訴您，今天的演講讓我獲益良多。」

他以誠實的表情這麼說。

「謝謝你特地來告訴我。如果我更習慣這樣的場合，也許能夠把演講的內容控制得好一些。」

對於勝一郎的謙虛，竹本等人從旁插嘴道：「哪裡的話，你的表現簡直就像常在全國各地演講的人一樣。」

「你是留學生？」勝一郎問青年。

「不是，我在日本的建設公司上班。」

青年連忙從西裝的內口袋取出名片夾。他遞出來的名片上，印有日本赫赫有名的大型建設公司的名字，以及「環境計畫室　劉人豪」。

「你是從中國來的？」勝一郎問。

「不，是台灣。」

青年搖搖頭。

「台灣……」

勝一郎再次注視站在眼前的這名青年。他穿著一看就知道質料很好的合身西裝，純白的襯衫上一絲皺折都沒有。看他的腳，皮鞋擦得亮晶晶，甚至會反光。

勝一郎聽到台灣，便想起自己年輕時的模樣。不知洗過多少次而鬆垮垮的背心，由父親不要的褲子而改成的短褲，因為總是塵土漫天，灰塵和汗漬都在曬黑的肌膚上形成花紋了。在台灣東奔西跑四處玩耍時的自己，和眼前的青年一點關係也沒有，但勝一郎卻覺得，在這段期間中所流過的時間——他們那一代沒日沒夜拚命工作，剛才幻燈片中展示的日本的發展——化為青年的模樣出現在自己眼前。

「台灣哪裡人？」勝一郎問。

「我在台中出生，在台北唸大學。」

講話條理分明，對長輩既無阿諛奉承之感，也不會過於親暱。

「剛才的演講中，您提到還有很多東名高速和名神高速交流道工程的資料……」

青年眼中流露出對知識的渴望。自己還在職時，來到家中專注聽勝一郎談話的年輕部下們，也有相同的眼神。

「哦，那些啊，多的是。」
「也有立體模型嗎？」
「啊，立體模型只有幾件，其他的就只是照片和設計圖。」
「是當時的設計圖嗎？」
「是啊，我全都保存起來了。」
「我個人以為，日本的公共事業可以有多一點玩心。」
「哦，日本的公共事業沒有玩心嗎？」
可能是因為緊張，青年的聲音顯得高了些，所以勝一郎對他露出了笑容。
「好了好了，今天到此為止。葉山先生接下來有飯局，差不多該走了，抱歉啊。」
大概是認為他們再談下去會討論起來，竹本看好時間插嘴進來。
「啊，是嗎？失禮了。」
青年惶恐地鞠躬。
「走吧。」
竹本輕推勝一郎的背時，勝一郎忽然停下腳步。
「要是你想看那些從前的資料，隨時歡迎到我家來。」
一回神，勝一郎已經開口對青年這麼說了。
「真的嗎？謝謝您！」

青年也老實行禮。

「我現在過的完全就是退休生活，沒有名片了。你有沒有紙啊？」

聽勝一郎這麼說，青年趕緊從口袋中取出記事本。

「我把電話號碼告訴你，你隨時都可以打電話過來。」

勝一郎直接說了自己的電話。青年抄完後，再次深深鞠躬。

「我一個老頭子獨居，來了也不奉茶的哦。」勝一郎笑著說，「請問您住哪一帶？」青年問。

勝一郎把住址也告訴了他。

「那就先這樣。」

「謝謝您！」

勝一郎等人留下青年，走向休息室。走在厚厚的地毯上時，竹本笑著說：「剛才那個人，我看他真的會去葉山先生家拜訪哦。」

「有何不可？是我叫他來的，他當然可以來啊。」

「我以為那是場面話。」

「年輕的時候，我應該也跟竹本君說過同樣的話哦。我說想知道什麼，就隨時來我家玩，你可沒把這當作是場面話吧？」

「的確，被您這麼一提倒真的是。」

「叫你們不要來，你們也是照來不誤啊。」

「哈哈哈！的確。」
「可不是嗎？」
「不過依我看，最近的年輕人很少有像那樣子的了。很多時候，若我們開口邀邀，對方也多把來訪當成是義務，害我們也很難像葉山先生那樣開口邀人家啊。」
「要顧慮到彼此還真累。就不能想得單純點嗎？」
「就是啊。像我們那時候就很單純。到葉山先生家去，不但在工作上能增廣見聞，還有夫人親手做的好菜可吃。……啊，想想，當時真是受到夫人好多照顧啊。」
「哪裡，她也很期待你們來啊。」
勝一郎進休息室前回頭看了一眼，剛才那名青年已經不在走廊了。
這個名叫劉人豪的台灣青年，在演講過後四、五天來電。對接起電話的勝一郎，先是禮貌的為前幾天道謝，然後率直問何時方便登門拜訪。勝一郎表示他沒什麼事情，隨時都可以前來，青年便說：「那麼這個星期天您方便嗎？」說好星期天下午來訪後，便掛上了電話。真是一場直截了當、乾脆舒服的談話。
在電話裡，勝一郎說話的語氣似乎不以為意，但一掛上電話，卻發現自己已經在期待青年的來訪了。心中一邊想著正好可以打發無聊的星期天，腦子也已經思索起要和那樣一個求知若渴的青年說些什麼了。

回到客廳，勝一郎泡了煎茶。茶罐裡的茶葉所剩不多，勝一郎打開櫃子，買來的茶葉也都沒了。他邊盤算著明天上超市時要買茶葉回來，邊把茶罐裡僅剩的茶葉倒進茶壺裡。

喝著熱茶，勝一郎又想，自己如此爽快接納那名青年，是因為他來自台灣嗎？就算自己個性算是比較開放的，但馬上在家接待一個在頭一場演講會上突然來找自己說話的陌生人，似乎是有些超過了。當然，既然知道他是在有名的建設公司上班，也就沒有懷疑的必要，但這年頭會出什麼事誰也不知道，實際上，不久前他也才接過最近所謂專騙老人的詐騙電話。

然而，到頭來——勝一郎心想——到頭來，自己還是因為他是來自台灣這一點，就相信了他。

就像鴻巢說的，自己就是無意識中會說「回台灣」的人。這麼一想，不光是勝一郎，每個人只要是認識了同鄉，就會產生一種難以言喻的安心感。只不過是生長的地方相同，明明對對方一點都不了解，卻會感到心情振奮，認為不了解也沒關係。

想到這裡，勝一郎倒抽了一口氣，自己的故鄉果然是台灣。然而，為什麼自己一直以來都不肯面對？

●

高雄港附近五號公園前的馬路旁，有一連好幾家二手車行。每家店頭都展示著舊型的賓士車，但也不知是賣得太好還是仍在維修，車子既沒有標價，也沒有清洗，一眼看過去，很難判斷哪部車是什麼車型。

在一連幾家車行的最右邊，招牌相較之下顯得嶄新的那家店門前，陳威志拉出鐵椅坐在上面。五月了，日照變強了，但吹過大馬路的風很舒服。身後的辦公室裡，所長照常在看著電視劇。

威志撕碎沒吃完的炸雞，朝躺在行道樹下的野狗面前扔去。狗抽動了一下，看了扔過來的炸雞一眼，大概是吃飽了，只瞄了一眼就又閉上了眼。

「所長！你餵過這隻狗嗎？」

威志朝身後的辦公室問，「狗？哪隻？」所長的聲音傳回來。

「那隻黑色的狗啊，經常在這邊的。」

「哦，我剛才把吃剩的便當給牠了。」

「難怪。」

「怎麼了？」

「我剛才給牠炸雞，牠不吃。」

對話就這樣結束，又只剩下駛過馬路的摩托車引擎聲，以及所長正在看的電視聲。

服完一年十個月的兵役後，威志無所事事，遊手好閒過了三個月。偶爾也在餐飲店打點零工，但服務業實在和他的個性不合，結果每個地方都待不久。現在他打工的二手車行，是威志母親幫他找的。這裡的所長是威志舅媽的弟弟，說親戚是親戚沒錯，但沒有血緣關係。

「在我們這種地方工作，我們也給不起像樣的薪水。」所長曾對母親這麼說。但是，「總比每天遊手好閒強。」母親半強迫地決定了他的工作。當初威志也不怎麼感興趣，但受到母親「你不是喜歡玩車、玩摩托車嗎？而且說在賣賓士車，聽起來也蠻稱頭的」這番花言巧語的煽動，他也開始上起了班。

威志望著一向沒有客人的店面，視線停在一輛摩托車上。騎在上面的男子是以前工作的咖啡店常客，是名記者。

「咦，你終於想買賓士了？」威志叫他。

「賓士？買不起買不起。」

男子好像住在這附近，從威志開始工作那時候便偶爾會經過店門口，後來即便沒什麼事也會晃過來聊聊棒球、籃球再回家。

「今天休假？」威志問。

「我現在還在工作啊。」

「是嗎？啊，要不要喝可樂？有冰的。」

「不好意思，總是喝你們的。」

「沒關係啦，這是對潛在客戶的先行投資。」

威志一走進辦公室，所長顯然是聽見了他們的對話，從辦公桌旁的小冰箱裡拿出一瓶可樂丟過來。威志便直接丟給外面的男子。

「……等會兒要去港口採訪，現在有三十分鐘的空檔。」

立刻打開可樂的男子，在威志剛才坐的鐵椅上坐下來。

「到港口採訪什麼？」威志問。

「高速鐵路的列車從日本到了，要卸船。」

「哦，要開了嗎？」

「通車還早呢，不過車子先來，接下來大概還要試車什麼的吧。」

「可是，火車搭船過來，感覺好怪喔。」

「不止搭船，今晚還會被卡車拖著，經過高雄市內哦。」

「咦？火車的車身嗎？」

「吶，燕巢不是蓋了一個很大的總機廠嗎？就是要拖到那裡。」

「哦！火車要在馬路上走耶！那遇到紅燈也會停囉？」

「那當然了。」

正當威志和男子這樣閒聊的時候，午睡的野狗醒了，這時候才嗅起威志剛才丟的那塊炸雞。

「吃啊！」威志對牠說。

這隻狗大概是隻愛唱反調的狗，威志一開口，牠就又躺了回去。

這天，晚上八點多離開上班地點的威志，騎著摩托車往高雄港岸邊去。因為上班時，辦公室的電視播了好幾次卸船的高鐵列車，讓他有點想去看看。

到了晚上，氣溫突然下降，只穿T恤甚至會冷，所以摩托車一加速他就起雞皮疙瘩。騎過通往前埠頭的橋，岸邊已聚集了大批人群。好像有正式的儀式，還架了裝飾著各色汽球和彩帶的舞台，也打起了明亮的舞台燈。

來到埠頭入口，威志停好摩托車。透過擴音器，他可以清晰聽見列車抵台時舉行歡迎儀式的情形。根據廣播內容，正式的儀式已經在下午結束，現在正要舉行列車前往燕巢總機廠的出發典禮。舞台背後是車身有著橘色線條的新列車。超乎預期的流線型車頭，傲然生輝。威志真心覺得「好酷啊」。可能因為是流線型的車型，光看著列車車頭，就能想見高速奔馳時風的流動。

據說列車將於一個小時後出發。典禮結束，聚集在舞台前的相關人士也散了。威志拉住一個人，問他列車會走哪一條路到燕巢。那名男子大概誤以為威志是相關人員，把手上資料裡記載路線的那張紙給他看。威志向男子道了謝，回到摩托車那裡，跨上車子，拿出手機。

「喂，美青？妳現在在哪裡？」

威志打電話的對象是從小一起長大的美青。

「家裡。幹嘛？」

「振振也跟妳在一起？」

威志問的是美青快三歲的兒子。

「一起啊，幹嘛？」

「我跟妳說，我想給振振看一個東西。」

「什麼東西？」

「高鐵的列車等一下會用卡車拉過高雄市。」

「咦？火車走馬路？」

「呃，要解釋很麻煩。反正，聽說也會經過妳家附近。一起去看吧！我等一下去接你們。」

威志自顧自說完就掛了電話。他立刻發動摩托車，飆過連接埠頭的橋。

美青的兒子振振，才兩歲多，就已經是個鐵道迷了。偶爾會和美青一起到威志的外婆家玩，也不知哪裡好玩，他卻可以在地板上玩玩具火車一整天。

威志在三十分鐘後抵達美青家。他把摩托車在門口停好，也不敲門就開了門。正好是吃晚飯的時間，美青他們正在一樓的起居室圍著餐桌吃飯。起居室剛拖過地，依舊濕潤的白色磁磚在日光燈下好刺眼。

「大家好。」威志一打招呼，美青的母親便叫他：「阿志，你來得正好，吃了飯再走。」背向著他的父親也回頭問：「聽說你在五號公園的車行上班？」

「是。不過是打工而已。」

威志邊答邊大剌剌走向餐桌。美青在母親身旁，有如格鬥般正在餵振振吃飯。餐桌上擺著可口的料理，有冒著煙的蛋花湯、滷雞翅、大蒜炒青菜等等。

「吃過飯沒？」

美青拿面紙擦著振振的嘴角問，威志回答：「還沒，才剛下班。」

「那就來吃吧，坐那邊。」

威志照美青母親的吩咐就坐，美青的母親立刻用大碗幫他盛了飯，父親則拿了筷子給他，威志便不客氣的伸筷夾起滷雞翅。

「工作怎麼樣？」

被美青的父親一問，威志笑答：「啊——，都賣不出去。不過，一整天都在店頭睡午覺，也難怪賣不出去。」

「那是因為是親戚開的，要是在別的地方，阿志這種人老早就被開除了。」美青插嘴說。

「其實，所長也很婉轉的跟我說過，叫我去找別的工作。他說，你可以待到找到工作為止，在我們店工作薪水又少，我可要先聲明，在這裡是不會加薪的。」

「那你還混！」

威志不理一副受不了他的美青，將筷子伸向炒青菜。

「你和美青約好待會兒出去？」

美親的母親忽然想到般，問自然而然融入餐桌的威志。

「不是啦，我是想帶振振去看火車。」

「火車？」

「對啊。今天高鐵的列車從日本搭船送到了，聽說等一下列車會走馬路到燕巢的工廠，會經過那邊的那條路。」

「火車會經過那條路？」

「當然是用車載著啊。」
「可是，火車很大呀？」
「是很大啊。我剛才才去港口看過，燈照得亮晶晶的，好酷。……振振，你也想看高鐵的列車吧，對不對？」
威志摸摸身旁振振的頭。振振被他摸著頭，仍專注在啃雞翅。
「難怪我們飯店日本客人好多。光是預約就快一百間了。」
美青總算開始吃自己的飯，她邊吃邊說。美青生下振振後，一面在高雄市內的大飯店上班，一面在大學的夜間部求學。專程去留學的加拿大大學，因一連串的懷孕騷動休學，生下振振後，雙親說服她回國內大學唸書，但美青也堅持了自己想好好賺取生活費養育兒子的意見。由於英文流利，美青擔任櫃檯的業務。目前因無法擔任全職工作，所以是約聘人員，但飯店經理已經親自開口，希望她從大學夜間部畢業後，直接成為正式員工，繼續留任。
威志很快吃完飯，決定立刻就帶振振去看火車。既然要去，他就順便約了美青和她父母，但美青說她有作業，雙親則是嫌要到馬路上麻煩，都拒絕了。
振振因夜晚外出而興奮，威志騎上摩托車，把他夾在自己的雙腿間。想著哪裡視野最好後，威志決定要去通往燕巢工廠途中的一條大馬路，有天橋的地方。
飆車到目的地，消息已經傳開，天橋上也有來看熱鬧的人。威志抱起振振，占了天橋正中央的位子。「請問大概是幾點啊？」在旁邊吃著串燒的大叔問，「應該差不多了吧？看，那邊警察已經在管制交通了。」威志指著遠方說。

的確有好幾個警察在路口設置路障，禁止巷子的車子轉出來。振振似乎覺得大大的紅綠燈在眼前變色很有趣，每次從綠變黃、從黃變紅，就高興得拍手。旁邊吃串燒的大叔和另一個看似他朋友的大叔交談著。

「……燕巢的工廠好像在找維修技師哦。」

「薪水高嗎？」

「應該吧。只不過，像我們這種上了年紀的沒辦法啦。因為他們好像要從日本請專家來，到通車之前都要住在裡面研修。」

正當威志有意無意聽著大叔們的對話，想把振振重新抱好的時候，大馬路上的車陣不知何時消失了，遠遠的，一個龐然大物，緩緩而確實地朝這裡靠近。威志連忙把振振抱得更高。在濃濃的橘色路燈照耀下，柏油路有如一條深河。飄浮在這條河上的高鐵列車，流線型的車頭緩緩靠近。

發覺氣氛有所不同的人們從路旁的公寓窗戶和陽台上探出頭及身子來看。

列車比在埠頭看到時顯得更加巨大。明知那就只是鐵打的東西，但在路燈照耀下，光輝莊嚴的模樣，甚至有種沉思大佛般的威嚴。威志不禁張口結舌，在他旁邊，串燒大叔們喃喃說著：「好壯觀啊。」「……看那尖尖的車頭，就覺得速度一定很快。」

「就是啊。以前的火車看起來都像小孩子坐的。」

威志深深注視懷裡振振的表情。振振似乎為這過於異樣的光景所震懾，嘴巴張得大大的，只是凝視著不斷靠近的物體。

「那個，跑起來時速超過三百公里哦。」威志告訴他。

「……很厲害吧，振振。要是用三百公里跑過這裡，不知道會是什麼感覺？一定一下子就看不見了。」

大概是感染到威志的興奮，振振忽然在他懷裡騷動起來。威志讓振振跨坐在手臂上，把振振牢牢抱好。迎面而來的開路車隊，好像會在天橋前方左轉。對向車道禁止通行，那尖尖的車頭部分緩緩左轉過去。在十字路口開始左轉時，天橋上看熱鬧的人們發出歡呼聲。列車在威志眼前幾乎整個打橫。整齊排列的列車小小車窗上，反射出了花俏的霓虹燈。

第二天，威志就去拿台灣高鐵燕巢總機廠作業員的招募簡章了。在打工的店頭，威志把資料從信封袋裡拿出來。他之所以會去拿簡章，說起來，前一晚看到高鐵列車在陸上搬運的時候，他還不是很認真，但當他帶振振回美青家時，看到她在起居室的餐桌上專心用功。威志從大門旁的窗戶看了她的側臉好一會兒，想著，她大概稍微偏離了原本理想的人生吧。她本來的夢想，應該是到加拿大去留學，畢業後留在美國工作。但是她和那個不中用的日本男人犯了錯，而她正面承受了犯錯的結果。看她疼愛振振的樣子，就知道她是個堅強的女子，不會因為稍微遭遇挫折就灰心喪志。望著美青的側臉，威志才認真考慮起那個剛興起的念頭——到總機廠工作。

當然，就算有了正式的工作，他和美青的關係也不見得就會有所改變。然而，如果維持現狀，肯定不會改變。自己對美青有好感，她應該早就注意到了。只是，注意到卻裝作沒注意到，說穿了就是這麼一回事。威志也不想特地去碰釘子，只是，他這個人也不知道該說是神經大條還是臉皮厚，總是拿振振當幌子，經常往美青家跑。美青也不會叫他不要來，或是嫌他煩，所以他心裡也認為應該是這麼一回事吧。

這麼一回事，和這麼一回事，最近威志已經完全在這兩回事之間安頓下來了。但是，仔細想想，馬上就會知道不該是個安頓下來的地方。

在店頭，那隻野狗就在腳邊午睡，威志看起招募簡章。這份工作很被看好，所以競爭激烈，就算去應徵了，也不見得一定應徵得上。即使如此，往前踏出一步也不錯。

「吶，像我這樣的人，人家肯用嗎？」威志問睡在腳邊的那隻野狗。野狗當然沒有回答。以鞋尖輕輕戳了一下那看來頗柔軟的肚子，野狗就像嫌他煩似的走到行道樹下去了。

威志拿著招募簡章，伸了一個大懶腰。陽光從行道樹的縫隙中灑落，好美。

「啊，炎熱的夏天又要到了。」威志心想。

●

多田春香在台北松山機場的餐廳裡，吃著海鮮粥當遲來的午餐。約好的時間是下午三點，已經過十五分鐘了，山尾部長和安西主任都還沒有出現。安西剛才以手機聯絡，說與台灣高鐵總公司的會議延長，會遲到三十分鐘左右，要春香先去登機門，而胃不舒服說要先去醫院一趟的山尾部長則還沒有聯絡。

他們要搭的是中華航空四點十五分起飛往高雄的班機，所以時間還綽綽有餘，但她擔心出門時臉色很差的山尾部長不知是否能平安來到機場。

春香吃完了粥，走出餐廳想先買送給燕巢工廠的所長等人的禮物。走到禮品店的路上，便看到山尾部長按著胃從登機櫃檯後面走了過來。春香跑上前去，仔細觀察部長的臉色，問道：「還好嗎？」

「還好，打了點滴，好多了。不過，還是悶悶的刺痛著。」

山尾部長用力按摩胃部。

「……安西呢？」

「在高鐵總公司的會議延長，會晚到三十分鐘。」

「他在那邊也被欺負吧？」

「這就不知道了。」

這幾天，山尾部長鬧胃痛，不為別的，就為了台灣新幹線的通車時程表。根據當初日方提出來的時程，應該是下個月就要開始試車了，但別說下個月，現在工程和其他事情都延宕了，甚至無法預估什麼時候才能開始。

「不只是台灣人對時程表太隨便，歐洲、美國都一樣。到頭來，只能認為全世界只有日本看待時程表的心態不同。」

這是山尾部長最近的口頭禪，本來應該是要對工程延誤的台灣企業投訴的，但再怎麼投訴，對方都是一副吃驚的樣子，只會得到「可是時程表不就是預定而已嗎？」這種令人無法接話的回答，所以山尾部長也只好硬生生把怒氣吞下，結果就傷了胃。再加上，承包工程的台灣企業是這樣，大本營台灣高鐵也一樣，日方提出「以現狀衡量，無法如期完成，所以請大幅修正」，他們卻表示「我們對政府和國民有面子要顧」而堅不接受。具體的狀況是，日方認為，開始試車的時期再早也只能是半年後，所以請對方公開發表這件事，但對方卻說：「既然可能會延後，那就先說會晚一個月吧。」當然，山尾仍舊按住他的胃逼近一步：「反正都要晚半年，一開始說晚半年不就好了嗎？」但對方卻不肯讓步：「又還不確定會晚半年，就先說一個月。」

「你們打算發晚一個月的聲明連發六次嗎！」

「對。」

「為什麼？一次說完不是很好嗎！」

「不不不，說六個月會有人生氣，但如果是一個月，絕大多數的人都會認為這樣應該可以等。」

為了強迫自己接受這種歪理，山尾搞到胃穿孔，同時開始相信「不是只有台灣人太悠哉，是全世界只有日本人太守規矩。」

在買禮物的時候，遲到的安西也到了。三人一起辦好登機手續，快步前往登機門。安西開會的會議中，彼此的討論也一直沒有交集，結果決定下週由高鐵正式發表「試車將延後一個月」的消息。

「多田，今天到明天的行程是怎麼安排的？」

山尾邊快步走向登機門邊問，春香將一個禮品袋交給安西，快速說明：「呃，今晚和燕巢工廠所長等人的餐會是七點開始。工廠那邊除了所長，班長級以上的員工都會出席，所以一共三十人左右。明天上午九點開始，陪受邀的當地媒體參觀工廠內部，午餐餐敘，然後各報各別採訪，一直到五點。」

說明完時正好抵達登機門。幾乎所有乘客都已經登機，航空公司的地勤人員招手叫他們「快點快點」。

「其他每件事情都延誤，為什麼偏偏這時候比預定的早！」

山尾彷彿要發洩這幾天的悶氣般抱怨著。

「因為預定就只是預定啊。有延誤的時候，自然也有提早的時候。」

對於冷靜回答的春香，就連平常好脾氣的山尾也大吼「我知道！」

春香一面低頭行禮說對不起，同時判斷，既然山尾部長還能吼，可見胃的狀況還不算太糟。

在高雄市內的日本料理店與燕巢總機廠所長等人的餐會熱鬧結束後，山尾部長胃痛的狀況似乎稍微穩定下來。這天晚上，春香他們三人預定在燕巢總機廠訓練中心內的宿舍過夜，所以一吃完飯，便各自分乘計程車前往工廠。完工當時，春香曾來這座工廠參加過落成典禮，但踏進訓練中心員工們生活的工廠，這還是頭一遭。

燕巢總機廠是占地廣大的最新型新幹線維修工廠，裝備了足以容納整輛十二節車廂的七〇〇T的吊升系統。擁有這麼大型設備的工廠，日本也只有一座，因此這裡真的是集結了最新技術的總機廠。廣大廠區裡除了巨大的總機廠，其他還有教育訓練中心供技師們受訓，以及宿舍、網球場、體育館、休閒設備，如電玩室和桌球室等，一應俱全。通車後，這座工廠每天將有一百人在這裡工作。依照操作手冊，各列車都將在這裡進行兩天一次的日檢、一個月一次的月檢、十八個月一次的三級檢，以及三年一次的大修。

搭計程車抵達總機廠內的宿舍後，山尾部長不顧胃痛，找了安西到所長那裡去續攤。春香一個人進房間。宿舍的房間宛如剛開張的商務飯店，床鋪乾淨平整，有書桌、電視，還有一間小小的浴室。雖然為數不多，但也準備了幾間女性專用房，春香住的就是其中一間。

把行李放在床上，因為時間才剛過八點，春香便決定在設施內走走逛逛。她來到走廊上，信步往中央大廳走。空盪盪的大廳裡不見人影，一樓的餐廳也已經打烊，漆黑的地上擺著餐椅，牆上貼著看來頗為可口的菜名。春香直接從大廳來到戶外。南國夜空中掛著斗大的月亮，本來是芭樂園的廣大廠區悄然無聲，遠遠傳來的市區和高速公路的噪音，如風般斷斷續續送進耳裡。

回頭一看，宿舍的窗戶幾乎都沒有亮燈。雖然走了出來，卻無事可做。四周很暗，她也不敢走太遠。無奈之下，正要回房時，管理大樓的一樓窗戶突然打開，傳出了熱鬧的笑聲。

春香朝窗戶走近，除了笑聲，也傳出了桌球台上乒乓球跳動的聲音。春香從窗外往裡看，只見兩名年輕人正拚命在打桌球。兩個人都相當厲害，一直連續對打，春香連眼睛要追上球都很吃力。

當她看著兩人高超的運拍看得出神，光著上身應戰的那個一記殺球打中桌角，結束了漫長的對打。

雙方各自發出失望與驚喜之聲，春香也不禁笑了出來。其中一人似乎發現了春香，吃了一驚般看著她，春香連忙說聲「你好」。

他們光聽你好這兩個字的發音就知道她不是台灣人，光著上身的那個問她：「日本人？」春香表示她是從台北總公司來的。

「哦，今晚和所長他們吃飯的人？」

半裸男子顧慮春香的觀感，穿上了披在椅背上的白色背心。

「我剛和所長他們一起回來。」春香走近窗邊。

「妳中文說得真好。」

這顯然是恭維，但這麼說的，是另一個穿紅T恤的。按理說，他們兩人當然都已經超過二十歲了，但額頭滴著汗猛打桌球的樣子，看起來卻還像是高中生。

大概是春香的出現打斷了比賽，紅T恤的那個說聲「我去一下廁所」後，就放下球拍準備出去。白背心的朝著他的背影拜託他：「啊，回來的時候順便帶水回來。」

「對不起喔，打擾你們。」春香道歉。

「不會啊。反正永遠都是我贏。」白背心的笑著說。

春香簡短做了自我介紹，對方也立刻告訴她：「我叫陳威志，三個月前開始在這裡工作。」

「這裡的工作辛苦嗎？」春香問。

「這個喔，說辛苦是蠻辛苦的，不過在通車之前，我們都要一直唸書和學習技術研修，所以不像在工作，比較像是又回到學校的感覺。」

春香想起她要來作為資料的技師教本。從鐵路的相關基礎知識到高速鐵路維修檢查的專業技術，他們都要紮實受訓。擔任各科教師的，很多都是從JR外派過來的日本人。

「所長又喝醉了吧？」

這個名叫陳威志的青年，彷彿為了填補沉默而發問。

「嗯，現在好像也跟我上司又在房間裡喝酒。」

「所長每次都會喝醉。今天沒找你們去唱歌嗎？」

「今天沒唱歌。不過，上次一起吃飯的時候，所長有帶我們去。所長日文歌唱得真好。」

「啊～，你們果然也被他摧殘過了。」

這個名叫陳威志的青年，笑容非常有魅力。光是看著他的笑容，就覺得心情愉快起來。

「今天，中心裡好像沒什麼人喔？」春香問。

「今天大家都出去了。三個月一次的慶生會。」

「慶生會？」

「對。三個月辦一次，這段期間過生日的人一起慶祝，現在是我們的慣例。我跟剛才那傢伙抽籤輸了，今天留下來看家。」

「你們有慶生會呀？」

「沒什麼啦，只是大家一起到市區去喝喝酒、胡鬧一下而已。妳看嘛，每天待在這種地方，偶爾也會想到熱鬧的地方去啊。」

聽陳威志笑得爽朗，春香覺得燕巢總機廠的運作比預期更順利。她忽然想起，忘了是什麼時候，派到這裡的日本技師到台北總公司拜訪時，曾大為稱讚：「台灣新幹線前途無量啊！年輕技師們有幹勁，又以身為技師自豪。」

紅T恤的青年拿水回來，春香正準備回房時，陳威志先是咕噥了一陣，然後好像總算想起來似的，用日語對她說了聲「晚安」。

第二天，山尾部長和安西搭正午的班機回台北。春香一個人要在燕巢工廠再留兩天，製作要發給日本聯合各公司的工廠簡介。這本簡介，當然會詳細說明燕巢工廠的技術系統，而且也要介紹工廠內部的設施、技師們所接受的課程及宿舍生活，內容多元。換個角度來看，因為這是從核心部分介紹台灣高鐵如何安全行駛，是一份重要的工作，所以可說是山尾部長讓春香獨挑大樑。

當然，這次來燕巢之前，春香就已經花了好幾天事先調查，攝影和採訪時間表也都安排妥當，但工廠這樣的地方當然不是為了製作簡介而運作，要請工廠中斷每天的例行作業來拍攝，就很難依照進度進行。只不過，即使受到牽制，春香還是漸漸喜歡上燕巢工廠，原因之一是最近台北的辦公室因開始試車時期延期的問題，充斥著揮之不去的殺氣，而燕巢工廠這裡卻有著什麼截然不同的東西。她不知該如何解釋，該說是合得來嗎？好像自己以前所喜歡的台灣就原原本本存在於這座燕巢工廠裡，她就是有這種感覺。

上了一小時看幻燈片的課，一拉開研修室的窗簾，強烈的日光便從窗戶射進來。在昏暗的室內一直盯著螢幕的學生們一齊眨眼，在教室後面跟著上課的春香也一樣，因為突如其來的強光而瞇起眼睛。

日本講師立花與口譯員一離開研修室，春香就連忙問從台北帶來的攝影師：「講師的照片拍到了嗎？」

「上課前就拍到了。」

「太好了！」

這位有些年紀的攝影師大野，是定居於台北的日本人，平常受日本出版社委託，拍攝旅行書等的照片。

講師們一離開，上課的十五名學生也站起來。坐在最前面位置的陳威志用捲起來的課本拍打著肩膀，走到春香身邊，對她說：「啊～，肚子餓了。」春香和這個陳威志，從來到工廠那晚在桌球室認識之後，只要一有機會就會聊上幾句。

「等一下要拍哪裡？」

被威志這麼問起的春香回答：「等一下喔，呃，餐廳。」

「咦！那我們一起過去吧！然後，拍我吃東西的樣子。我會用我最完美的笑容，表現出這裡餐廳的餐點有多好吃！」

威志滿面笑容做出吃麵的樣子。

「又拍你，那工廠的照片不就變成你的寫真集了嗎？上次在網球場上也是你呀！」春香笑了。

「有什麼關係？就當是陳威志首部寫真集。」

聽到威志的話，還留在研修室的學生們都笑著聚集過來。春香認為是受到他開朗個性的影響，在他身邊，總是聚集了許多人。也多虧了威志，才好幾次拯救了拍攝時差點弄僵的場面。

「好——，今天中飯要吃什麼呢——？」

威志和同事們一起前往餐廳，春香也跟在後面。剛在走廊轉角轉彎，威志忽然停下腳步，等春香走近。「什麼事？」春香問。「請問，多田小姐結婚了嗎？」威志問。

「結婚？沒有。怎麼想到問這個？」

「沒有啦，我不能跟妳說是誰，不過有一個同事說多田小姐是美人。」

「真的嗎？如果是真的，那我想改拍他的寫真集，不拍你的了。」

春香開起玩笑，威志笑了，又問：「那，男朋友呢？」春香一時語塞。看她那個樣子，威志取笑：「啊——，有喔。」

「在日本？」

「呃？……嗯。」

「那，平常見不到了。」

「是啊，見不到。」

「妳偶爾會回日本吧？」
「大概兩個月一次。」
「這樣啊——，不過，多田小姐當然不可能沒有男朋友啊。啊——啊，那傢伙又失戀了。」
威志朝著走在前面的同事中的某人，故意以失望的聲音說。
「你呢？沒有女朋友嗎？」
「我嗎？這個嘛，像有，又像沒有。」
「什麼跟什麼？」
「這個嘛，說沒有比較正確吧。」
「那麼，就是有喜歡的人囉？」
威志不正面回答春香的問題，笑著說：「不過，要是有人肯幫我介紹可愛的日本女生，隨時歡迎。」說完就跑到同事們身邊。望著他的背影，春香心想，他一定有非常喜歡的人。
就這樣停下腳步的春香，請攝影師先到餐廳，自己眺望起窗外的景色。沐浴在南國陽光下的樹木，彷彿以濃烈的綠色大聲宣告自己是活著的。在傾瀉著南國太陽的日子裡，他們盡情徜徉；在受到南國雨水的滋潤時，他們盡情暢飲。望著燕巢這裡的樹木，不禁讓人認為，活著就是這麼簡單。正因為簡單，才如此強勁。
才這麼想著，眼底的光景就完全置換成另一個地方。春香一時沒認出那是哪裡。虛弱的綠色，枝頭的樹葉也疲軟無力。

眼前出現的是繁之住院的熱海療養所。從病房窗戶看出去，可以見到種植了許多有氣無力的樹木的中庭。

從那次之後，每次回日本，春香都會和繁之見面。和頭一次去探望繁之的一年前相比，他的臉色不錯，看來似乎漸漸復原了，但有些書上寫到，這種病看起來好轉其實卻不太好，本人覺得撐不下去的時候反而比較好。繁之已經住院四次了。有時候是短期的，為期一週，最長的時候，曾在這家療養所住了兩個月。現在，繁之已經回到工作崗位了，但是，在上司的安排下，他不再擔任櫃檯業務這些對外工作，而轉任處理內部事務，看來上司和同事們也都替他擔心。

繁之本人也想報答這份可貴的恩情，想要在幕後為飯店出力，但這樣的想法越強烈，就越陷入自己不中用的沮喪中，而出現頭痛、疲累、想吐等症狀。起初他開始早退，接著是遲到，然後是請一天假，延長成三天，再變成一週，結果一個月都沒辦法上班。最近，在上司的提議下，他一週上班三天，有時候是在他身體狀況比較好的深夜去上班，處理事務直到早上。

兩個月前，春香最後見到繁之的時候，他說：「現在不用吃藥就睡得著了。」但住在繁之那裡的三天，春香卻都沒看到繁之睡覺。

「我只是在春香睡著之後才睡，春香起來之前就起來而已啦。」

繁之這麼說著，無力的笑了。但他的雙眼看來總有些混濁，使得春香忍不住說出「就算我在，也什麼忙都幫不上」這種反而會增加他壓力的話。

春香回台灣前一天，正好是星期天，繁之約她去看電影。在半滿座位的正中央，電影才剛開演，繁之就睡著了，呼吸聲漸漸變成大聲打鼾，中途坐在前面的那對情侶回過頭來瞪了他們好幾次，後面座位的人也刻意咳嗽清嗓。當然，春香也用手肘頂他，想叫他起來，但是繁之就是沒有要醒來的樣子。不過，只要用力握住他的手，鼾聲就會停止，所以只要他一開始打鼾，春香就只能用力握住繁之發熱的手。

一走出電影院，繁之就說：「不知道為什麼，睡得好熟，心情真好。」所以春香不敢跟他說他打擾到了其他觀眾。他們決定吃過飯再回家，便進了電影院附近一家川菜館，正喝著香片用餐時，繁之卻突然毫無預警地開始流淚，春香驚慌問道：「要走嗎？」結果他說：「妳這樣偶爾來看我，我好高興。其實，我應該要和妳分手的。這明明是我能夠為妳做的最後一件事，可是，我怎麼樣都說不出口。」接著就開始放聲大哭。

所幸客人很少，他們的座位又是在半開放式的包廂裡，所以沒有引人側目，但春香不知要對哭泣的繁之說些什麼才好。

在俯看南國樹木的窗邊，春香嘆了好大一口氣。她在心中鼓勵自己：「怎麼可以連我都灰心喪志起來。要工作呀，工作！」但只要一想起繁之，無論如何，心情就會變得沉重起來。

春香站在那裡，張開雙手，做了一個深呼吸。總之，先改變心情，追著攝影師身後跑進餐廳吧。馬上就在寬敞的大廳中央占好位子的陳威志招手叫她：「這裡這裡！」春香更加努力切換心情，露出微笑，大聲問：「今天有什麼菜？」

平日晚間十一點多，台灣大學附近還是人潮洶湧，熱鬧非凡。公館夜市延伸出來的餐飲街依舊燈火通明，每家店都有客人頻繁出入。

今天下午，安西誠從高雄的燕巢總機廠回到台北，剛剛才結束了總公司的會議，忍著飢餓回到自己公寓附近這一帶。在捷運公館站下車後曾打電話給Yuki，但她已經吃過晚飯，嫌麻煩不想再出門。安西只好獨自進了一家小海鮮餐廳。一進去，Yuki就打電話來，請他回家時順便買紅豆湯。

「妳出來嘛。」安西約她。

「出去，又會胖。」Yuki笑著說。

這家店他和Yuki也來過好幾次。一落座，體格壯碩的年輕老闆就照例問：「什麼都可以？」安西點點頭，不到十分鐘，清蒸蝦沙拉和蒜炒雞肉就上桌了。

剛來台北的時候，安西實在不喜歡這裡的米。乾乾的，就像昨天煮的飯重新熱過那樣，讓他覺得很討厭，但忍耐著吃久了，才發現這樣的米更適合濃郁的台灣料理。現在偶爾回日本，吃到那種軟Q剛煮好的飯，反而會吞不下去。

安西把料理和台灣啤酒一起送進五臟廟，搓著鼓脹的肚子走出餐廳。回家的路上有一家開到深夜的紅豆湯店，他在那裡買了Yuki和自己的份。安西現在和Yuki住的公寓是幢相當老舊的建築，但反而因為是老住宅區，四周的巷子有很多椰子、棕櫚等大樹，有種住在植物園中的靜謐。

安西打開沉重的鋁門，爬上公寓樓梯。他們住在二樓。他打開防盜鐵門和一般門這兩道門走進屋內，裡面傳出Yuki的笑聲，好像是在看電視。

「我回來了。」安西說。

「你回來啦！」

從地上爬過來的Yuki探頭到走廊。大概是剛洗過澡，長髮還是濕的。

「今天從高雄回來？」

Yuki問，安西點頭說：「嗯，今天傍晚。」

「吃過了？」

「老地方。吶，就是那家不能點菜的。」

安西走過走廊，進了起居室，把紅豆湯交給Yuki。看她立刻打開來吃，便問道：「咦？妳不是已經吃過晚飯了？」「甜的，不算。」Yuki說著打開了蓋子。

像這樣在台北和Yuki住在一起，不知道為什麼，安西一點都不會感到不自然。他深知這是他把自己的沒用置之不理的說法，但即使如此，和Yuki一起住在這裡的生活令他深為滿足。他知道，本來應該是要和留在日本的妻子辦好離婚，再展開這樣的生活才對。當然，安西也盡力了，但是，談了好幾次，妻子就是拒絕離婚。

「我可不是因為愛你才不想離婚的。現在的狀況都被孩子看到了，我也不會假清高說什麼孩子可憐。我只是不想讓你順心如意過你往後的人生，就只是這樣而已，所以我一輩子都不會跟你離婚。」

最後一次見面時，妻子這麼說。安西心裡真正的想法是，事到如今，已經完全束手無策了。

雖然和Yuki生活在一起，生活費還是繼續匯進妻子的戶頭。老實說，因為這樣，他在台北的生活變得非常拮据，但他也看開了，這是他自作自受。Yuki對這種狀況沒有說什麼。和日本相比，台灣的物價確實比較便宜，但同樣都是亞洲的先進國家，所以差別其實並沒有那麼大，就拿現在租的兩房兩廳公寓來說，和在東京都心租同樣隔局的房子相比，也只便宜個一、兩萬日幣而已。

Yuki在服飾店工作。或許是猜到安西的經濟狀況，當她告訴他服飾店休假的日子，她也要去珠寶店打工時，安西實在忍不住而向她道歉：「真的很對不起妳。」但是，Yuki反而一臉驚訝的回答：「不用道歉呀。錢多，比錢少，開心。」

「我一定會把事情處理好的。」安西發誓。

「慢慢來，慢慢來，沒關係。我，等。我，有點懂，安西太太的心情。」

從此，Yuki就沒再問起他和妻子之間的談判。

安西在沙發上的Yuki身邊坐下，也吃起了紅豆湯。這很像日本的「汁粉」（紅豆湯圓），但甜度較低，不放湯圓、年糕，而是加芋頭或粉圓，自從Yuki向他推薦之後，只要是飯後甜點就一定是吃這個。

「新幹線的測試，怎麼樣了？」

同樣喝著紅豆湯的Yuki問，「唔——，不怎麼樣。很不順利。」安西嘆氣回答。

「……台灣人啊，怎麼都這麼悠哉？還是不知道要緊張？跟台灣人一起工作，都會覺得著急的自己反而是錯的。」

不知道Yuki聽懂多少這些日文，只見她「哦——」了一聲，不怎麼感興趣的點了點頭。

「……反正，如果電力供應是像現在這麼不穩定，那根本就還談不上試車。電力系統都還沒準備好，就催著試車試車的，是要拿什麼試啊？」

「四車四車。」

Yuki學著安西說。現在Yuki正努力學日語，據說是透過朋友工作的日語補習班拿到員工價，每週上兩次課，每當安西說到一些發音特別的日語，她就很喜歡模仿。

「不是四車四車，是試車。測試新幹線。」

「哦，測試。」

「對。……然後，日本這邊的機電系統本身是已經完成了，可是，最重要的供電方電力卻不夠。妳能想像嗎？時程表明明老早就排給他們了，卻說那天要供電給別的地方，辦不到。他們以為我們到底是為了什麼要排這麼仔細的時程表的啊？」

「的啊，的啊。」

「啊，『的啊』是男人說的，女人說會被嫌哦。」

「女人是，『的呢』？」

「對，的呢。」

安西要把吃完的紅豆湯湯杯拿到廚房收拾，Yuki卻把她自己還剩一半的遞過來。

「妳不吃了？」

「不吃了。」

「那，我吃掉了哦？」

安西明明吃得很飽，卻又站著吃起剩下的紅豆湯。

「又胖了。」

Yuki伸長了手摸安西的肚子。

「最近不管吃什麼都好好吃，我來台灣後胖了六公斤。」

「男人胖，很好。」

「完全就是代謝症候群。」

安西喝完紅豆湯，把杯子丟進廚房的垃圾筒。

「……啊，對了對了。我剛才還沒說完，今天也因為時程延遲而被台灣高鐵那邊罵。不過，德國和法國的技術人員其實還蠻好的。雖然是把錯怪在日本頭上，可是也會幫我們很多忙。比起來，香港那群人，錢算完了就馬上拍屁股走人。不過，他們來的是投資集團代表，也難怪會這樣，可是賺錢的事情一說完，就一副『再來就請你們好好流血流汗』的感覺，真是有夠冷漠的。」

邊搜冰箱邊說到這裡，安西朝沒有反應的客廳看。大概是因為說得太快，Yuki完全放棄用心聽，而轉頭看著電視。望著她的側臉，安西也忍不住笑了。每天的工作的確都有重重問題要解決，但只要像這樣回到家，跟幾乎不通日語的Yuki發發牢騷，一回過神來，就覺得清爽多了。他也想過，Yuki一定也不想聽，有一次曾為他只顧自己說話而道歉，但Yuki回答：「沒關係，不想聽的時候，OFF。」笑著按住自己的耳朵。

Yuki身上完全看不出等待的樣子。當然，從兩人目前的關係來看，她有太多事可以逼安西，但不要說逼了，她連在等的樣子都沒有。

老實說，安西甚至覺得她好像會突然間毫無理由的從自己身邊離去，而不是一個被自己逼得不得不等待的女人。

「這個週末，要不要再去泡溫泉？」安西問。

Yuki看著電視回答：「溫泉，好啊。」

「找Kevin他們去，他們會去嗎？」

「明天，我打電話問。」

「啊，對了。Kevin說要去大陸，後來怎麼樣？」

「嗯——，還不知道。不過，應該，會去。」

「女朋友呢？留在這裡？」

「一起去。他們要結婚。」

「結婚？什麼時候？」

「很快。」

Kevin也已經辭掉「Chrystal」的工作，現在在旅行社工作。那家旅行社即將在上海開設分公司，所以談到Kevin外派的事。

「Kevin他們，要辦婚禮嗎？」安西回到沙發上問。

「婚禮，要。」

「什麼時候？」

「下個月。」

「在哪裡？」

「基隆的飯店。」

Yuki姐弟來自基隆，雙親現在也住在那裡，但安西還沒有見過。安西不由得把視線轉向電視。Kevin要結婚他固然很高興，但他卻不知道自己是否應該把這份喜悅誠實表現出來。Yuki似乎敏感地察覺了他的感受，問他：「誠也想，參加婚禮嗎？」

「我？可以嗎？」

「Kevin希望你去。可是，我拒絕了。」

「……為什麼？」

「你想見，我爸爸媽媽？」

「咦？」

突如其來的問題讓安西不由自主提高了聲音。看他這個樣子，Yuki笑了。

「誠，不來。沒關係。婚禮，親戚很多。麻煩。」

Yuki說完，拿起遙控器轉台。轉了幾個頻道後，看到某台正在播一部叫「芝加哥」的美國歌舞片。以前他和Yuki去看過這部電影，回家時，愛上這部片的Yuki還買了電影原聲帶。

「啊，這個！」

Yuki調高了音量。正好是李察・吉爾飾演的律師出場的那一幕，Yuki配合著輕快的音樂唱起歌來。「喔，讚哦！」安西一誇獎，Yuki便得意的站起來，學李察・吉爾張開雙手。雖然是在單調的日光燈下，但在安西眼裡，那裡卻是個非常盛大的舞台。

●

那天，葉山勝一郎請以前妻子曜子經常光顧的站前壽司店，外送五人份的特上握壽司。曜子還在世時，如果有什麼事要慶祝，就會請這家壽司店外送。勝一郎升官，勝一郎部下的送別會、歡迎會，只要家裡熱鬧時，這家鮨政的握壽司就一定會出現在勝一郎家的餐桌上。

今天，外送的是鮨政的第二代，以前勝一郎和妻子光顧時，還是個被父親嚴格訓練的笨拙小夥子，這二十年來已經有了派頭，說著「由我來送，也是順便來打招呼」的問候時，他所伸出來的那又粗又有光澤的手指，確實是一家好壽司店的師傅的手指。

勝一郎一面為久未光顧道歉，一面接過漆桶，「今天要慶祝什麼呢？」第二代問起。

「沒事，是有三、四個年輕人要來玩，想給他們吃點好吃的壽司。」

「是公司的部下嗎？」

「不是不是，我的部下全都到了退休的年紀啦。更何況就算是部下，也不能指著退休的老頭子叫『年輕人』。……其實是前一陣子演講的時候，有個台灣的年輕人來聽，他在這邊的建設公司工作，這次是他要帶研究所的朋友來玩。」

「這麼說，都是台灣人囉？」

「不不不，他的研究所是在日本唸的，所以朋友們應該是日本人。」

「那麼，大家都是為了向葉山先生請益才來的。」

「聽我說話也沒意思，一定很快就會聽膩、喝起酒來吧。」

「早知道這樣，我應該順便帶些好酒來的。」

雖然只是在玄關聊幾句，不知為何，勝一郎卻感到很新鮮。自獨居以來，他不好意思叫店家只外送一份豬排飯，所以一直不敢叫外送。

目送著跨上機車的第二代，勝一郎對他說：「過幾天我再到你店裡去。」「就等您來。」第二代的回答不知為何聽來讓人感到心情很好。

不到十五分鐘，劉人豪他們就來了。人豪一副熟門熟路的自家人模樣，率先按人數鋪好坐墊，看他還想泡茶，勝一郎便對他說：「也不是什麼艱深的談話，就喝啤酒吧。」

人豪帶來的朋友，全都是讓人心生好感的好青年。他們在研究所攻讀環境設計，像人豪這樣在大型建設公司上班的有兩個，另一個就直接留在大學當講師。

他們似乎已經聽來過好幾次的人豪說過，特地鋪好的坐墊坐不了多久，簡單拿啤酒乾了杯，就急著跑進裡面的書房，興趣盎然的看起立體模型。對勝一郎整理好的資料也立刻表示興趣，邊說著「啊啊，這是名神高速」「這邊這個是首都吧？」邊興高采烈翻閱當時建築工地的照片。

接著，移師起居室後，便以鮨政的握壽司當下酒菜，喝起他們帶來的灘*的酒。談當年建設高速公路時的土地收購、當時的柏油強度、政治，以及日本的汽車普及等等，天馬行空的話題無窮無盡，注意到時間時，已經是晚上十一點多了。

送他們出門後，勝一郎有好一陣子睡不著。他酒喝得不多，所以原因應該是很久沒有如此興奮說這麼多話了。但是第二天早上醒來後卻神清氣爽，雖然天氣有點涼，可是他的心情格外愉快，甚至動了出去散步的念頭。

實際上，勝一郎真的在簡單吃過早餐後，便前往兩公里外的公園。公園裡除了有供孩童遊玩的設施，也設置了一些應該是為中高齡民眾設計的運動器材。轉轉肩回旋、跳跳步、長高棒，蹲站站等，全都是些名字可笑的器材，但勝一郎和同輩的老人們一樣戰戰兢兢地試用後，發現這對年過七十七的他來說，實在太吃力。即使如此，他還是試了幾項，還踩上一個要用雙腳去踩踏板的器材。就在這時，因為踏板比預期的還輕，他使勁踩下去後失去了平衡，想站好而往前踩的另一隻腳又踩空，就這樣跌倒了。

*：灘，地名，日本兵庫縣神戶市到西宮市之間的海岸地帶，是日本著名的清酒產區。

踏板敲在地面上，發出很大的聲響。趕過來的人們將他扶起來時，他還有意識，「沒事嗎？」「沒事，不好意思，踩空了。」「這個很危險的。」他記得他和一些陌生人的交談。但是，緊接下來的時刻到回到家裡的這段記憶，卻完全不存在。「咦？」他察覺不對感到驚恐的時候，人已經在家中起居室喝茶了。因為肚子餓，一看時鐘，已經下午一點多了。他出門去公園應該是八點的時候。踩空踏板的事明明記得一清二楚，從公園回到家、到剛才燒水泡茶的記憶卻付之闕如。勝一郎冒了把冷汗。也許到公園去只是一場夢。不，可是，就算是夢，他還是沒有從醒來到剛才的記憶。

勝一郎環視空無一人的家，悄然無聲，讓他感到原來家裡這麼安靜。他產生了一股強烈的不安，彷彿只有自己被留在這個世上。再繼續一個人待下去，好像會發瘋。

勝一郎趕緊叫了計程車，前往今天早上應該去過的公園。公園裡的確架設著眼熟的器材。他茫然看著這些器材時，有人從背後對他說：「咦，今天早上還好嗎？」一回頭，一個年紀相仿的女性站在那裡。勝一郎提心吊膽地問：「我今天早上，在這裡跌倒了吧？」

女性把勝一郎的問題解釋為「在哪個器材跌倒的？」

「嗯，這個，這個。你沒事吧？這個是很危險的，之前也有人跌倒過。」

「請問，後來我……」

到這時候，女性也發現勝一郎的樣子不太對勁。

「我們問你『送你回家吧？』你說『我沒事』，就在那邊，剛好那邊停了一輛計程車，你就上了車……」

「我自己一個人？」

「咦？對……」

女性一臉訝異的點頭。

勝一郎道了謝離開公園。他的確去過公園。去了，在那裡跌倒，然後自己攔了計程車，自己回家。

過去即使喝多了酒，也從來不曾失去記憶，這讓勝一郎感到更加驚恐。

第二天，勝一郎便到醫院接受精密檢查，正式的檢查報告要等一週後才會出來。不安的勝一郎說了失去記憶的事，醫生也只說：「我們先等報告吧。」勝一郎難得主動打電話給劉人豪，就是在檢查報告出爐的那一天。結果，等了一週的檢查報告並沒有發現有問題的地方，反而得到醫生的證明，說就他這個年紀而言，健康得令人驚訝。

後來勝一郎才發現，這一週他沒有和任何人說過話。如果真要細究，去買早餐時，可能和便利商店的店員說過「謝謝」，去丟垃圾時也許也和鄰居打過招呼，但沒有任何會話，當然，失去記憶那種可怕的感覺、等候檢查報告的不安，他也沒有向任何人提起。檢查結果是沒有問題，聽醫生說現在沒有特別需要擔心的地方，心情多少放鬆了些。這種狀況他是頭一次遇到，在發覺失去妻子的自己已舉目無親，沒有人可以討論年老的不安與惶恐時，心裡頭一個出現的竟然是人豪的臉。當然，就算和人豪說了，也不是想靠他幫忙，只是想把自己一時失憶的事實、回過神來竟然在家裡起居室喝茶的這個笑話講給別人聽而已。

勝一郎把事情的前後經過告訴電話那一頭的人豪，他一時說不出話來，然後擔心的問：「真的不要緊嗎？」

「不要緊啊，沒事的，沒事的。……呀呀，不過人吶，就算沒有意識，還是能回到自己家呢！」

勝一郎豪爽的將人豪的擔心付之一笑。因為勝一郎笑得開朗，最後人豪也陪著笑了。但是，「今晚下班後我過去看看您吧？」人豪這麼說。「不用不用，真的沒事。……其實啊，我今天打電話給你，是另外有件事要拜託你。」勝一郎回答。

「什麼事呢？」

打電話時勝一郎根本完全沒有這個念頭，但下一秒鐘，他竟開口這麼說：「之前也跟你稍微提過，我最近想找個時間去台灣看看。然後呢，我也這把年紀了，如果你方便，我在想，看你要不要一起去？」

「哦，台灣嗎？」

「啊，不用勉強的。我去問問當年的老同學，也許也有人會和我一起去。」

勝一郎連忙加上這幾句。他竟然會拜託這種事，連他自己都感到驚訝。

「什麼時候呢？」

「這個，我還沒考慮得那麼具體。」

「其實，我這個月底要回台灣。不過兩週後就要出發，會太趕嗎？」

「返鄉探親？」

「不是的，是去台北參加一場座談會。」

勝一郎因為事情進展得太快而感到有點害怕。

「……可是，你是去工作，有我在會妨礙你吧？」

「這不是工作，我是請休假去的。我想參加的座談會只有一天，我打算加上前後幾天，總共去四天三夜。除了座談會那一天，您要去哪裡我都可以帶路。」

躊躇了六十年的事，僅僅一通電話就要實現了。勝一郎急著想叫自己平靜下來，畢竟這是自己開口拜託的，要拒絕太奇怪了。但他大可說兩週後就要成行太匆促。可是，想到這裡，勝一郎覺得自己實在可笑。兩週後不行，那什麼時候才可以？

「……是嗎？那麼，我就不跟你客氣，請你帶我一起去吧。」

勝一郎這麼說。

「好的。那麼，我馬上來找機票和飯店。」

聽到人豪愉快的聲音，勝一郎除了「謝謝。不好意思啊。」這兩句，再也說不出別的了。

接下來，準備陸續進行。勝一郎雖然只是接人豪的電話，聽他報告「機票訂好了」、「飯店預約好了」，但對於自己即將前往台灣還是一天比一天興奮。在興奮中，他打了電話給台北高中時代的同學鴻巢義一。他告訴鴻巢，雖然事情很突然，但他下週就要去台灣玩了，「那就去見見老同學。」鴻巢這麼說，而且還立刻就將他現在還有來往的幾個同學的聯絡方式傳真過來。

其中也有中野赳夫的名字。勝一郎自己也不知道要不要和中野見面，但卻也覺得，這次的台灣行就是為了去見他。

出發那天早上，勝一郎雖然覺得可能有點太過感傷，但仍將平常放在妻子曜子牌位前的小小遺照放進了行李箱中。那是什麼時候呢？在當時妻子住院的病房中，他們一起看了台灣即將有新幹線的報導。當時的記憶鮮明的復甦。

「等新幹線通車了，我們兩個到台灣去一趟吧？」勝一郎說。

「通車？那不是五年後的事嗎？」妻子回答。

「是嗎？要等五年啊。」

「就是呀。」

「說不定五年一下子就過了。」勝一郎說。

「七十幾歲的老公公還活蹦亂跳的，像話嗎？」妻子笑著說。

當天，勝一郎和人豪約在成田機場碰面。勝一郎拉著大行李箱，人豪卻只背著一個像是去溫泉旅行的小小波士頓包，他忍不住問：「就這樣？」「才三晚而已。」人豪不以為意的回答。

從辦理登機手續到登機，勝一郎全都交給人豪包辦，他只要跟著人豪走就好。心想，也許在那邊會一時興起想去找同學，便趁著登機前的空檔找找能當伴手禮的東西，看過日本酒、點心，卻沒有東西能符合自己激昂的心境，結果什麼都沒買。

到台北的飛行時間才短短三個半小時。坐在鄰座的人豪昨晚加班，吃過機上餐後不知不覺就睡著了。勝一郎一直望著窗外的景色。天氣很好，可以俯瞰湛藍的海。一想到自己六十年前就是搭船度過這片海洋回到日本，就覺得當時陰沉的海，和此刻眼下那片耀眼的海是截然不同的兩片海洋。

機內的廣播除了日語，還播放有中文和台語。他在台語中尋找有印象的詞語，遺憾的是，一個詞都沒聽出來。孩提時代，他應該有從偶爾會說台語的賣菜阿姨和車夫那兒學了幾句，但畢竟過了六十年，很難回想起來。

因即將開始降落的廣播而醒來的人豪，好像突然想起什麼似的問：「今晚真的沒關係嗎？」

「什麼事？」

「就是晚上啊。從機場到台北的飯店大概要兩個小時。我四點要去參加座談，結束之後參加者有餐會。」

這件事，在電話裡已經確認過好幾次了。

「沒問題的。別擔心，謝謝你。」

「晚上我到飯店看您吧？」

「真的沒問題的。倒是明天一整天，要請你陪我觀光。」

「好的，沒問題。我時間都空著。」

「你不用回台中老家？」

「不用。反正過年放假會回去。」

勝一郎又朝窗外看。一看，不禁起了雞皮疙瘩。不知不覺間，台灣的海岸線已經出現在眼底了。不知道這是哪一段海岸，只見蒼翠蓊鬱的樹木覆蓋著南國肥沃的土地。

原來這麼近——他再次想。明明這麼近，自己卻一次都沒能帶妻子來。

勝一郎有個毫無根據的理論，那就是，一年當中最喜歡春天的人是春天出生的；覺得夏天舒適的人是夏天出生的；同樣，喜愛秋高氣爽的人生於秋天；而對冬天的沉靜感到自在的人生於冬天。然而，不適用於這個理論的，就是勝一郎自己和妻子曜子。他們兩人都出生於春天，但不知為何都喜歡夏天。

終於從降落於台灣桃園國際機場的飛機踏出一步的勝一郎，忽然想起這件事。連接機場建築與機身的空橋充滿了台灣的熱氣和濕氣。雖然長時間待在乾燥的機艙內也有影響，但總之，台灣的濕氣彷彿要濡濕肌膚般。勝一郎不是靠頭腦，而是用身體來懷念台灣。離開了六十年，對這片土地的記憶，原來竟如此清晰留在自己身上，真是不可思議。聽著身後應是觀光客的日本女孩們叫著「嗚哇，台灣果然好熱喔——」，勝一郎吸了一大口台灣的空氣。空氣中有著照耀大地的南國太陽味道，也有打濕大地的雨水味。

走過空橋來到機場內，大概是哪裡有餐廳吧，飄來八角和香料的獨特味道。勝一郎的全身大叫著：我回到台灣了！通過入境檢查，拿了托運的行李，走過海關，拉著勝一郎行李走在前面的人豪回頭說：「我們先搭計程車到您的飯店。」

「好，不好意思，謝謝。」勝一郎道謝。

出口的自動門一開，視野驟然不同。天花板極高的大廳裡有大群接機的人和飯店的工作人員，各自都拿著寫了名字的板子。就在這時候，走向計程車招呼站的人豪忽然停下腳步。

「咦？」

歪著頭的人豪看著大群的接機人群。

「……那裡有葉山先生的名字。」

聽人豪一說看過去，的確有一張手寫的「葉山勝一郎先生」的板子。將板子舉在胸前看著這裡的是一名二十多歲的青年，勝一郎不認識。

「您認識嗎？」

被人豪這麼問，勝一郎說聲「不認識」搖搖頭，人豪立刻朝那名青年走去。兩人交談幾句後，便對他說：「葉山先生！他果然是來接您的。」

勝一郎感到納悶，決定先走到青年身邊再說。深深行禮的青年再次向人豪解釋。勝一郎只聽懂他話中提到的「中野赳夫」這幾個字。

「……中野。」

勝一郎不禁喃喃低語，「對、對，我，孫子。」青年以日語回答。勝一郎頓時環顧四周，卻不見中野的身影。下一刻，他才發覺自己找的是中野年輕時的模樣，於是再次尋找有無同輩的男子。

青年注意到勝一郎的樣子，有如在說「那邊」般，指了指不遠的地方。那裡有好幾排椅子，幾乎都坐滿了人，勝一郎和人豪也跟著青年往那邊走。

中野赳夫來了？

腦中雖然理解，但因為實在太過突然，光是邁開腳步向前就讓勝一郎顧不了其他事，連自己該有什麼感覺都不知道。

來到椅子集中處，青年拍了拍一個背向這裡而坐的白髮老人的肩。勝一郎注視那個略感驚訝轉過頭來的老人。

「喔喔！」老人低聲叫道。勝一郎也跟著「啊啊」的吐出一聲不成聲的嘆息。

「葉山？」

老人口齒清晰的問道。

「對，中野？」勝一郎也以紮實的聲音回答。

從椅子上站起的中野走了過來。勝一郎一個勁兒注視著他的臉。六十年的歲月在中野臉上刻劃了深深的皺紋，但是，從那一條條皺紋中，看得出現在的他很幸福，也看得出他走過了豐富踏實的人生。

在眼前站定的中野說：「你來了。」那雙眼睛顯得有些濕潤。

「是啊。」回答的勝一郎聲音在發抖。

「鴻巢跟我聯絡，說你要來。」

「是啊，我來了。」

「是啊，你來了。」

兩人之間流動的不是六十年漫長的歲月，流動在機場一隅面對面的兩人之間的，是兩人在遙遠的日子裡一起度過的濃郁時光。這令他想起那個悶熱難眠的夏夜，來約他去散步的中野的臉。頭一次戴上台北高中的制服帽，抬頭挺胸一起走過台北繁華街道的日子，渾身大汗一起挖防空壕，中野母親做的晚飯，在勝一郎家喝下的生平頭一口清酒。

「……我來了。」勝一郎再次說。

「是啊，你來了。」中野也點頭。

勝一郎握住了中野伸出來的手，彷彿要互相確認觸感般彼此互握。由於勢道太猛，中野用力朝胸前撞了過來。勝一郎也不服輸，結結實實抱住了他的背。那一瞬間，勝一郎的口中自然說出了一句話。

「曜子，曜子死了。」

他看不見中野的表情。只是，「是嗎？」這樣回答的中野好幾次用力拍了拍勝一郎的背。

「回來了。我回來了……」勝一郎重複。

「是啊，我知道。……你回來了。」中野回答。

勝一郎發現自己在哭。曜子死後，不，從六十年前，不得不拋下台灣的那一天起，一直深鎖在內心深處的東西，此刻驟然泉湧而出。

二〇〇五年

試車

「台灣新幹線終於展開試車　比預定進度落後三個月」

日本新幹線系統首次出口的台灣高速鐵路（台灣新幹線）將於二十七日展開試車，比預定進度落後三個月，今年十月底是否能全線通車令人不安。

台北與高雄間（約三百五十公里）最快九十分鐘即可抵達。台灣新幹線採用將「Nozomi 七〇〇系」鼻頭稍稍縮短的「七〇〇T」型列車。最高時速為三百公里，但這天以時速三十公里左右行駛，同日上午，於台南站的典禮中現身。

台灣新幹線以民間企業來建設、營運，總工程費用約一兆五千億日圓，是全世界最大規模的民間鐵路事業。其中的列車、燈號等中心系統由日本企業承包，但列車、燈號等工程建設進度目前仍只完成了百分之三十六。

《朝日新聞》二〇〇五年一月二十七日的東京晚報

辦公室內沉澱著肅殺之氣，整天開著的老空調照例發出卡嗒卡嗒聲，從出風口送著風，但再怎麼奮力吹送，聞風不動的空氣還是沉積在辦公室的地板上。多田春香又想嘆氣，但卻忽然打住，因為就連這聲嘆氣也會沉澱。

沉重的空氣，不只是來自於前些日子在台南辦完典禮後的疲累。當然，公司總動員所準備的典禮順利完成，讓春香他們體會到暫時的成就感，同時，連續熬夜的疲勞也大爆發沒錯，但現在辦公室內的空氣不是來自這種小事，而是充滿了台灣新幹線通車這一大事業從根基開始腐壞的那種恐怖。

「……山尾部長還沒從辦公室出來？」

春香背後有人說。回頭一看，外出回來的安西站在那裡擔心地看著部長室。

「是啊，還沒。」春香沉重的回答。

「也難怪部長煩惱。可是到頭來，也只能順其自然了。」

安西說得輕描淡寫，春香不禁一直打量他。

「幹嘛？」

春香的視線讓安西覺得有點不舒服，往後退了一步。

「……不是，就是覺得……安西先生變了？」

「我？有嗎？」

「……有。」

春香更是把安西從頭到腳仔細看了一遍。

「變糟了？」

安西受不了這麼長的沉默，像要打探出春香這句話的究竟似的，語帶不安。

「是往好的方向改變。現在我才敢說，一起來台灣那時候，我們還擔心安西先生在台灣水土不服，不知道要不要緊。不過，看著現在的安西先生……」

「看著我？」

「嗯——，怎麼說呢……好像台灣人。」

「啊？」

「就是說……」

「這是好？還是不好？」

「就是說，不好但是很好？」

「我實在聽不懂。」

「就是說，像剛才你說的『順其自然』那樣。」

連自己也不知道自己想說什麼，安西當然更聽不懂。安西歪著頭回到自己的辦公桌。春香的視線再一次轉向部長室。玻璃隔間的部長室內側的百葉窗簾半開著，透過百葉窗，可以看到部長被隔成細條的那張陰鬱的臉。

台南的典禮結束後，發生了兩個問題。首先是明言不會對日方工程延遲請求賠償的台灣高鐵，內部出現應請求賠償的說法。到了這個地步，已經知道當初預定今年十月通車是絕對不可能的，如此一來，通車每延遲一天，就會產生數億日圓的損失，不釐清歸究責任，這麼大的事業就不會有進展。但是，日方當然也有日方的說法，無法說聲「哦？是嗎？那就沒辦法了」便坦然接受。在日本通用的規格，依照歐洲基準無法使用。就日本聯合這方面而言，覺得在日本新幹線能夠通行無阻，所以這樣就可以了，但到頭來，問題出在日歐混合這個系統本身，而製造出這個問題的則是台灣高鐵自己。

只是，關於這個問題，從一開始就幾乎每天都會提到，所以從某個角度而言，擔起仲介角色的山尾部長雖不能說已經習慣了，但也自是偏向和剛才安西同樣的想法，能夠接受「好吧，最後也只能順其自然」。只是，忍耐終於超過極限的日本ＪＲ，卻提出新的提案，表示希望重新考慮今後的技術協助。

這次在台南舉行的試車典禮，駕駛七〇〇Ｔ的也是ＪＲ派來的駕駛員，往後速度更快的試車、通車後的行駛，以及將來不可或缺的台灣駕駛員培訓，全都必須仰賴ＪＲ，若ＪＲ在這個階段就拒絕協助，今後將會陷入什麼局面，就算不是山尾，任誰都想關在房裡不出來。

春香在茶水間用新買的義式濃縮咖啡機煮了咖啡，端去給部長室裡的山尾。敲門後，隔了好一會兒，才聽到「請進」的聲音。

「來杯咖啡吧？」

春香儘可能以開朗的聲音說。

「哦，謝謝。放那裡。」

山尾頭也不抬的回答。

春香把咖啡放在桌上，說聲「部長」。

「嗯？什麼事？」

「我知道這不是我能插嘴的問題……」

「什麼事？」

「那個，我去過燕巢的總機廠好幾次，那裡真的很順利。」

春香沒頭沒腦的話，讓山尾有點嫌煩似地抬起頭來。

「什麼很順利？」

「就是，JR派來的講師們，和這邊接受研修的年輕人之間的關係。」

「啊，哦。」

山尾似乎已經失去興趣，嘆了一口氣。

「當然，我也知道什麼事都是高層決定，可是我覺得，大家從開始到現在，以及在燕巢的總機廠建立起來的信賴關係，並不會那麼容易就切斷。真心想學習的年輕人，和真心想傳授的技師之間，產生了我們完全沒有想像到的感情……。我想，我們這一路走來所做的事，並非全然都是失敗的……」

一口氣說到這裡，春香才發現自己太逾越，趕緊低頭行禮說：「真的很抱歉。」山尾呼的一聲吐了一口氣，好像把肩頭的力氣放掉似的，露出平時沉穩的笑容，低聲說：「妳不說我也知道。……新幹線啊，結果不是機器，而是靠人來運作的。這次參與了這項工程，我也再次體認到這一點。」

「對不起。」春香又一次道歉。

「妳不必道歉，我也這麼想。在台灣這裡，確實正在培育能夠駕駛新幹線的人。」

春香對山尾的話深有同感。

「總之，謝謝。……我看，讓我在這裡再消沉個五分鐘，我就會轉換心情出去的，別太擔心。」

山尾已經恢復平日強而有力的聲音，春香行了一個禮後，便離開了部長室。一出來，就看到安西在窗邊的空地打太極拳。據說他是假日到附近公園散步時，被歐巴桑們拉過去開始有樣學樣的。一開始只是當作散步兼殺時間，但不知不覺，發現變得比較好睡，又能消除平日疲勞，所以最近一到星期天早上，他都是頭一個到公園報到。

看了呼吸沉靜的安西後，春香緩緩環視辦公室。想一想，來到台灣已經四年多了。每天被工作追著跑，因此都沒發現，這個辦公室的氣氛也明顯改變了。她說不出到底是哪裡、如何改變，但或許可以說，從日本帶來的時間流動，不知不覺間慢慢被同化成台灣這裡的時間流動了。就算外面下起午後雷陣雨，先找個屋簷躲雨就好——這樣的從容，每個人都自然而然學會了。

當天晚上春香下了班，便為了和好久不見的前同事林芳慧一起吃飯而前往永康街。兩年前，芳慧在結婚的同時辭掉了工作。她本人本來打算繼續工作，但在開心看日子訂場地時，發現自己懷孕了。遺憾的是，芳慧是日資企業在當地採用的員工，沒有周全的產假制度，雖然不想因為結婚就辭職，但為了孩子就另當別論了。於是在本人的想法和大家的強力規勸下，結果還是辭職了。

只不過，她離職後還是頻繁與春香見面。當然春香也受邀去參加了她的婚禮，孩子出生時，春香還提早下班趕去看她。後來，因為要照顧孩子，很難空出時間一起出外用餐，即使如此，只要一想到，她就會打電話給春香，在永康街的咖啡店吐吐育兒、丈夫、婆婆的苦水，足足講上兩杯紅茶的份，然後春香則是發工作的牢騷發上兩杯咖啡的份，彼此再神清氣爽的道別，這是她們最近的固定模式。今晚芳慧會帶著一歲半的女兒一起來，所以春香很期待。據說她女兒最近對走路已經很有自信，在餐廳裡還會遠征到鄰桌去。

春香和芳慧約的是永康街一家獨棟的法國餐廳。白牆洋房一樓有寬敞的戶外座位，料理是普羅旺斯風格，又有許多美味且實惠的ＢＩＯ葡萄酒*可供選擇。春香在約定的七點抵達餐廳時，芳慧已經坐在戶外座位了。女兒小莉果真如她所說，在店內的沙發座位上被餐廳老闆娘哄著。

「芳慧！」春香跑過去。

「春香！妳好不好？」

「很好很好。小莉長好大了喔！」

「可不是嗎？現在抱她好吃力喔，抱得我腰痠背痛。害我每個月都要花好多錢去按摩。」

春香沒就座，而是直接走向小莉身邊。小莉最初愣了一下，但似乎對春香還有點印象。春香向她伸出雙手時，頭一、兩次她猶豫了，第三次好像就看開了，撲進春香懷裡像要討抱。

「啊——，好可愛！」

春香把臉貼在她抱起來的小莉小小的頭上，深深吸著她甜甜的味道。

那天晚上，套餐從小巧的開胃菜開始，以她最愛的紅酒燉羔羊結束。用餐中，小莉讓芳慧餵一口食物後，就跑到鄰桌安靜用餐的老夫婦身邊，再不就是和年輕的女服務生玩，一再遠征，所以當春香她們開始吃甜點法式奶酪的時候，小莉已在店裡的沙發上沉沉睡去。

「我跟妳說啦，台灣沒有半個人認為新幹線會如期通車的。」

對於邊將甜點送進嘴裡邊抱怨的春香，芳慧很乾脆地放話。

「也不只是新幹線，台灣人就是把趕不上預定當作理所當然的事。而且還認為拖得越久，一定是做得越周到、越仔細，要是如期通車，他們還會懷疑是不是哪裡偷工減料呢。」

對於芳慧大力陳述的意見，春香也不禁用力點頭。

「真的是這樣呢——，我也可以理解這種感覺。可是要向日本方面的企業解釋太難了。拖越久，他們就越會判斷是我們沒有能力。」

春香嘆了一口氣，「看妳這樣，好像還是那麼辛苦啊——」芳慧像個局外人般低聲說。

「妳呢？妳跟妳婆婆後來怎麼樣？」

春香本想改變話題，但：「啊，別說了別說了，千萬別提她。」

＊ＢＩＯ葡萄酒，指有機葡萄酒。

「還是老樣子？」

「就……啊，算了算了。一講起來就沒完沒了。」

芳慧誇張的搖頭，反而問起春香：「倒是妳的繁之呢？」

「我這邊也是老樣子。」春香回答。

「工作呢？」

「上班的日子好像增加了不少，可是只要狀況一來，就會一連請好幾天假。」

「不過，幸好他是在一流飯店上班，要是中小企業，可沒這麼好的事。」

「這個他本人最清楚，可是，這好像也會成為他的負擔。我倒是認為，反正又還年輕，其實乾脆辭掉工作，從零開始也不是問題。」

「……我跟妳說。」

「什麼？」

芳慧的表情突然嚴肅起來，所以春香停下了正要把奶酪送進嘴裡的手。

「……這我有點不好開口，可是不但對公司是這樣，對春香難道不也是一樣嗎？」

春香一時不明白她的意思，反問：「咦？什麼？」但是，問的時候就明白了，因而不禁一陣哆嗦。

芳慧沒有再說什麼。話題轉到附近最近開張的日本料理店，說起他們豬排飯上的蛋若是半熟的會更好吃，真是可惜了等等。春香心裡雖亂，但為了回應芳慧的貼心，便繼續配合這個話題。可是，聊的雖然是豬排飯，「負擔」這個詞卻一直在她腦海中盤旋不去。
結了帳，讓小莉坐上嬰兒車，目送芳慧從熱鬧的永康街馬路上離去後，春香也攔了計程車。回到家，洗了澡，呆呆看起電視上播的台灣綜藝節目，但心卻還是浮動不安。那是什麼時候的事呢？她找看來心情很好的繁之去看電影那次，繁之曾經哭著說：「其實，我應該要跟妳分手的。」春香把這些話直接當作字面上的意思，但也許那是繁之繞著圈子在說話。
想到這裡，春香在心中加以否定「不是不是」。這樣她就太自私了。本來她就沒有那麼常陪在繁之身邊，哪來負擔可言。說是為了繁之才和他分手，未免太自私了。
可是，假如自己站在繁之的立場——她忽然這麼想。
手機的收信鈴聲就是這時候響起的。為了轉換心情，她做了一個深呼吸才打開手機。是艾瑞克傳來的。
他們已經一年多沒見了。雖然一個月大概會通一次信，互相報告近況，但內容只停留在季節性問候的程度，諸如東京和台北的天氣、最近看了什麼電影、吃了什麼好吃的東西之類。
打開來一看，果然是和之前差不多的內容。

好久不見。妳好嗎？現在台灣經常下雨，很麻煩吧？我這幾天都住在中禪寺湖的小飯店工作，是為了湖畔別墅的建設案，不過這一帶真的好美。春香來過嗎？本來夏天才是最好的季節，但冬天的中禪寺湖也很棒。那就先這樣。好好保重身體。

春香把信看了兩次。收到艾瑞克的信時她都會很高興。只是，為什麼高興？這點她卻無法以言語來明確說明。每次通信，她都會越來越不明白，究竟是離相遇的那天越來越遠，還是越來越近？她認為那已經是過去的事了，但卻又覺得並不是沒有新的開始。

●

大約十五分鐘前，人豪在鳥叫聲中醒來，冬天的晨光從遮光窗簾的縫隙中射進來。因為睡前關掉了暖氣，房間的溫度下降了。劉人豪在被窩裡享受著自己的體溫，聽著窗外傳來的鳥叫聲。只要拉開遮光窗簾，眼前就是朝陽下的中禪寺湖，湖的後方聳立著覆雪的社山。頭一次看到這片風景時，人豪無法言語。那不光是美，而是他來到日本之後一直在找的地方、他一直認為只要到日本就會有的地方，現在，他終於找到了。

人豪順勢起床。他立刻打開了暖氣，但赤腳的腳底覺得地毯好冷。浴室裡，為了防止房間乾燥而蓄的熱水已經冷了，掛起來的濕毛巾也已經乾透了。人豪穿上羽絨外套，雙手打開遮光窗簾，陽光直落落地灑下。視野忽然被光包圍，讓他不禁閉上眼睛。

眼前是整片與昨天相同的景色。飯店的窗戶直接就是畫框，以完美的構圖捕捉了冬天的中禪寺湖。

前年公司內部比稿獲選的別墅改建案，因為屋主的緣故，設計延了將近一年。總算正式開始施工是三個月前，上週內部裝潢工程也結束了，今天的最後驗收若完成，就算正式完成了。實際上，原本預定是後天完成，但多虧工程進度表多排了後備日，才得以提早兩天完成。

工程進度表的安排和其他事情一樣，日本喜歡確實的東西。如果可能會花上十天的，就估十一天。有沒有多這一天，很多事情就會有所不同。剛來日本的時候，他無法習慣這種做法，吃了不少苦。其實只要十天就能完成的，卻多估說要十一天，他總覺得好像在欺騙對方，但有一次，自從研究所同學告訴他日本建築中壁龕這個部分後，他就莫名能夠理解了。從此之後，人豪也喜歡上這種日式的餘裕。

人豪欣賞了一陣子窗外的景色，按掉了總算開始響的鬧鐘，並淋了浴。一樓餐廳自助式早餐的時間到了，人豪便簡單修飾一下，走出房間。經過走廊走向電梯時，「劉君」背後有人這麼叫他，是這次負責工程的松井建設的川畑部長。

「早安。您已經把工作先完成了嗎？」

人豪一問候，頭髮還是亂翹的川畑便走近說：「是啊。今天下午我就得回東京，所以趕在昨天晚上弄好了。」

「……成果，相當出色哦。」

川畑往提起腳步的人豪肩上一拍。

「都是託松井建設各位的福。這個設計用了很多規格外的材料，我還以為在工地會挨很多罵，但是各位一直到最後都很幫忙。」

「哪裡哪裡，我們的人也覺得很有趣哦，還說劉君是天才。」
「哪裡，沒這回事。」
「不不不，這話可是那嚴厲的植木先生說的。」
川畑又在人豪肩上拍了一下。
「對了，劉君將來要回台灣？」
「沒有……」
「啊，我知道了，要去中國？」
「我什麼都還沒想。」
「為什麼？與其待在日本，現在到中國，不是能做很多有意思的案子嗎？」
正好電梯來了，人豪他們便進了電梯。由於是早餐時間，電梯客滿，他和川畑的會話便無法繼續下去。
除了川畑，他也經常聽別人說到中國去有機會做更多大案子，但是目前人豪沒有那個意願。當然，若真的去了，也許能體驗到從未經歷過的速度，獲派從未經歷過的大任務，但現在，他想在日本好好努力。
在擁擠的電梯裡，人豪忽然想起昨晚春香寄來的回信。
你好。謝謝你的來信。看你平安無事真好。我也在雨中的台北奮鬥呢（笑）。在中禪寺湖工作真叫人羡慕，我也好喜歡中禪寺湖，以前常和朋友去那兒兜風。那裡絕不是什麼傲視世界的大湖，說起來根本就是個小巧的地方，但我覺得它好就好在把各種東西都濃縮進那裡的感覺。對了，感覺就像日本庭園那樣。

不知不覺間，辦公室內有一半的燈都關了。人豪坐在椅子上就這樣往桌緣一推，像是要離開從傍晚就一直盯著的電腦。有輪子的椅子一下就滑到身後的文件櫃，咚的一聲撞上。因為窗邊的電燈全關了，窗外的夜景看來比平常更分明。

人豪就這麼坐著伸懶腰時，聽見室長高浜對他說：「喔，你還在啊？」

「……結果弄到這麼晚，會議這種事情又不是開得久就好。」

高浜室長把手裡的文件往辦公桌上一扔，也往椅子上一坐，伸起懶腰。

「有吉呢？」

被室長問起，人豪回答：「剛才回去了。室長要的資料應該就放在那裡。」

室長從散亂的辦公桌上抽出了文件，但似乎沒有氣力打開來看，他約人豪道：「好久沒去喝酒了，要不要去喝一杯？」人豪雖然想把工作做完，但再這樣做下去，肯定會趕不上最後一班電車。

「謝謝室長請客。」人豪先下手為強。

室長苦笑，拉起防線：「先聲明，是那邊那家烏春哦。」

兩人正雙雙準備離開時，室長以略為嚴肅的語氣問：「那，那件事，情況如何？」

「情況……不好。」人豪無力的笑了。

那件事指的是兩週前完成內部裝潢，應該要交屋的中禪寺湖畔別墅。做出來的成果，負責設計的人豪自然不用說，就連參與工程的內行人都讚不絕口，但一直到最後的最後，屋主才來投訴。比較正確的說，不是多年擔任大學教授的屋主本人，而是他的妻子這時候才說：「和之前給我們看的設計圖不同」「擅自換掉牆壁的素材」「故意把通風變差，影響我們的運勢」等等。

雖然這只是傳聞，但據說這位妻子因為更年期，最近有點情緒不穩的傾向。做丈夫的，似乎也明知妻子的投訴不合理，但若劈頭加以否定，不知道她會做出什麼事來，所以站在妻子那邊，希望他們一一處理這些投訴，直到妻子滿意為止。

「那種情況啊，日文就叫作ichamon。」

高浜室長邊關電腦邊告訴人豪，人豪也禮尚往來：「在台灣，就寫成烏龜的龜加一個毛，龜毛。」

「龜和毛？」

「對。這個說法是怎麼來的我也不清楚，不過我猜，大概是從烏龜身上找根本不可能存在的毛的意思。」

人豪的說明，讓室長放聲大笑。

「這可一點也不好笑。」人豪立刻瞪了室長一眼。

「抱歉抱歉。不過，你都做出完美的作品了，無論對方怎麼龜毛，都要好好逐一應對。」

「說得好像風涼話……」

室長走出辦公室，人豪也跟上去。在日本工作至今，自己身為台灣人的事，幾乎沒有讓他感受到差別待遇。當然，頭一次和屋主、客戶開會時，對方看到名片上是劉人豪這個名字時，會有人在一瞬間露出不安的神情，不安的理由是「語言能通嗎？」這類的，但實際上一開始談話，因為人豪的日文在溝通上完全沒有問題，這樣的不安也就消除了。

然而問題是，當事情有衝突的時候。人類有喜怒哀樂的感情，根據人豪留學生時代的經驗，「喜」、「哀」和「樂」的時候，即使彼此之間語言有些不通，事情還是能夠做下去，但唯有「怒」這一點，不是片言隻語就可以解決的。而這次投訴的爭議正是這個「怒」。

對方只要找到任何缺點，就要他認錯。若他好好解釋，對方就會改變攻擊矛頭說：「我不是在說這個！你的論點根本就偏了，你聽不懂我的日語！」

這兩週，人豪不管做什麼，耳邊都會響起這個妻子尖銳的聲音。見人豪一天比一天消沉，看不過去的室長安慰他：「萬一實在沒辦法，還有打官司這條路。我也做了一些調查，我們可是連一項打輸的要素都沒有。」但就人豪而言，他還是希望最終能夠讓對方理解接納，更何況，那是好不容易才完成的房子，他不希望雙方在法庭上相爭，而是彼此愉快的交接。

下一週，人豪利用三連休回台灣，除了想暫時脫離連日來令人頭痛的客訴，一方面其實也是因為久久一次和在台北的春香通信時，提到太魯閣溪谷。人豪告訴她很久沒去了，這次的連假想去看看，結果春香竟回信說：「如果不會麻煩到你，我也想去。」從前後文看來，他也知道她沒有特別的意思。春香還沒有去過太魯閣，打算配合人豪的連假，請最近都沒有請的特休。結果，他們在接下來的通信中訂下計畫，星期六早上出發，在太魯閣住一晚，星期天下午回台北。兩人約在台北車站碰面，太魯閣的飯店房間則是一人一間。

人豪搭乘星期五最後一班飛機由成田飛往台北。那晚，他投宿於台北車站前的平價飯店，第二天早上九點前往約好的會合地點。

春香已經站在台北車站內的7-11前了。一年多沒見的春香，外表還是和以前一樣，但她的站姿，卻很像台灣女性。到底是哪裡、如何像台灣女性？人豪自己也說不上來，也許是將小小的行李箱擱在身邊，不著急，不激動，也不會不自在，簡直像是站在自己房間似地站在那裡的樣子才讓人豪這麼想的。

「抱歉，我來晚了。」人豪說著跑過去。春香有些誇張的從頭到腳打量著人豪，然後笑著說：「好像變成熟了。」

「老了？」人豪問。

「沒有沒有，不過變成熟了。」

人豪不知該如何反應，但從春香的表情看來，判斷不是不好的意思，便回答：「因為我拚命工作。」

「那，我也沒老，是成熟點了吧？」春香笑了。

「工作很忙？」

「已經不是忙不忙的問題了……啊，先別說了。等上了火車，再讓我好好抱怨一下工作的事。」

看著笑得坦然的春香，人豪覺得他們好像每週都見面。不僅是上次見面以來的一年多時間，好像從初次遇見她以來這十年的時間，都被春香身上的氣氛緊緊綑了起來。

兩人搭乘自強號，從台北車站沿著海岸漸漸加速，往台灣東部行駛。穿過南國的樹林後，視野便是整片太平洋的汪洋，然後又被顏色深濃的南國密林給吸進去，滿窗鮮豔的藍綠對比不斷交替。靠窗而坐的春香每次看到海都小聲歡呼。出發不到一個小時，兩人就已打開火車便當。便當的白飯上有一塊大大的雞腿，還附一碗魚丸湯。本來是買來當中餐的，但隔著通道，坐著一個穿著軍服、看似當兵放假的青年，車一開就立刻打開便當，吃得津津有味，所以兩個人也不禁對看一眼，決定「我們也來吃吧」。

體格健美的阿兵哥在狹小的座位上縮著身子吃便當，理得短短的頭髮顯得乾淨清爽，一想到他就要回到許久不見的家人身邊，人豪便想起自己當兵的時候。當時一心巴望早點退伍，但如今，當兵時認識的同袍還保持聯絡的，卻比大學時代的朋友還多。

一打開便當，人豪便安心地看著開懷大吃的春香。台灣的便當和日本不同，不會把肉切小塊好方便食用，而是必須一口一口咬，但在台灣生活久了的春香絲毫不以為意，朝著這好大一塊的雞腿大口咬下去。

大概是人豪看太久了，「怎麼了？」春香歪著頭問。「不是啦，日本人都會切小小的，方便顧客吃不是嗎？」人豪這麼說，春香也笑著說：「一開始我也不知道該怎麼吃，可是現在，要這樣吃才覺得有在吃東西。反而是回到日本，拿筷子去夾一塊塊切得像骰子般大小的肉，就會很不耐煩。」

「春香是頭一次到台灣東部？」人豪問。

「太魯閣我沒去過，不過我曾經搭火車繞過花蓮、台東。」

「工作去的？」

「一半工作一半玩。那時候我才剛來這邊，想親身體驗一下台灣的鐵路是什麼樣子。」

春香說她喜歡台灣東部。時間的流動明顯和台北以及高雄所在的西部不同，過一小時好像過兩小時，待一天好像待兩天，讓人有種好奢侈、好享受的心情。

從台北出發，約三小時後抵達花蓮車站，接著他們就搭乘客運前往太魯閣。和台北這些城市相比，花蓮的市區更具有南國氣息，給人一種美麗花朵處處盛開的印象。只是盛開的並不是人們刻意栽種的花，而是野生的花草，有些髒了、有些被蟲蛀了，以它們未經修飾的面容沐浴在日光下。

客運離開花蓮市區不久，便出現了立霧溪經年累月浸蝕大理石地盤而刻劃出來的美麗大溪谷。客運緩緩行駛在沿大理石懸崖峭壁邊緣而開的路上。這條路是由大批人力徒手挖掘出來的，不時有鑿穿岩石而成的隧道。岩壁凹凸不平，從陽光普照的地方進入這些隧道，瞬間就被深入地底般的黑暗與寧靜包圍。

車子每轉個彎，窗外的風景就出現變化，讓春香不斷驚呼讚嘆。手中雖然拿著相機，但彷彿捨不得停下來按快門，讓人只能緊貼著車窗飽覽風景。

「我剛拿到摩托車駕照時，和朋友兩個人來過這裡。」人豪告訴她。
「從台北騎過來？那不是很遠嗎！」
「因為有時間啊。我們路上找便宜住宿，慢慢騎。」
「那，你是剛拿到駕照就飆車飆過這條路囉？」
「飆車？」
「對，逆風而行。」
現在雖然坐在車上，但那時和朋友並騎摩托車經過這條路時的風，好像正吹在身上。
「那時候是第一次。」人豪下意識喃喃地說。
「第一次？」
「嗯，第一次覺得生在台灣真好。」
春香的臉離開車窗，轉過來。在露出柔和笑容的春香身後，沐浴著南國日光的大理石斷崖閃耀著強而有力的光芒。
「我說，既然來了，我們下一站下車，走到飯店去吧！」
「好啊。不過，離飯店還很遠哦。明天走下來的時候再慢慢看就好了啊。」
「沒關係啦！我想用走的。按照最初的計畫，這裡本來就是要用走的呀。」
正好，客運在站牌停下。站牌設在斷崖向外凸出去的地方，一下車，就是包圍整個溪谷的水聲。兩人提心吊膽的朝斷崖下看。美麗的溪流削過些許大理石，湍急地往前流去。

在浴缸的熱水裡，春香仔細按摩走累的雙腿。人豪幫忙預約的天祥晶華度假酒店是太魯閣國家公園裡最大的飯店，最近才重新裝潢的客房氣氛沉靜，從窗戶可以瞭望夕陽斜照的群山，是個很舒服的房間。

他們半路下車，花了兩個小時緩緩沿溪谷而上。一走進打穿岩石而成的隧道，便吹來清涼的風。從沿斷崖開闢的道路看下去是美麗的河谷，清澈的河水彷彿將群山的綠意溶入水裡。與人豪通信時，她忍不住提出「如果你要去太魯閣，我也想一起去」，儘管有些衝動，且事後她也反省過，這麼做是否會令人誤會，但實際上和人豪兩人坐上火車，望著美麗的景色，就讓她真心覺得今天來了真好。

春香在熱水裡伸展肢體，那一瞬間，她又想起人豪在客運中低聲說的話。

「覺得生在台灣真好。」

他說他頭一次來太魯閣的時候這麼覺得。因為海拔很高，吹過溪谷的風很涼，才走了幾個小時，春香就覺得自己好像變得好乾淨、好清新。她想，人豪一定也有這種感覺吧。

最近一直加班，肩頸痠痛，腰骨也很僵硬，身體狀況很差，但可能是吸了新鮮空氣，在熱水裡伸展的身體感覺非常輕盈。

她和人豪相約一個小時後在大廳碰面。要吃晚餐還嫌早，但飯店特設舞台有太魯閣族原住民的舞蹈表演，所以他們便喝著啤酒觀賞。在台灣生活之後，春香也多少開始分得出台灣原住民和所謂漢人在長相之間的差異了。台灣原住民的俊男美女本來就多，所以只要在電視或電影看到「這個女生好漂亮喔」，或是「這個男的好帥喔」，有很高的比例都有原住民血統。今天再次見到人豪時，她忽然覺得他應該也有原住民血統，一問之下，他的祖先是好幾代之前就從福建省度海來台的，詳情必須調查後才知道，但目前他並沒有聽說祖先當中有原住民。

春香洗好澡，在窗邊看了一會兒風景才來到一樓。人豪已經坐在大廳的沙發上，似乎是看到春香的頭髮還有點濕，他問她：「是不是應該約晚一點？」

「不會呀，沒關係。」

春香摸著濕髮回答。

「看妳一臉精神奕奕的樣子。」

人豪有點取笑她的意思。

「是嗎？泡澡泡了好久，精神都來了。」春香笑著說。

「工作很累？」

「嗯——，也不是不累啦。不過，呼吸了好多溪谷清新的空氣，覺得身上討厭的東西都被帶走了。」

「啊，我也是。覺得身體變輕了。」

「你也是？不管是台北還是東京，空氣都很差喔？呼吸過這邊的空氣就知道了。」

兩人走向中庭，表演好像已經開始，可以聽到民族音樂了。人工草皮的中庭打造了特設舞台，以朱槿花裝飾的舞台上，幾名身穿獨特民族服飾的年輕男女正在跳舞。女性身上穿戴的飾品非常簡樸可愛。她們每踏下一個小小的舞步，這些飾品就發出有節奏的聲響。相對的，男性都裸露著上半身，筋肉隆起，顯得強壯威武。場內廣播介紹這是傳統男女相親時的舞蹈。

他們在後面的空位坐下來，觀賞了一陣子舞蹈後，人豪問：「像這種表演，妳在台灣是第一次看？」「去年我爸媽來台灣玩的時候，和她們一起到花蓮的阿美文化村去，在那裡也看過。」春香回答。

「都到花蓮了，卻沒有來太魯閣？」

「因為沒時間。不過，我爸媽說他們想去阿美文化村。聽說他們年輕的時候，有阿美族的人上過日本一個很有名的歌唱節目『熱門之夜』。他們在節目裡唱歌跳舞，聽說當時小有名氣。我爸媽都還記得。」

「原來如此。」

觀眾席的小朋友被請上台加入舞蹈，在家人的鎂光燈閃爍下，努力跳著舞。

不知不覺，天色暗了下來。舞台旁燃起的火炬爆出的火星緩緩升上藏青色的天空。

表演一結束，他們就前往飯店的餐廳。晚餐是自助形式，當然少不了台灣料理，還有英式牛排，甚至是壽司。可能是在溪谷走了兩小時，春香貪心的拿了四盤回餐桌，但人豪拿的比春香更多。

「我覺得飯店會跟我們加收費用……」

春香苦笑著說，「搞不好會因為大胃王反而有獎金可拿。」人豪笑了。

「……跟妳說，那根柱子後面有甜點哦。」

「我知道。可是，如果現在過去，我會連甜點都拿，所以一直忍耐著不走那邊。」

他們先以台灣啤酒乾杯。看著滿桌的菜，春香真不知該從哪裡吃起，但人豪頭一個就把英式牛排送進嘴裡。春香先伸筷子夾起小籠包。小籠包是以蒸籠蒸著，一咬下，滿口都是肉汁，雖然比不上鼎泰豐，但還是好吃到令人不禁「啊——」的驚呼。

「對了，台灣新幹線預定什麼時候通車？」

被春香的聲音影響，也伸筷子去夾小籠包的人豪這麼問，春香「唔——」了一聲支吾不答。

「啊，不能問？」人豪笑了。

「說是說今年十月。」

「那就表示是明年了。」

「每個台灣人都這麼說。」

不用再多說，人豪就明白春香想說什麼了。

「……那，你的工作呢？信裡不是說有問題嗎？」春香改變了話題。

「唔——」這次換人豪支吾了。

「很難處理？」

「目前休戰中。下週一回日本又要開戰了。不過，一定可以解決的。」

春香也想過要細問，但人豪本人好像不太想說。春香便用筷子夾起龍蝦，露出微笑說：「你看你看，這麼大！」

拿來的料理幾乎都吃完了，為了讓胃休息一下再吃甜點而開始喝茶的時候，鄰桌剛好坐了一對青澀的情侶，春香順口問：「你在日本沒有喜歡的人嗎？」剎時間，人豪的表情僵住了，但馬上就恢復笑容搖頭說：「現在沒有。」春香為了改變當場的氣氛，決定去拿甜點。但是，這時候離開反而感覺很怪，所以便作罷。因為沒有離開，兩人間出現了莫名的沉默。鄰桌那對看似大學生的情侶，將身子緊緊挨在一起，把玩著看似在紀念品店買的飾品。應該說，他們不是在摸飾品，而是彼此的手指交纏在一起。

「……我在日本唸研究所的時候，交過一個韓國女朋友。」

人豪像是要打散鄰桌火熱的氣氛般開始說。對於這突如其來的告白，春香也只能回答：「這樣啊。」

「她是個非常可愛的女孩，但畢業後要回韓國。」

「所以你們就分手了？」

「唔——，原因也不只是這樣。因為彼此都在陌生的日本努力，所以感覺很親近，可是等到各自習慣了日本的生活，在各自的路上前進，就不再需要彼此了吧。以為相遇的那一瞬間感覺到的愛，結果卻不是。大概是友情吧？像盟友那樣。」

春香不知道該如何作答。十年前與他的相遇重上心頭。她認為當時自己心中產生的是愛，但是，如今十年的歲月流逝，能夠如此肯定的時間已經過去了。那麼，那不是愛嗎？

「……後來，就沒有再跟誰交往過了。當然也認識了許多人，過了很長的時間，但沒辦法說曾經好好交往過。」

人豪說完，春香下意識地說：「因為你行情好呀。」這句話實在太不合時宜，而且連她自己也不知道自己到底是對誰的什麼感情這樣故作姿態。

對於春香的話，人豪只是笑了笑。那是對於自己的話無法讓對方理解而感到死心的笑法。春香發現自己的表情很陰沉。這時候，人豪有點慌張的說：

「……十年前頭一次見到春香時，我一直以為那時候感覺到的是愛，可是像這樣十年後又在一起，我就沒有把握了。我是忘不了春香？還是忘不了和春香一起度過的那一天？……也許，我和春香也是盟友。彼此都是在異國工作的知己。」

人豪為了改變現場的氣氛，有點誇張的笑了。春香更加混亂了。就算現在是不會有什麼關係，但她還是希望十年前的相遇是特別的。可是，這時候說這種任性自私的話又有什麼用。

「啊，對了。明天，我帶妳去我在太魯閣最喜歡的地方。我們早一點起來，趁沒有人的時候去吧！」

人豪對她微笑。春香只能點頭說「嗯」。

第二天早上，春香七點醒來，在一樓的自助餐廳吃完早餐。她和人豪約好九點在大廳會合，所以她以為也許會在餐廳遇見他，但放眼看過去，整個寬敞的餐廳裡到處都不見人豪的身影。

春香在為數眾多的料理中，毫不猶豫的選了粥。飯店也準備了日式餐點，有豆腐味噌湯和鹽烤鮭魚，但春香選了蔥蛋和油條，再加上一小碟榨菜和冒著熱氣的粥。幾乎每桌都是熱鬧的一家人。台灣和日本都一樣，年幼的孩子們因為自助餐而高興得到處亂跑，拿了吃不完的水果和甜點回餐桌挨母親的罵。

暫時先回房的春香，自然而然拿起手機。下樓用餐期間收到了一封信，時間還不到八點，一時間，春香還以為是公司來的急件，但信原來是繁之寄的。這陣子都是春香寫信、打電話給他，繁之都不會主動聯絡。而且就算聯絡了，也一定都是在深夜。春香有不好的預感，遲遲不願把信打開。下意識中心想，直接和人豪出去，晚上再打開來看也無妨。但是當她想把手機放回在床上時，卻又改變主意，打開了信。

> 早！東京是舒服的晴天！今天早上難得狀況很好，我準備到附近的公園散步。但願之前和春香去過的那家咖啡店已經開了。沒什麼事，只因為今天早上真的覺得身體狀況很好，就忍不住寫了信（笑）。

春香把信看了三次，因為不好的預感沒有命中而感到安心，但同時卻因為信來的時機不湊巧，使得自己也不知該怎麼看待才好。當然，就算等會兒和人豪一起到他最喜歡的地方去，也沒有期待會發生什麼，對繁之用不著感到內疚。只是，儘管心裡這麼想，她就是無法坦誠回信給繁之。

春香就這樣拿著手機在床上坐下來。窗外傳來野鳥爭鳴的啁啾聲。湛藍的天空下，濃綠的稜線格外分明。她忽然想，自己真的是在等繁之病情好轉嗎？儘管繁之幾次說要分手，但結果她都沒有接受。她不是不愛繁之，然而，無法分手並不是因為愛他，而是無法丟下現在的他。說得更深入些，自己的工作在台灣，又有成就感，雖然有繁之這個男友，但因為彼此無法經常碰面的這種狀況，反而讓她覺得很方便？每次想了就丟開的問題與答案，這時候又開始在腦海中打轉。

春香看了看鐘。還有時間慢慢沖個澡。春香沒回信，把手機放回桌上。

她準時來到大廳，人豪正與櫃檯的女性服務人員愉快談笑著。立刻注意到她的人豪問：「嗯？怎麼了？」「沒有，什麼都沒有呀。」她開朗的回答。其實他們可能根本沒說什麼，但春香忽然想到：「我真的對他一點也不了解。」

一出飯店，越過溪流的晨風清爽無比。春香還在大口深呼吸，人豪就已經邁開腳步，走向通往山頂的柏油路。

「我們要去哪裡？」春香朝著他的背影問。

「瀑布。」回頭的人豪微笑著說。

「瀑布？」

春香跑著追上人豪。來到馬路上的人豪，指著一條蜿蜒的路，告訴她：「從這條路走過去，就會到通往那個瀑布的步道。」

「近嗎？」

「不近。」

「有多不近？」春香笑了。

「半路要是累了，我會背妳啦。」

人豪也笑了。

這是個愉快的早晨。沿著山崖延伸的山路，偶爾有車子經過，除此之外，就只有他們兩人踢到的小石子滾動聲。春香心想，假如山有聲音，一定就是這個聲音吧。

從飯店走了十五分鐘左右，忽然間出現一個小小的隧道入口。遠遠看起來像個短短的隧道，但一進去，約有一公里的漆黑隧道盡頭，只有一個豆粒大小的出口透出亮光。靠著隧道外的光看入口附近，裸露的岩壁留下了肯定是人類用手開鑿出來的痕跡。

「要、要走這裡？」春香不禁後退。

「放心。可以看到出口，悄悄地走就不會驚動蝙蝠了。」

「蝙、蝙蝠？」

春香脫口而出的驚叫回響在黑暗的隧道裡。

「騙妳的、騙妳的。放心啦。這裡大家都會走的。」人豪笑著說。

兩人自然地牽起了手。既沒有遲疑，也沒有激動，就好像父母親牽起孩子的手。被牽著手，春香怯怯地走進了隧道。才走進去幾步，就被涼涼的空氣包圍。

「這條隧道其實是為了建水庫而挖的，可是為了保護太魯閣的景觀，水庫停建了。」

人豪的低語聲也回響在漆黑的隧道內。湧泉流過岩壁，地面應該是濕的吧，每踩一步，就響起啪喳的水聲。

「真的好黑喔。」

無言的走了一會兒的春香，漸漸適應了黑暗，終於說話了。

「只要朝出口的光一直走就好。」

「那，到了出口，就是你最喜歡的風景了？」

「很遺憾，還要穿過五、六個這樣的隧道才會到。」

「咦？這麼多？」

「不過，這是最長的，其他的都很短。」

「搞不好真的要你背我哦。」

這時候，人豪突然停下來，「妳看！」他兩手扶著春香的雙肩，讓她整個人向後轉。入口的光變遠了。他們走的比她以為的遠，入口的光看起來和出口的一樣大。

「已經一半了？」春香問。

「看，輕鬆吧？」人豪笑著說。

接下來，兩個人手牽著手默默走著。出口豆粒大的光每走一步就變得更大，現在已經可以看見在被切出一個圓的黑暗之外，沐浴在晨光中青翠的山了。

「好涼，好舒服哦。」春香說。

「可不是嗎？」人豪也得意的回答。

走出第一條隧道，是一條沿著陡峭深邃的溪流而開的山路，寬度僅容一輛車勉強通過，腳邊就是深淵。走在蜿蜒曲折的道路上，左右都是雄偉的景色。裸露的岩壁在朝陽下染上了淡淡的粉紅色，從腳邊吹上來的溪流的風，冷卻了冒著汗的春香他們。傳進兩人耳裡的，只有野鳥鳴囀和流水潺潺。

離開飯店走了一個小時後，他們看到了架在白楊瀑布上的吊橋。每次走過步道和不時出現的隧道，日照就越來越強，吹了溪流邊的風後，一來到陽光下便又開始冒汗。

人豪指著前方的瀑布，有些過意不去地說：「那就是目的地。」似乎是覺得瀑布比以前來的時候小。實際上這個瀑布並不大，但雪白豐厚的水花從美麗的岩壁上直落而下，整片景色似乎被淨化了。可能是光影的效果，或者是岩質的不同，越是靠近瀑布，不可思議地，腳邊流過的溪流顏色就開始轉變。溶化了綠松石的乳青色的水，從瀑布的水潭流出來。

兩人並肩走過吊橋。吊橋搖得很厲害，繩索嘰軋有聲。春香停下來，探身到粗繩外俯瞰眼底下的瀑布水潭。隆隆落下的碧綠瀑布就在那裡。這時候，身後響起一陣奇特的鳥叫聲。回頭一看，一隻金色的大鳥從樹林中飛起。春香與人豪對望一眼，只覺彷彿目睹了奇蹟。

懸掛在深深溪谷上的吊橋，在那隻鳥的眼中，站在橋中央的他們是什麼模樣呢？春香忽然這麼想。

走過吊橋，他們有如爬過岩縫般來到瀑布水潭。人豪腳步輕巧，但春香每走一步就要確認「下一步要踩哪裡？這塊石頭可以嗎？」否則就不敢走。

等到真的下來一看，那是個好大的瀑布水潭。在日光下，淺藍色的水閃閃發光，就近一看，深不見底。無比的藍，無比的深，無比的清澈。要是有人能夠以言語形容這瀑布潭的顏色，那麼那個人一定從沒見過這個瀑布潭——春香這麼想著。

春香在潭緣蹲下來，伸手浸水。只是將手伸進水裡，就好像碰觸了全世界。春香抬頭看人豪，微微一笑，想謝謝他帶她來，不知為何卻說不出口。

「很想進去游泳吧？」人豪說。

「水很冷哦。」春香笑了。

「之前來的時候，我們就跳進去了。我跟我朋友都脫得只剩一條內褲。」

「不會吧？」

「真的啊，因為旁邊沒人。」

人豪脫掉運動鞋，把牛仔褲捲到膝上。

「你要游？」春香大驚。

「只泡泡腳。」人豪笑著說，在岩石上坐下，把赤裸的腳放進水裡。

「真的！好冰！」

「很冰吧。」

春香也脫掉運動鞋和襪子，一起把腳放進水裡。兩人的光腳在透明的水中擺動。人豪曬黑的腳，和春香雪白的腳，看起來好像珍奇魚種。春香再次抬頭看瀑布。從空中落下的瀑布上，掛著鮮明的彩虹。

「喏，你之前不是說過，你在阪神大震災發生之後，到神戶來的事嗎？」

春香讓腳在水中擺動著，忽然開口說。

人豪一副因為話題突然改變而有些不知所措的樣子，「……因為地震是我們在台北認識之後不久就發生了。」他再次解釋道。

「我啊。」

春香說到這裡停了下來，自己也不知道為什麼現在會說起這些。

「……阪神大震災發生過了四年，九九年秋天台灣發生大地震的時候，我坐立難安，就跑到台灣來。」

「咦？」

人豪在水中的腳停了下來。

「我們好不容易重逢了，卻什麼都沒說。」春香繼續說。她知道人豪正直視自己，但不知道為什麼，她不敢把臉轉向他。

「……在台北遇見你，我真的好高興。我回國那天早上，你不是到飯店來送我嗎？那時候，你朝著我搭的巴士揮手的樣子，我到現在都記得清清楚楚。我呀，準備一回到日本就立刻和你聯絡，所以那時候才能忍住不哭。可是，我實在太粗心，把你寫給我的那張聯絡紙條弄丟了。」

「弄、弄丟了？」

人豪的聲音很沙啞。

「很蠢吧？我拚命找，可是找不到，所以我就想，只要再到台灣一定可以找到你，所以一個月後我就來台灣了。因為，我知道你的公寓不是嗎？你騎摩托車載我去的那個公寓。那裡有一個你笑著說太冷沒人會去游的游泳池，有個舒適的中庭可以俯瞰淡水市區，隔壁房間被大學的教授租來當別墅，你的房間雖然小，卻收拾得很乾淨，地板冰冰的好舒服。可是，我來到台灣之後，卻怎麼樣都找不到那棟公寓。那棟公寓裡面是什麼樣子，我明明都記得，可是卻怎麼樣都找不到。我跑到淡水市區，在那裡走了好幾個小時，可是你騎摩托車載我走哪一條路上山的，我卻怎麼都找不到。」

聲音在發抖。那時候為了找人豪的公寓，一個人在淡水街頭到處走的焦急和傷心都回來了。人豪默默聽著春香說。

「……結果，我找了三天，放棄了。我在淡水街頭攔住行人就問，也不管人家是誰，可是我不知道你的住址，又不知道住的人的名字，當然不會有人理我。我好難過，回到日本，決定把這當作是命運。弄丟你給的紙條、找不到你的公寓，這些都是命運。……可是，其實，我一直忘不了你。我拚命想忘掉，卻怎樣都忘不掉。都已經過了四年，可是知道台灣發生大地震的事時，我卻怕得一直發抖。因為我知道你的故鄉就在離震央很近的台中。我實在坐立難安，兩週後就請假來台灣。心裡一直祈禱你和你的家人平安無事。我相信，比起在日本祈禱，離得近一點，祈禱會更有效驗。可是，我跑來卻什麼忙都幫不上。我跑到台中去，眼看著還沒從地震中復原的市區，卻只能傻傻站在那裡，無能為力。本來以為可以幫得上忙才來的，卻連開口說聲請讓我幫忙都不敢。……聽到你在阪神大震災之後跑到日本時，我心裡好激動。知道你那時候懷著和我到台灣時同樣的心情站在神戶街頭，我還來不及感到高興，就先覺得對不起你。一想到讓你體會到那麼傷心、懊惱、無助的感覺，就什麼話都說不出來……」

一口氣說到這裡的春香，身體不知從何時起便在發著抖。一直默默聽著的人豪，怯怯地把手放在她肩上。春香希望他開口說些什麼，但人豪連放在她肩上的手都不動。

春香等著。她等著他為自己都回答不出來的問題提出解答，但是下一秒鐘，她就覺得自己這麼做太卑鄙。

「……所以，我覺得能遇見你真的太好了。因為，如果不是遇見你，我現在也不會為台灣新幹線工作。」

一面說，春香心裡一面覺得，這樣就好。過了好一會兒，人豪才終於開口。

「我也這麼認為。我也一樣，如果沒有遇見妳，我現在也不會在東京工作。」

也許，就算懷著同樣的感情，時機錯過了就沒有意義。我找不到他，而他也找不到我。春香多麼希望在淡水街頭哭著找他公寓的自己此刻就在這裡。如果人豪要找的我在這裡，而我要找的他也來到這裡，該有多好。可是，在這裡的，終究只是我找不到的他，與他找不到的我。

安西誠從停在高架橋上的列車車窗裡，望著眼底一大片綠油油的稻田。因為列車不動，可以清楚看見風吹動了稻子，眺望遠方，密密的椰子樹正舞動著。開始試車的列車第三度停車的這個地點，是台南市東方的高架橋，這一帶的稻田在日治時代完成灌溉設備後便是台灣首屈一指的稻作地帶，利用副熱帶氣候進行一年兩期、有地方甚至一年三期的稻作。

安西出神的看著美麗的稻田時，多田春香從鄰接車廂跑回來。鄰接的車廂是將本來的座位拆掉的數據收集車廂，用來記錄試車中的震動、速度、摩擦等一切數據。

安西立刻問回來的春香：「怎麼樣？」

「再十分鐘就能發車。」

春香站在通道上，攤開時程表回答。之前也搭過好幾次徐行運轉的列車，但像今天這樣要以時速三百公里行走的列車，安西和春香都是頭一次搭乘。自燕巢總機廠發車起，彼此就為緊張和期待而變得多話。

「知道原因了嗎？」安西問。

「說是供電系統的問題。大概跟上次一樣，發電所送過來的電力分配又不一樣了。」

從春香手中接過時程表，安西問：「依照預定，今天能試三次對吧？」

「可是，現在已經晚了兩個多小時，可能沒辦法試第三次了。」

春香隔著通道在座位坐下。安西再次確認時程表。安西他們所在的車廂，零零落落坐著技師和各企業的負責窗口。今天是三節車廂的試車，車上只有相關人員，但下個月月初就要召開記者會邀請媒體，屆時車廂將有四節，當然，台灣高鐵的經營團隊、政治人物、相關企業的高層都會搭乘，要將達成最高運行速度三百公里目標的那一瞬間昭告全世界。

依照預定，他們應該已經達成三百公里的時速了，但因為供電系統不全等因素，使進度大幅落後。

「該不會真的要到時候才當場定生死吧？」安西不安的看著春香。

「不會吧？」春香也笑著說，但可能是安西多心了，總覺得她的表情很僵硬。

「當天的準備都還順利吧？」安西問。

「嗯，這方面沒問題。台灣高鐵方面請的代理商很優秀，準備得如火如荼，真的是轟隆隆向前衝。」

春香自己說著笑了，安西也跟著笑了。這時候，今天以後備駕駛身分上車的村井從檢查車廂過來了。安西和春香站了起來，對他說：「辛苦了。」

「今天好像不太行。我剛才聽到他們說，供電準備要三、四個小時才能調整好。」

在通道上站定的村井一臉難以置信地搖頭。

「村井先生，有什麼事嗎？」春香問。

「口很渴。」

「啊，我去拿飲料。喝茶可以嗎？」

「啊，不好意思。呃，茶可以。最好是烏龍茶。這裡的烏龍茶，就算是保特瓶裝的也好喝得不得了。」

春香立刻到車廂後方去拿茶。村井在座位上坐下，安西便也跟著坐下。

「松浦先生也在駕駛座上煩躁得不得了。」村井發起牢騷。松浦是今天負責駕駛的駕駛員，和村井都是JR西日本派來的資深駕駛員。

「也難怪。」安西附和。

「可是，只要上面下令『跑出來』，要跑出三百公里是沒問題的。」

「真的嗎？」

「松浦先生也這麼說，因為狀況比我們預期的好。只要沒有外面的疏忽和躊躇，你看嘛，上次到一百八的時候，其實就直接可以超過兩百了。如果上次那麼做了，加速測試的進度就可以大幅超前。」

正好這時候春香拿著瓶裝茶過來了。村井接過來，一口氣喝掉半瓶。

靜不下來的春香說聲：「我去看看狀況。」便前往檢查車廂。原以為村井也會回去，沒想到他旋上保特瓶蓋賊笑說：「聽說，安西先生，你辦好離婚了？」

「咦？」

「大家都知道了。」村井大笑。

「……誰叫安西先生一喝醉就說這個，之前大家都很擔心呢。」
「是嗎？不好意思，給大家添麻煩了。」安西也就順著這個話題繼續談。
「不過，一定很辛苦吧？以後還要付兒子的養育費不是嗎？」
村井擔心地壓低聲音說。這村井自己也離過婚，安西知道他每個月都付養育費，一直付到去年獨生女大學畢業。
「就當作是對兒子的贖罪。」安西回答。
「兒子還是跟媽媽？」
「是啊。跟我也可以，只是等台灣新幹線完成之後，我應該就會回日本，這樣只會造成兒子的混亂，而且兒子好像也比較想跟媽媽。」
「能見得到嗎？」
「這是講好的。現在我人在這裡，不過說好一個月有一個週末可以和兒子一起過。」
「可是，你太太竟然肯答應啊？一直以來都聽安西先生在抱怨，讓人實在不能不關心。」
「是啊，的確是很不容易。事情到了那種地步，要緊的不是維持夫婦、親子關係，而是女人的心態了。明明光是看到我就想吐，卻說不離婚。」
「兒子不要緊嗎？」
「嗯。唉，說來丟臉，還是兒子居中協調的。我不知道他是怎麼說服他媽媽的，但是促成離婚的是兒子。」

「幾歲了？安西先生的兒子。」
「明年要上國中。」
「啊，是嗎？已經這麼大了啊？」
「我來這裡的時候才小學一年級呢。一直在工作沒感覺，但看到兒子嘴上冒出了淡淡的鬍子，真的很吃驚啊。」
「因為兒子長大的期間，你一直在這裡努力啊。既然這樣，就非得讓台灣新幹線大大成功不可。不然就枉費了你犧牲陪兒子玩的時間了。」
「就是啊。啊，對了對了，可能是受到老爸工作的影響，我兒子說將來想進JR當駕駛員，到時候就千萬拜託了。」
安西半開玩笑的站起來行禮。
「哪裡哪裡，我是不太牢靠，不過只要有我能幫得上忙的，我一定幫忙。」村井回答。「……啊，對了。不然乾脆來當台灣新幹線的駕駛員吧。」村井笑著說。
「啊，沒錯。父親參與建設的台灣新幹線由兒子來駕駛，一定很痛快。」
安西看向窗外。風吹撫著碧綠的稻田，遠方的椰子樹葉也大大搖曳著。他試著想像在這樣的景色中，以三百公里的時速飛馳會是什麼感覺。真希望哪一天能讓被他拖累的兒子感受一下。這時候，前方的門開了，春香探出頭來。
「村井先生，好像要開始了。」

被點名的村井站起來，對他說聲：「那，過兩天再去喝一杯。」安西也對著他的背影合十說：

「但願順利達成目標，拜託了。」

●

在燕巢總機廠附設宿舍的其中一個房間，多田春香洗完澡，一面擦乾頭髮，一面看著鏡子裡自己的臉。結果，今天試車預定的第三次沒有跑，當然也沒有達成三百公里的目標。即使如此，鏡子裡自己的表情並不消沉，是因為今天的試車，讓包括技師在內的所有工作人員對於三天後將再度舉行的試車都士氣高昂。在記者會前一定要達成時速三百公里！無論是日本人、台灣人、法國人，不分國籍，大家都心照不宣的這股火熱意念，傳到了春香心裡。

擦乾頭髮換好衣服，春香確認時間後，來到宿舍大廳。大廳裡已聚集了幾個工作人員，準備搭乘小巴前往高雄市區。大家都已經洗過澡，一臉清爽，準備到高雄市內享受星期五之夜，大廳中也響起了陣陣笑聲。開車的是技師教育部長孫先生，預定的人集合完畢，便學著日本車站人員高喊：

「好，出發前進！」

春香在孫先生的建議下坐進了前座。後面坐著說要一起去逛夜市的年輕技師團，他們正熱烈討論最近台灣職棒的動向。

「春香小姐要在哪裡下車？」車子駛離宿舍時，孫先生問春香。

「和大家一起就可以了。大家是要去六合夜市吧？」

「春香小姐也要去夜市？」

「不是，我要和安西先生吃飯，不過餐廳離那裡很近。」

「咦，安西先生這次沒有住我們這兒吧？」

「是呀，這次安西先生住高雄的飯店。」

「聽說安西先生離婚了？」

「嗯。而且，已經有新女朋友了哦。」

「是嗎？難怪他最近總是笑嘻嘻的。」

「對了，孫先生，上次你不是去日本出差嗎？有沒有多請幾天休假去哪裡走走？」

「有有有。我去了秋田的乳頭溫泉。」

「乳頭溫泉呀。孫先生，你對日本的溫泉比我還熟呢！」

「那是我的興趣啊，泡遍日本秘湯。日本鄉下比較好玩，真的很悠閒，而且人又和善，地方又乾淨。」

離開廠區後，車子開過月光下的芭樂園。後座的窗戶大概是打開的，南國的晚風吹進車內。

在六合夜市的入口，從總機廠搭車過來的工作人員只大致約了十二點在同一地點集合回去，便各自解散了。春香也邀孫先生一起去吃飯，但他有事，所以春香便獨自前往約好的台灣料理店。

穿過夜市就到了。安西和Yuki已經坐在擺在店頭的座位了。春香揮著手趕過去。自從安西介紹

Yuki給她認識後，他們在台北已經一起吃過好幾次飯。

「Yuki，好久不見！」

「春香，好久不見！」

受不了誇張的雙手互握的春香與Yuki，安西到店內去加點啤酒。Yuki朝著他的背影喊「還有春香的燒烤！」然後指著擺在店門口的冰箱。玻璃門冰箱裡擺了羊肉串、韭菜、蘆筍、台灣香腸，以及各式丸子。

「沒關係，我自己來。」春香連忙想站起來，「不用不用，我有很多話想跟春香說。」Yuki按住她的肩。

「我隨便拿哦？」

安西已經挑了燒烤串放在塑膠籃裡，「不好意思。」春香連忙道歉，「啊，不好意思，順便拿一下那個豆腐。」她指著說。

這家店的做法，是客人把想吃的燒烤串送進店內，店員就會幫忙烤。台灣這類餐廳很多，店裡傳出了陣陣烤羊肉的香氣。

「春香，妳看這個。」

安西把籃子拿進店內，Yuki就從包包裡拿出目錄，那是結婚照的目錄。春香很快地翻閱，每一頁都是一對對男女的豪華照片，令人難以相信那是一般普通人。

「誠不想拍。」

Yuki一副不勝遺憾地低聲說。
「日本男人對這種的還是有點排斥吧。」春香老實回答。
「排斥？為什麼？」Yuki不解的歪著頭。
「因為，要是安西穿上這身白色燕尾服，在沙灘上把Yuki像公主一樣橫抱起來，光是想像就很好笑啊。」
「討厭！我還以為春香會站在我這邊！」
「可是，只要妳好好拜託，安西先生一定會拍的。」
「真的？」
「因為這是你們倆的紀念啊。」
「就是啊！就是啊！」
Yuki開心握住春香的手。春香看向店內的安西，他正把東西交給櫃檯後的店員，不知為了什麼事情雙方都在笑。春香雖然還沒聽到消息，但認為他們將來一定會結婚。
「我覺得只要是Yuki拜託的，安西先生都會答應，因為安西先生一顆心都在Yuki身上呀。」
「問妳喔，春香，妳不結婚嗎？」
忽然被Yuki這麼一問，春香只說了「呃？結婚？」就說不出話來了。
「因為，春香跟我年紀差不多，已經不年輕了。」
「好過分——！」

春香笑著把這個問題帶過。她知道Yuki沒有惡意，不知道為什麼，被問起這些話的時候，如果是Yuki問的，她一點都不會覺得不舒服。其實不光是Yuki，家裡爸媽和親戚也常跟她說這些。然而，她認為應該是工作有成就感的關係，即使看了女性雜誌裡的新娘特輯，也不覺得那和自己有什麼關係。當然將來她也想結婚。但也許自己還沒有被逼到為結婚而結婚的地步吧。

安西回到座位時，一輛三貼的摩托車停在店頭。最近在台灣已經很少見了，但在高雄這裡還是偶爾會看到。做父親的騎著摩托車，後面載著妻子，孩子則站在父親的雙腿之間，面對這種景象，究竟是該感到危險？還是覺得溫馨？春香至今仍不明白。

不經意追著看的摩托車，不知為何，就停在了眼前。仔細一看，原來騎車的是燕巢工廠的陳威志，他對吃驚的春香說「妳好」。

「阿志！」春香睜大了眼睛，但還是不忘對坐在後座的女子點頭。除了女子之外，威志雙腿間站著一個可愛的男孩。大概是晚餐吧，摩托車兩邊把手掛著裝了便當和湯的袋子。

「阿志……你結婚了啊？」春香歪著頭問。

「啊，也差不多啦。」威志害臊的回答。在他背後應該是他太太的女孩啪的打了他一下，受不了地說：「你這是什麼說明？」

「原來如此，我都不知道。……那，這孩子是阿志的孩子？」

一直以為威志單身的春香不禁從椅子上站起來。威志不顧吃驚的春香，對看似太太的女子說：「公司的人。日本人，不知道是台灣高鐵的人還是日本鐵路公司的人，不過她常來我們燕巢的總機廠。」說明得很隨便。

「拜託！你這是什麼說明！」春香學他太太說。「……我的中文雖然很爛，但至少還聽得懂。」

「啊，抱歉抱歉。」威志一副現在才想到的樣子，慌了手腳。

「每次都這樣，跟小孩子沒兩樣。」威志的太太又從背後啪的打了威志的背一下。

春香把威志介紹給安西和Yuki。雙方簡短交談了幾句話，關掉摩托車引擎的威志問：「聽說今天沒跑出三百公里？」

春香說聲「……對」便垂下了頭。

「不過，星期一會再試吧？星期一絕對會成功跑出三百公里的。」

威志說得信心十足，所以春香微笑著問：「你這麼覺得？」

「我保證。因為那天是我生日。」

威志一副很好笑似的笑了出來。

「好了啦！快點！我肚子餓了！」

本來乖乖待在威志雙腿間的小男孩似乎聽膩了大人的談話，突然開始跺起腳來。「對不起喔。」春香摸摸他的頭。小男孩愣住了，抬起頭來看她，圓滾滾的雙眼，看起來似乎有點威志的影子。

「那麼，先走了。」

威志以日文對安西說，然後對春香眨了一下眼才發動摩托車。春香對威志的太太點了一下頭。她是個皮膚光滑細緻的女孩，微微冒汗的肌膚在餐廳的照明下發亮。

摩托車一走，春香就笑著對安西說：「他說，因為是他的生日，所以星期一試車一定會成功。」

「感覺就是台灣的男孩子。」Yuki也笑著說。

他們的燒烤正好烤好了，香噴噴地送了上來。春香一手拿著冰啤酒，忙著把燒烤往嘴裡塞。濕黏的晚風撫過流汗的肌膚。雖然不是真的相信了威志的話，但不知為何，她也開始覺得星期一的試車會成功。

一路徐行的列車緩緩減速，在試車起點的高架橋停車。因為要暫時先關閉所有電力，車內一點聲響都沒有。春香連旁邊山尾部長緊張的呼吸聲都聽得一清二楚。坐在通道對面的安西對他們說：

「我們也到計測車廂去吧。」

車廂裡還有大批日本聯合企業派來的工作人員，但大家都很緊張，沒有人開口說話。通道盡頭的車門上方有速度顯示。數位面板上以橘色的字顯示著「0 km」。

春香跟在安西和山尾部長身後，前往相連的計測車廂。那是為了試車改造的車廂，裡面的座位已經撤除，改放測量數據的器材，震動和速度就不用說了，電力系統也全部包含在內，分別有負責的人員操作。這節車廂的車門上方也有速度顯示，和一般車廂同樣的數位面板一樣，現在顯示的是「0 km」。

三人先穿過這節計測車廂，來到列車車頭。在操縱室前看到JR派遣的駕駛員村井，他以笑容迎接三人。

「辛苦了。」

對走上前來的安西，村井微笑著說：「我覺得今天會成功哦。」春香不知為何看向窗外。綠油油的稻田一望無際，有一台摩托車正騎在與遠處高高的椰子樹並列的田間小路上。

「今天是松浦先生駕駛嗎？」

山尾部長這麼問，「不，今天是我。」村井回答。

「總之，拜託了。」

山尾部長深深鞠躬，春香和安西也同樣行禮。台灣高鐵的工作人員們從計測車廂出現，「這邊準備OK了。」王主任告訴村井。

「希望今天能一次成功。」

村井拍拍年紀輕得足以當兒子的王主任的肩，對在場所有人笑了笑，便走向操縱室。春香他們所有人都對那個笑容點頭以報。

「那麼，大家也到計測車廂去吧。」

春香他們遵從王主任的指示，回到了計測車廂。路上，春香攔住王主任，向他道謝：「電視台的事，真的很謝謝你。」

「哦，我們才要為回覆得太慢道歉。」

日本電視台提出想拍攝試車情形的請求，他們答應了。那是一個叫作「新幹線飛馳台灣」的紀錄片節目的製作小組。過去因為工程延遲等問題，日本媒體以批判性報導居多，這是其中唯一一家從開始便釋出善意的電視台，所以春香也很想促成紀錄片節目的製作。

「根據一項調查結果，最期待台灣新幹線的聽說是日本觀光客。」

走在前面的王主任忽然回頭告訴春香。

「嗯。我也在一些資料上看過。」春香點點頭。

「台灣人則是疑心病很重，就算有了什麼新東西，也不會像日本人那樣馬上有反應，對我們台灣高鐵也一樣。」

「好像是。不過，就算不像日本那樣從一開始大家就搶著預約，以後乘客也一定會漸漸增加的。」

「所以，在那之前，得請日本觀光客多多捧場才行。」

王主任半開玩笑半認真的微笑說著。

「對於日本新幹線跨海行駛這件事，有很多日本人很有感觸，再加上地點是在台灣，日本還有很多對台灣懷抱著一種強烈鄉愁的世代。」春香繼續說。

「好像是。台灣高鐵那邊好像也收到了這類鼓勵的來信。我們都有點驚訝呢！」

「對日本的某一個世代而言，台灣是特別的。那種程度我們這一代是無法想像的。」

春香發現自己太激動，所以說聲「不好意思」道歉。

「希望今天能跑出目標速度。」王主任微笑著說。春香大力回答：「是啊。」春香他們進了計測車廂，不久，各部署便一一確認狀況。日本電視台的工作人員也進了計測車廂，在不影響作業的情況下，攝影機確實捕捉了各工作人員的動作。

「那麼，本日第一次試車開始！」

王主任的聲音響起。春香微微彎下腰，看了窗外。蔚藍無垠的天空，緩緩流動的雲朵。

啟動的震動從腳底傳來。春香看了看站在身邊的山尾部長和安西，兩人一副靜不下心的樣子，不住朝操作各計測機的工作人員處張望。

「開始出發。」

擴音器傳來操縱室裡村井的聲音，非常沉著有威嚴的聲音。車身緩緩啟動，負責各計測器的工作人員分別讀出數據的聲音開始此起彼落。車身漸漸加速，窗外的水泥牆向後消失，接下來，美麗的稻田和椰子樹以更快的速度消失。計測人員們讀出數據的聲音越來越響亮。從他們的音色也聽得出一切都很順利。等春香回神時，雙手已經如祈禱般在胸前合十。速度變得更快了。

「時速一百公里。」

擴音器傳出駕駛員村井的聲音，春香仍是雙手合十，看著車門上的數位面板。橘色的數字以飛快的速度從一百變成一百零五、一百一十、一百二十。

「震動正常。」

「集電弓軌道正常。」

「第一及第二電力系統正常。」

速度隨著工作人員們的聲音越來越快。當然，窗戶因為風壓而受到擠壓，但幾乎感覺不到震動。

「時速二百公里。」

擴音器又傳出村井的聲音，春香又朝數位面板看去。二百一十、二百二十、二百三十，速度繼續加快，過去的試車經常到這邊就減速。春香仍是雙手合十，不由自主閉上眼睛，讓腳底傳來的舒適震動主宰身體。「跑呀！跑呀！跑呀！」春香在心中吶喊，簡直就像自己的身體在台灣南部美麗的景色中奔馳。溫暖的風張開雙手迎向春香的身體。

「跑呀！跑呀！跑呀！」

閉著眼睛，在心中吶喊的春香，聽到安西和山尾部長低聲喊「衝啊！衝啊！」的聲音。已經是五年多前的事了，在東京辦公室接到成功敗部復活取得訂單的通知時，山尾部長對著電話叫「咦？拿到了？我們拿到了是吧！」的聲音再次響起。「成功了！日本的新幹線要在台灣開跑了！」春香想起自己為山尾這樣大叫的聲音熱淚盈眶的往事。速度又加快了。春香讓合十的雙手十指交纏，用力互握。

「拜託！拜託！」

春香閉著眼睛祈禱。就在這時候，附近有人低呼「喔喔！」下一瞬間，身旁的安西叫道：「成功了！」春香睜開眼睛，看向車門上的數位面板。

「301 km」

橘色的文字堂堂顯示著這幾個字。

「成功了……。成功了……」春香吐出這幾個字。

旁邊的安西突然抱住她的肩用力搖：「多田！超過了！超過三百公里了！」春香只能發出「……是。……是。」這幾個字。車廂內爆出歡呼聲和掌聲。以各自的語言互相稱讚彼此工作的話語，四處響起。春香拭去眼眶裡的淚水，抬起頭來，每個人臉上都帶著笑容。列車維持三百公里的速度，依然繼續順利行駛。

「多田。」

忽然間聽到山尾部長叫她，春香應了一聲「是」，但仍低著頭。山尾拉起春香的手，用力握著。「……謝謝部長。」春香含淚道謝。山尾把她的手握得更緊，「妳在說什麼？接下來還有得忙呢！」他回答的聲音，比春香抖得更厲害。

試車達到時速三百公里的興奮，一直持續沸騰到邀請台灣政經界重鎮，對各國媒體正式公開為止。之後，舉行了數次的試車仍持續穩定維持在運行時速三百公里。

頭一次達成目標那晚，主要工作人員們聚集起來，在高雄市內的台灣料理店盛大慶祝。當然，春香他們日本團隊也參加了，加入慰勞彼此工作的辛勞、由衷露出笑容的大批人群中，一直熱鬧到深夜。只是，第二天起要準備正式的記者會，所以春香等人回到台北事務所後，便馬不停蹄地工作。

向媒體發表當天，春香的工作是協助主持記者會的台灣廣告代理商，主要是忙著接待日本來的媒體，還安排了特別的花架，並由相當於日本內閣的台灣行政院院長坐上試乘列車的駕駛座，以日語下令：「開始發車！」試乘列車依照預定以六分鐘跑完二十五公里的測試區間。

試乘後，曾留學京都大學的行政院長表示「我在日本搭過好幾次新幹線，在台灣行走的歷史性的一刻，令我深深感動。高鐵非常成功」的影片，當晚在台灣的新聞節目中反覆播映了好幾次。

春香也在深夜回家前隨意去的餐飲店的電視上，看到了記者會的新聞。結束工作離開公司時，已經超過十點，這家賣台灣版「汁粉」——紅豆湯圓的店，除了春香以外沒有別的客人。向準備打烊的老闆娘點餐後，春香在看得見電視的桌位坐了下來。

電視開始播出影片的時候，老闆娘正好送來熱騰騰的紅豆湯圓，老闆娘就停在春香身旁，也抬起頭來看牆上的電視，低聲說：「啊，真的要有高鐵了啊。」

「真的呀。」春香強而有力的回答。

「耶，妳不是觀光客？」老闆娘吃了一驚。

「我在這邊工作。」

「這樣啊。這高速鐵路蓋好以後，我就很方便了。」

老闆娘的視線又轉到電視上。

「我娘家在高雄鄉下，爸媽現在身體都還不錯，可是以後會越來越差吧？我叫他們來台北跟我一起住，可是他們說台北又擠又吵，待一天頭就會痛。」

「這個建好以後，到高雄才一個半小時哦。」春香說。

「好像是呢。以前回去一趟要花好多時間，特地去搭飛機又很麻煩，所以難得才回去一次，等這個建好以後就方便了。」

節目已經播起其他新聞，但老闆娘還是抬頭看著電視。春香拿湯匙舀起熱熱的紅豆湯圓。又甜又熱的湯溫暖了因為站了一整天而精疲力盡的身體。

吃完湯圓，春香沒來由的想在夜裡的市區走走。明天也一早就排滿了工作，但她覺得直接回家睡覺太可惜了，於是便漫無目的在街上信步走著。她被晚風搖曳的椰子樹葉聲吸引，轉進了巷子。走進大馬路後的第一條巷子，馬路上計程車來來往往的噪音就消失了，被涼爽的風給吹散了。

春香忽然想打電話回家，便拿出手機。想起剛來台灣的時候，雖然有手機，但當時的環境無法隨便以手機撥國際電話，每次要打還得到便利商店去買電話卡來打公共電話。

響了幾聲後，接起電話的是母親。「喂。」春香一出聲，便聽到母親興奮的聲音：「春香？真是太好了！聽說跑出三百公里了是不是！」

「在日本也上新聞啦？」

春香邊問心裡邊想著不會吧，果然，「日本的電視還是一樣，什麼台灣的好消息都不會播。新幹線要在台灣開通，對日本來說明明也是一條大新聞啊。啊，對了對了，是妳爸爸從網路新聞上看到的，妳看，他還印出來給我看呢！」母親說。

在電話的另一頭，母親一定是想讓她看印出來的新聞，而搖晃著那張紙。

「總之，恭喜妳。真是太好了。」

對母親的話，春香誠心回答：「謝謝。」

「妳下次什麼時候可以回來？」

「現在還有得忙，暫時不行，不過下個月我打算休長一點的假回去。」

長長紅磚牆的一角有一棵大大的細葉榕，粗壯的樹枝垂下好幾根藤蔓般的氣根。樹底下正好有長椅，春香便在那裡坐下。位於十字路口的便利商店的燈連她的腳邊都照得好亮。

「在達成目標的好日子，媽媽也不想說這種話，不過妳也該好好把一些事情想一想了。」

「一些事情？」

「就是……妳大概會說媽老古板，但妳也早就過了三十大關了。」

「噢。」

一知道母親擔心的是結婚，春香不知為何就洩了氣。

「妳和繁之怎麼樣了？」

「什麼怎麼樣？」

「有沒有在聯絡呀？」

「有啊。回日本就會見面。」

「見面……。我跟妳說，男人和女人呀，沒有下一個目標，是不會有進展的。」

春香聽著母親的嘮叨，眼睛看向便利商店。兩個看似日本觀光客的女孩攤開地圖，從店內四處張望著走出來。

「喂？春香，妳有在聽嗎？」

耳邊響起母親的聲音，「有呀。我下個月回去，再聽媽說個夠。」春香這樣回答後便掛了電話。

大概是聽到春香的日文，從便利商店出來的兩個女孩叫住她：「不好意思，請問一下。」「好的。」春香一回答，她們立刻就把攤開的地圖拿到她眼前，「我們想到這裡去。」兩人同時指著地圖上的某一點。

她們指的是最近台北越來越多的精品飯店之一，這些飯店多半是小規模的建築，有些還悄悄隱身在巷弄裡。春香接過地圖，確認她們的位置。

「呃，現在我們在這裡。所以，那邊不是有一條巷子嗎？」春香指著便利商店再過去的地方。

「嗯，妳們看，就是停了一輛白色車子的地方。從那裡左轉，然後在第二條巷子右轉，就會來到這個廣場……」

女孩們認真聽著春香的話。不知她們是從哪裡走來的，臉上寫著疲憊，一副隨時都會一屁股坐在地上的樣子。春香從長椅上站起來，對她們說：「我帶妳們一起走到那附近吧。」

「咦，可是……」

兩人對站起來的春香露出過意不去的神情。春香不理，只管邁開腳步，經過便利商店，走進白色車子停車的巷子。

「真的很不好意思。」

跟在後面的女孩們惶恐的對她說。「妳們是從哪裡走過來的呀？」春香問。

「想說難得來了，就在前一站下車，想散散步，結果迷路了。」

春香繼續向前，走進通往廣場的巷子，在並排的細葉榕之後，已經可以看到廣場了。

「啊，看！是飯店窗戶看出去的那個廣場。」

女孩們齊聲說。春香停下腳步，把地圖交還給她們。兩個女孩深深鞠躬了好幾次，一面走向廣場。春香就這樣目送她們的背影，直到她們抵達廣場。

二〇〇六年 通車典禮

「台灣新幹線　電纜大盜橫行　抽出銅線銷贓大陸？　以高壓電防盜」

日本新幹線首次技術出口的台灣高速鐵路（台灣新幹線）建設工程，遇上偷剪電纜的電纜大盜橫行。通車延至今年十月，已較當初計畫晚了一年，還遇到這類防礙工程進度的障礙，因此自二月中旬起，全線將流通六千六百瓦的高壓電，以為「防盜」。

二〇〇六年二月三日《朝日新聞》的東京早報（節錄）

「台灣新幹線，訓練中脫軌」

日本新幹線首次技術出口的台灣高速鐵路（台灣新幹線）左營站（高雄市），於十月三十一日倒車訓練中，發生第一節車廂脫軌五十公分的意外。原因是台灣籍車掌未獲得日籍管制官的許可，便對法籍駕駛員下達發車許可。三人的共通語言是英語，問題出在人員之間溝通不充分。台灣新幹線的通車典禮預定在十二月七日舉行。在原訂通車日這天發生的意外，恐將影響今後的預定進度。

二〇〇六年十一月二日《產經新聞》的東京早報

圍起一道長長老紅磚牆的巷子入口，有一道由近百個粉紅色氣球繫起來的心型大門。巷子底的小小鋪石廣場上，喜宴正逢高潮，張起了大大的篷頂，擺了好多桌椅，聚集了大批來賓，熱鬧極了。從巷子到廣場都飾以紅布和原色霓虹燈管，處處都有美麗的鮮花。廣場上的喜宴還準備了卡拉OK，陸續登上簡易舞台的來賓們愉快的歌聲已響了好一陣子。賓客們坐在擁擠的桌位間吃著豪華菜色，還不忘為台上的人熱烈拍手。

新郎席的陳威志一直被敬酒，連喘口氣的機會都沒有。拿著啤酒、威士忌前來的，當然少不了從小一起長大的朋友、高中時代的朋友，還有燕巢總機廠的同事們、遠從台北南下的當兵時期的同袍，大夥兒不管威志大喊「我喝不下了」想逃，拎著他的後領，「這是什麼話！娶了這麼漂亮的太太不算，連可愛的兒子都有了！」硬逼他拿著酒杯倒滿酒。當然，倒酒的人也都已經醉了，所以不知道是把酒倒在杯子裡，還是潑在租來的燕尾服上。

雖嘆著氣望著新郎他們的醜態，但身穿純白結婚禮服的新娘子張美青也忙著與好久不見的女性朋友們拍紀念照，每當有人讚她「阿美，妳好漂亮！」她都要大聲回道：「那當然，為了今天，我可是減了三公斤呢！」

廣場上聚集了上百名賓客。當初邀請的人數只有這個數字的一半，但台灣的喜宴，尤其是這種傳統的戶外喜宴，除了左鄰右舍當然在邀請之列，前來祝福的人無不歡迎，因此一開始酒菜便多備了許多，但看這個樣子可能還是不夠。

新郎威志被灌酒，新娘美青與朋友聊個沒完，只有一個人很無聊，就是他們的獨生子，今年要滿五歲的振振。本來乖乖坐在雙親中間，但已經坐不住了，現在溜下席來，到各桌去招惹客人。各個桌子不時有女客發出尖叫，就是因為振振躲在桌子底下，拿龍蝦的鬚到處去刺女客的腳。

然後，旁邊那一桌又有人尖叫，將杯子裡的啤酒一口氣乾掉的威志喊著：「好了！振振！」去追想從桌子底下逃竄的振振。只是實在是喝多了，腳步踉蹌，身為伴郎、自國中起就是他好友的李大翔連忙拉住他的手。

「你走得動嗎？」

「安啦安啦。這時候稍微動一動比較好。」

揮開大翔的手，威志走向振振搗蛋的那一桌。坐這桌的，是燕巢總機廠的訓練長和同事們。振振已經不見蹤影，威志拿起啤酒，為喝紅了臉的眾人倒酒。

剛才尖叫的，好像是為了今天特地從台北趕來的多田春香。在她杯裡倒了酒，問聲：「龍蝦呢？」春香笑回：「又跑到下面了。」

「咦？什麼時候？」

威志往桌子底下看。振振也不管會弄髒特地為他準備的兒童禮服，正拿著龍蝦頭當車子玩。

「振振。」威志叫著想拉他的腳，他卻瞬間早一步逃脫，穿過坐在對面同事的雙腳間，跑到威志和美青親戚們坐的那桌去了。

威志放棄抓兒子，站起身來，便聽春香對他說：「高雄的喜酒果然比台北的熱鬧。」

「高雄如果在飯店辦，大家應該也會比較斯文一點……。對了，日本的喜酒是什麼樣子？」

「日本也差不多。喝醉的親戚叔叔伯伯會唱演歌，新郎也像威志這樣，被灌得爛醉。」
「哦，一樣嘛。」
「今天開始會放好幾天假吧？」
「沒有，只放明天而已。」
「這樣啊？你們不去蜜月旅行嗎？」
「因為現在很忙。我們講好說既然要去，就等通車以後，狀況比較穩定了，再請長一點的假出去玩。」
「你跟你那個漂亮的太太？」
「嘿嘿嘿。」
「我剛才聽說，她是你初戀的對象喔。」
「初戀？不是不是，才沒那麼誇張。算是孽緣啦……」
「又講這樣。」
高中的朋友從舞台上向他招手，看來是要叫他一起去唱歌。威志向春香說聲「多吃點啊」，一把抱起正好拿著龍蝦頭朝他腳邊跑過來的振振，就這樣直接上台。
「那麼，各位來賓，現在由新郎為大家高歌一曲！」
其中一個朋友立刻拿麥克風大叫。威志讓振振跨坐在肩上，拿起麥克風。這時候，因為振振剛好把龍蝦頭放在威志頭上，會場頓時轟然大笑。

威志讓振振坐在肩上，走下狹小的公寓樓梯，在一樓入口厚厚的鋁門旁一排排信箱前彎下腰，振振便伸長了手，幫忙確認：「沒有東西。」

來到馬路上，威志從停得密密麻麻的摩托車中拉出自己的老爺車。這輛摩托車是高中畢業時買的，車身遍體鱗傷也就算了，買的時候應該有的照後鏡已經不見，正面車燈的燈罩也破了，裸露的燈泡上還黏著蟲子的乾屍。他也知道是該換車了，但要特地去買又嫌麻煩。

威志讓振振坐在後座，自己也跨上摩托車。正要發動時，美青從二樓的窗戶探出頭來對他說：

「記得買牛奶回來。」

「好。牛奶就好？」

「我看看……」

威志發動引擎，沒聽完話就騎走了。「喂！什麼嘛！明明是你自己問我的！」美青生氣的聲音，讓身後緊緊抓住他的振振放聲大笑。

威志他們在結婚前兩個月就住進這間公寓。這個一房一廳的公寓絕不算大，但住起來很舒服，有三人睡起來綽綽有餘的大床，讓振振玩功夫遊戲的短短走廊，附第四台的大電視，還有調味料排排站的廚房，他甚至認為，除此之外，生活還需要什麼？當然，真要挑剔是沒完沒了的。好比想讓振振去學英文、學體操，想買車，想偶爾去旅行等等。然而，儘管如此，真是不可思議，三個人在這小小的家中摩肩擦踵地生活，就會覺得這樣也沒什麼不好。所幸，他們租的公寓離威志父母家很近，走路才三分鐘。所以最近振振去公園玩回來，一定會帶著朋友先去爺爺奶奶家。因為他知道，只要見到爺爺奶奶，不必在地上打滾哭鬧，就有冰淇淋讓他吃到高興。

「振振，你覺得呢？」

在大馬路上被紅燈擋住的威志，問身後緊緊抓住他、緊到幾乎會痛的振振。

「覺得什麼？」

振振為了壓過噪音大聲回答。

「媽媽的事啊。媽媽不是說想再去工作嗎？」

「很好啊，媽媽可以去工作。」

「那振振從幼稚園回來的時候，媽媽就不在家哦，爸爸也不在家哦。」

「沒關係啊。幼稚園放學以後，我就在奶奶家等。」

「要是被爺爺奶奶罵呢？」

「那我就去燕巢的外婆家。」

一定是美青事先教他的，但振振似乎不以為意。美青在加拿大留學時懷了振振，發生了許多事，最後美青放棄大學學業回到台灣，平安生下振振這個寶貝。威志之所以尊敬美青，就是因為她在生下振振後，在雙親協助下，回當地的大學就學，而且順利畢業。現在，美青暫停了飯店的工作。住在娘家時，振振是請雙親幫忙看管，但現在和威志展開三人生活，所以先暫停工作看看狀況。威志是認為美青想工作就去工作，只是，首先還是想尊重振振的意思。

「媽媽真了不起啊。」威志不禁低聲說。

振振似乎沒有聽見，所以沒有回答。這時候，燈號變了，威志的摩托車向前奔馳。

「爸爸！去工廠玩完了，會去外婆家嗎？」

振振用力抓威志的側腹。

「會啊，會去。外婆他們上次不是去日本玩嗎？有禮物要給你哦。」

「什麼禮物？湯瑪士？」

「不知道耶，會是什麼呢？」

威志加快了速度。雖然只是騎在塵土飛揚的馬路上，卻覺得「好幸福」。

把摩托車停在燕巢總機廠的停車場後，威志帶著振振走向本館。一進寬敞的大門，振振就從大大的樓梯爬上二樓。

「喂！不可以隨便亂跑！」威志朝著他叫，振振卻不聽。

威志也跑上樓梯，前往訓練長的辦公室。訓練長正好來到走廊上。

「咦，你今天不是休假？」

被訓練長一叫，威志便走了過來：「訓練長，有點事想拜託你。」

「拜託我？什麼事？」

「……我們不會進去的，可不可以讓我兒子再參觀一下工廠？」

威志在後面邊走邊問，訓練長皺起眉頭問：「又來了？」

「我知道外人禁止進入，所以我會像上次那樣，讓他從外面看的。」

「這裡可不是小孩子的遊樂場。」

「我知道啦。呃，好啦，就當作是結婚禮物。」

對於威志這種搞笑的說法，訓練長也受不了：「你結個婚是要收幾次結婚禮物啊？」訓練長一進會議室，威志便自顧自說：「已經徵求同意。」便去找應該在長長走廊上到處跑的振振。

威志在連接本館與宿舍的長廊逮到振振，帶他到總機廠。「探險」被打斷，振振很不高興，但一看到大門大開的工廠裡的新幹線列車，便「喔喔！」開心大叫。

「只到這裡，不能再進去囉。」

振振一副隨時要跑進去的樣子，威志拉住他的襯衫。

威志他們負責的列車維修相關訓練幾乎已經結束了。回想起來，當初是用課本學，再用模型學，後來終於能在工廠內接觸實際使用的機材和訓練用的零件。列車真正進廠時的感動，他至今仍記憶猶新。單純覺得「好大」是威志的感想，但同時他也學習到這巨大的列車是多麼的纖細，不禁心想「我會好好愛惜你的」。目前，總機廠內只檢測試車用的列車，但等不久通車後，便會展開季檢、半年檢，以及期間長短不同的各項定期檢查，這座總機廠也會全力啟動。

振振對列車當然有興趣，但對拆下來的車輪等各部位零件似乎也很有興趣。看到沒看過的零件被吊車吊起來開始移動，便問：「那是什麼？要裝在哪裡？幾個月換一次？」挺有模有樣的。

威志拉著振振的襯衫看著工廠內部，忽然有人從背後叫他，是休息完回來的同事張家洋，只見他笑著說：「又帶來了喔？」

「因為這裡免費啊。」威志也笑了。

「戴上安全帽，應該可以進去吧？」

「不用、不用。這次進去，下次他就會吵著要坐駕駛座了。」

振振似乎沒在聽大人的談話，拿著家裡帶來的相機拍起照來。

「可以從那邊拍嗎？」

振振指著另一道門。威志叮嚀：「絕對不可以進去哦。」然後放開振振的襯衫。望著振振跑向不遠處的門，家洋喃喃說：「真不可思議。」

「什麼不可思議？」威志問。

「頭一次看到振振，就是剛好在六合夜市遇到的那一次，你記得嗎？那時你和當時還只是女朋友的老婆，還有振振在一起。」

「有嗎？」

「有。那時候，雖然你抱著振振，可是他看起來就只是你女朋友的兒子，可是現在，真的就像你兒子。」

看家洋語氣忽然變得感慨萬千，威志笑著說：「那當然了，他是我兒子啊。」

「哎，是沒錯啦……」

說到這裡，家洋中斷了談話，先看了一下振振，才小聲說：「你要怎麼辦？萬一振振說要去找真正的爸爸。」

包括家洋這些同事在內，前幾天來吃喜酒的客人都知道振振不是威志的親生兒子。然而，知道振振親生父親是美青在加拿大大學認識的日本人的，就只有威志的家人、死黨李大翔，以及家洋而已。威志和家洋是到總機廠工作才認識的，但不知為何，兩人一見如故。

「這個喔，到時候再說囉。」威志回答。

「你們不是把實情告訴他了嗎？」

家洋似乎是真的很擔心。

「美青全都說了啊。不過振振能理解多少又是另一回事。」

「那麼，就算振振不想，將來要是那個日本人跑來說想見面呢？」

「不會的。」

「為什麼？」

「因為當初是他和他爸媽一起求美青把孩子拿掉的。」

聽了威志的話，家洋大驚失色。

「反正，敢來就來啊，那就來場父親的決鬥吧！」威志故意搞笑地說。「……就算是再怎麼沒肩膀的日本混蛋，振振身上終究是流著他的血，而且……啊，對了，就是嘛，跟我們的高鐵一樣啊。不管裡面有多少日本的技術，只要是台灣人在台灣開的，就是台灣的新幹線不是嗎？只要我們好好用心栽培就好啦。」

本來只是隨口把想到的話說出來，但說完後自己也覺得很有道理。

「……當然，我也覺得那個日本男人是王八蛋。不過想一想，要是沒有這個王八蛋，我也就見不到振振了。」

威志覺得自己有點太多話了，聲音也變高了，與其說是真心話，更感覺像是藏在心底的東西滿了出來，不禁有點著慌。大概是察覺到他的心情，家洋什麼都沒說，只是用力拍了一下威志的背。

「振振！你到餐廳去，跟阿姨說『請給我紅豆剉冰』，說是張家洋叔叔叫你去的。」

家洋對振振說。振振拚命掩飾著高興的心情看著威志。威志點頭說聲「去吧」，振振隨即拿著相機就往餐廳跑。腳邊又短又濃的影子彷彿追著振振般跟著他。

●

感覺到來幫忙做家事的甲田開始收拾東西準備要走，在書房寫完信的葉山勝一郎趕緊貼上郵票。拿著信一進廚房，甲田正好脫下圍裙對他說：「那麼，我差不多該走了。」

「辛苦了，甲田太太，不好意思，這個，可以麻煩妳幫我丟進郵筒嗎？」

甲田望著勝一郎遞給她的信，嘴裡唸出「台灣」。

「嗯，是我學生時代的朋友。」

「對喔，葉山先生是在台灣出生的嘛。」

「是啊。終戰回來之後，一次都沒回去，一直到一年前，事隔幾十年才回鄉。那時候和這個朋友重逢，後來偶爾會通通信。」

甲田的神情似乎有些不解，困惑地說：「說的也是，是『回鄉』呢。不過，一聽到『回鄉』，就會讓人聯想到日本的鄉下。」

「的確沒錯。」勝一郎也附和。

再次細看信封郵票的甲田喃喃的說：「原來寄信到國外不怎麼貴嘛。」然後說聲：「那麼，我會確實把信投進郵筒再回去的。」就把信放進她自己的包包。

自從妻子曜子死後，勝一郎便一個人生活，但畢竟是男人過日子，無法像妻子在世時那樣維持家中的秩序，結果在朋友介紹下，請這位甲田來做家事，一週三次。甲田太太大約六十左右的年紀，兩個兒子已經獨立了，夫妻兩人的生活沒有經濟困難，但她仍繼續做這份工作，當作運動。請甲田來幫忙之前，勝一郎並沒有丟下家事不做。他也試著學妻子的做法來維持生活品質，但時間久了，無論如何都會出現差異。好比餐桌，他自認為每天用過後都有整理，但某天那裡便留下了面紙盒，留下了吃剩的煎餅，留下了報紙和傳單。雖不至於妨礙用餐，但是與妻子生活的那幾十年中，這張餐桌上總是空的。

勝一郎跟在甲田身後，送她到門口，看著甲田穿鞋，「啊，等等。」勝一郎叫住她。「什麼事？」甲田抬起頭來問。「不好意思，剛才那封信，我還是自己寄好了。」他伸出了手。

「沒關係呀。到車站路上就有郵筒了。」

「啊，不是的，有個地方我想改一下。」

甲田接受了勝一郎的說詞，從包包中取出信來。

「那麼，我告辭了。我後天再來。」

「好的，麻煩妳了。」

目送甲田離去，等看不見她的人影之後，勝一郎關門上鎖，直接在架高的地板上坐下來。小心翼翼不撕破還沒用過的郵票，打開剛剛才封好的信。

與中野赳夫，也就是呂燿宗的通信，從前年重逢以來便一直持續著，每逢季節更迭便寫上一封。從季節問候開始的內容雖然流於形式，但也會不時添上懷念少年時期的內容，勝一郎自己是懷念地回想起過去種種，而中野似乎也因為一度斷了的線又連接起來而感到開心。

勝一郎坐下之後，再次重讀打開的信。本來託甲田投遞的信又特地拿回來是有原因的。寫的時候他並不怎麼在意，但剛才與甲田提到「回鄉」云云的話題時，忽然覺得有部分內容不太妥當。勝一郎小聲讀出那個部分。

……每次去給妻子掃墓，總令我無比感傷。我們沒有孩子，如今儘管因沒有牽掛而感到自由，但一想到自己遲早也會進這個墓和妻子相伴，便深深感到，十年前和妻子商量買下的這東京郊外靈園的小方塊，是與我們毫無關聯的土地。我不禁會想，屆時不如乾脆和妻子的骨灰一起長眠於我們一起生長的台灣某個晴空萬里的地方。

讀完之後，勝一郎再次把信紙折好放進信封裡。重讀之後，明明是平淡無奇的段落，但卻覺得自己似乎寫得過於誇大了。

甲田回去後，勝一郎吃了略早的晚餐。甲田來的日子，一定會做晚餐。今晚鍋子裡燒了鰈魚，冰箱裡有保鮮膜封好的馬鈴薯沙拉。

勝一郎把鰈魚盛到盤子上，泡了即食味噌湯擺在餐桌上，用微波爐熱了中午剩下的飯。一個人吃飯雖然寂寞，但習慣了也沒什麼，倒是年近八十了食欲還這麼旺盛，反而自己都覺得受不了。

迅速解決了晚餐後，勝一郎洗了碗，開始將今早剪下的報紙歸檔。最近他一定會剪的是台灣新幹線的相關報導，歸檔起來並不是為了有什麼用途，只是每天打開早上送來的報紙，其中要是有台灣新幹線的報導，便不禁感到高興。

今天報上刊登的報導，是原本預定今年十二月七日舉行的通車典禮，因為一再發生脫軌意外，有極高的可能性會延期。幾個月前，看到試車達到時速三百公里目標速度的報導時，勝一郎內心雀躍萬分。平常只要刊登與台灣相關的報導，也不知是不是對中國有所顧慮，無論多好的消息最後總是要來上一記回馬槍，這是日本媒體的常用手法，但也許是勝一郎的心理作用，這一次，似乎連記者的筆也毫無顧忌顯得相當興奮。

後來，通車典禮定於十二月，還以為終於要通車了，但關於駕駛員不足、脫軌意外等報導卻增加了。勝一郎每次剪這種報導時，心情都為之低落，但最近忽然發現，其實自己對這類報導並不是心情低落，反而有鬆了一口氣之感，簡直就像等台灣新幹線一完成，好像有什麼也會一併結束似的。

勝一郎把今天早上剪下的小幅報導貼在檔案夾裡。正想著要洗澡，走向浴室時，起居室的電話響了。勝一郎應著：「好好好，來了，這就來了。」又回到起居室。

拿起聽筒，另一頭傳來的是劉人豪的聲音。他省略了問候，直接問：「這個星期天，可以去打擾嗎？」

「可以啊。有什麼事嗎？」勝一郎問。

「沒有，沒什麼大事，只是在想不知道方不方便去打擾？」

明明是個外國人，卻說起這種迂迴曲折的日文，勝一郎暗自覺得好笑，但仍回答：「反正我一整天都在家，隨時歡迎。」人豪便說：「那麼，我兩點多三點的時候去打擾。」然後就掛了電話。

勝一郎也放下聽筒。自從人生頭一次返鄉回台灣請人豪作陪以來，人豪動不動就擔心高齡獨居的勝一郎，即使沒事，一個月也會來看他一次。來玩的時候，也沒什麼特別的話題，但被人豪問到：「為什麼日本的車站建築都那麼土氣呢？」勝一郎就會回答：「大概是因為國鐵重視機能性甚於外表吧。」

「可是像東京車站，還有台灣現在還保存的老車站，不都是宏偉的紅磚建築嗎？」

「哎，所以有部分原因也是為了消除那個森嚴時代的記憶啊。」

「原來是這樣啊？真可惜。當然我不是認為戰前的日本比較好，只是覺得那個時代的建築物真的是融和了東西之美。」

這一聊，就會聊上大半天。結果就變成「一起出去吃個晚飯吧」，兩人就到車站前的蕎麥麵店喝點啤酒吃晚餐。

掛了電話之後，勝一郎泡在甲田幫忙放的洗澡水裡。水有點涼了，伸手要按牆上的控制面板加熱水時，忽然想起人豪「沒有，沒什麼大事，只是在想不知道方不方便去打擾？」這迂迴曲折的說法，而觸動了直覺，想著：「嗯？莫非……？」這一想，不由得露出笑容。莫非，人豪要結婚了？他會不會是來報告的呢？不不，搞不好還會帶著女方一起來介紹給他呢？勝一郎笑得更開懷了。人豪本人從來沒提過這方面的事，但以他的年紀，結婚也不算早了。就勝一郎的印象，他一副目前樂在工作的樣子，以為姻緣離他很遠。不過，其實這也輪不到勝一郎來擔心。

下個星期天，人豪按門鈴的時候，勝一郎正在起居室打盹。平常為了怕晚上睡不著他是不午睡的，但今早因為天氣實在太好，散步散得比平常久，到了下午就累了。

勝一郎住的地區有一所占地廣闊的圖書館，一樓的閱覽室設有寬敞的戶外座位，在好天氣的日子裡，常見許多年輕人躺在前方的大片草地上，悠閒看書。平常這所圖書館是他散步的折返點，但今天早上，照例在閱覽室裡隨意翻了雜誌後，他走到了下一站去。這條路他好幾年沒走了，變化大得驚人。以前還殘存的一片菜田已經整好地，建起了十層樓高的大樓。這一帶以前還零星留著古老的大宅，有傳統建築才有的樹籬和石牆，以前和妻子曜子經過的時候，會不禁發出「還是老房子有風格」的感想，但這些也在這幾年間變了樣。有氣派樹籬圍繞的那幢大宅被拆了，現代風的清水混凝土式房子一蓋就是三棟。所幸，鄰站站前那家和菓子店還在。妻子曜子愛吃這家店的地瓜羊羹，忽然想起這件事的勝一郎買了最小的一盒。

請人豪進屋後，勝一郎打開窗戶讓房間透氣，並對他說：「啊，對了對了，有地瓜羊羹哦。」

本來正要坐在餐廳椅子上的人豪便說：「那我來泡茶吧。」一副熟門熟路的樣子開始煮水。

「熱水壺裡應該還有剩，不過，還是現煮的好。」

勝一郎打開買回來後就直接放在餐桌上的地瓜羊羹，說道：「太麻煩了，就這樣吃吧。」便從盒子裡將被繫繩綑綁著的地瓜羊羹，分成兩個、三個的拿出來。

「人豪，難得的星期天，你沒別的事做啊？來我這老先生家裡玩，也沒什麼意思啊。」

勝一郎看著背向自己，專心看著茶壺底下瓦斯爐火的人豪，儘量以讓他容易開口的方式說著。

「其實，是有件值得高興的事。」人豪回頭說。

來了來了——勝一郎已經快露出笑容了。

「其實，我得獎了。」

「咦？」

「之前我設計了中禪寺湖畔的別墅，就是把一幢舊日式旅館改建成私人別墅。我可能向您提過。」

「哦，這件事你說過。和屋主起了爭執，很棘手的那個案子是吧？」

「是的。可是，最後是以雙方都能接受的形式交屋。吵過架再和好，交情果然會更深。到現在，我和屋主太太還會通信。那一帶，每個季節的景色都有不同的風貌不是嗎？春夏秋冬各異其趣。所以屋主太太現在都會把別墅被紅葉圍繞的樣子、在雪景中的樣子寄給我。」

勝一郎靜聽人豪的話，但還是無法放棄自己的預感，認為他今天來訪一定是為了報告要結婚的消息。

「就是那幢別墅得獎了？」

「呃，是的。」

「很棒呀！」

「呃，嗯。是。」

「原來是這麼回事，我一心還以為你是來報告結婚的呢。」

「結婚？我嗎？沒有沒有。」

「因為你不是說，有點事情要告訴我嗎？」

「啊，是的。」

「不過，別管這個了。總之這是個好消息啊！那，得了什麼獎？」

到這時候，勝一郎才明白自己的預感一點也不準。

「呃，是叫作『瑞士國際建築大賽』的獎，由瑞士財團辦的，不過就頒給新進建築師的獎來說，算蠻大的。」

「瑞士國際建築大賽？那不是很有名的獎嗎？連我都知道。」

「呃，嗯。」

「怎麼啦？怎麼不太高興？」

和幾乎要拍起手來的勝一郎相比，眼前的人豪不知為何，連笑容都沒有。

「不是的，我很高興，非常高興，可是怎麼說呢？在日本，若要用日語表達，可以說是從沒這麼高興過，所以不知道該怎麼辦，不知道該怎麼用日文表達這份高興……。雖然在公司裡，大家都一直向我道賀。」

人豪的解釋讓勝一郎放聲笑了。

「你愛怎麼高興就怎麼高興啊！可以大叫『太好了！太好了！太好了！』」

勝一郎替他高舉雙拳。看著勝一郎的樣子，人豪也有些顧慮地跟著說：「是嗎？『太好了！太好了！太好了！』這樣？」

「不對不對，要更帶勁，太好了！太好了！太好了！你試試。」勝一郎又舉起拳頭來催他。

略略躊躇之後，人豪也學著勝一郎，「太好了、太好了……太好了！」這次真的舉起了拳頭。

「太好了。」勝一郎再次道賀。

「是，謝謝您。」

大概是太難為情，人豪竟在這時候泡起茶來。

人豪說，等一下要出席公司同事幫他開的慶祝會，在終於坦率露出開心表情的人豪回去後，勝一郎還沉浸在柔和的喜悅中。人豪得了知名建築獎固然值得高興，但他特地在慶祝會前抽空來報告的心意，更是讓勝一郎感激。

人豪走了之後，勝一郎仔細調查了瑞士國際建築大賽是個什麼樣的比賽。人豪說「還蠻大的」實在是太客氣了，歷屆得獎人中，不乏後來卓然成家的建築大師。據人豪說，中禪寺湖畔的那幢別墅因為匠心獨具，而獲得評審團高度的評價。「因為是日本人要住的別墅，所以我希望儘可能設計成日式風格。只不過，因為我是台灣人，結果無論如何都會是我所見過的日式，也許正因為這樣，才獲得歐洲建築師們的青睞吧。我認為日本建築的優點在於內部，像和服的襯裡也是，就拿數寄屋造來說，那大大突出的屋頂底下，內側的樑木之美，真的很難形容。」

人豪有些激動的和勝一郎談論。光是聽他終於真正讓喜悅爆發出來似地談論著，勝一郎便覺得好像又體會睽違數年的工作成就的喜悅了。聽人豪說，頒獎典禮下個月下旬將在日內瓦舉行。既然有這個機會，他要帶父母一起去。

在那之前，他要利用休假，先回台灣一趟兼向家裡報告這個好消息，勝一郎不禁又提出：「如果不嫌麻煩，可以帶我一起去嗎？」人豪當然一口答應。雖是一時興起，但接下來聽著人豪開心的談話，勝一郎心中忽然有個想法：也許這將會是他最後一次的台灣行。

●

「喂——，大家，先停下手上的工作，過來集合一下。」

被台灣高鐵總公司叫去的山尾部長一回辦公室，便叫大家集合。春香停下正在寫的回信，看著山尾直接走進會議室的背影。今天早上，山尾應該是到台灣高鐵總公司去出席決定正式通車日的會議才對。山尾回來時的臉色不像之前那麼難看，但也不算開朗，所以得到的結論可能不是開始營運或又要延期，但也不足以令人滿心歡喜。

大家中斷各自的工作，進入會議室。春香一站起來，就聽到安西從背後問道：「又要延期嗎？」

「可是部長好像沒那麼不高興喔？」

「的確。」

春香和安西一起進了會議室。集合的雖然才五、六個人，但因為會議室小，所以很有壓迫感。

「我剛去高鐵總公司開會回來。」

「決定了嗎？」

安西等不及山尾說完便問。

「喂喂，讓我說完啊。」山尾責怪他。

「對不起。」

安西低頭道歉，「不過呢，大家也都急著想知道吧？」山尾也笑了。

「……呃，以結論而言呢，台灣新幹線的正式通車日已經決定了。」

山尾的話，引起了「喔喔！」的小小歡呼。

「正式通車日是明年二〇〇七年一月五日。」

歡呼聲更高了。春香也歡呼著，並與安西對望。當然要做的事還堆積如山，但至少這一刻，他們頭一次正式看到了終點。

「只不過……」

山尾朝熱烈歡呼的春香等人潑冷水，歡聲立刻變成嘆息：「咦？又怎麼了——？」「又有什麼問題嗎——？」

「喂喂，你們也太極端了吧？先聽我說。正式通車日是過完年的二〇〇七年一月五日，這是確定的。只不過，和行政院交通部協商之後，正式發表定在十二月下旬，也就是延到通車前幾天。理由呢，有很多啦，不想也不能在發表後又延期，所以乾脆延到最後一刻再發表，很像在要特技就是了。」

對於山尾的解釋，包括春香在內的所有人都沒有異議。何止沒有，甚至認為這是明智之舉。老實說，這種程度的特技，春香不僅不會感到吃驚，還覺得自己可能也會這麼做。

「所以詳細情形呢，是一月五日正式運行。當天的典禮簡單隆重就好。但是，陳水扁總統會試乘，宣布正式通車。再來就依照預定，從五日起正式營運。自當天起，有十天的特別期間票價半價優惠。」

聽完山尾的說明，春香等人紛紛點頭。一想到這七年的終點竟然是這樣，不免有種「就這樣？」的感覺，但仔細想想，通車日其實不是終點而是起點，也許這樣的起跑方式才踏實。

春香正想離開會議室時，被山尾叫住：「啊，對了。多田，妳留下來一下。」

「好的，有什麼事？」

「嗯，這個嘛，妳先在那個位子坐下來。」

春香在指定的沙發上淺淺坐下。

「多田，明年起妳有什麼打算？」

「咦？」

春香老實的反應了山尾的問題。其實，她根本不知道部長在問些什麼。

「明年起呀，明年。」

「……明年……嗎？」

「妳也真糊塗。台灣新幹線通車，我們在這裡的工作就結束了啊。」

山尾一副受不了她似地笑出來。

「啊，啊啊。對、對喔。」春香連忙回應，但卻掩飾不了內心的動搖。當然，腦子裡是很清楚的，台灣新幹線一通車，自己在台灣的工作就結束了。只是，這麼理所當然的事自己這幾年來竟然從來沒想過，不禁令她大為錯愕。

「想一想，就只有妳跟安西了，從一開始就一直待在這裡。」

感慨萬千低聲這麼說的山尾，眼眶有點濕了。

「請問，安西先生呢？」春香問。

「之前我也稍微問過了。這個嘛，公司是想以這次台灣新幹線的成功作為基礎，把新幹線帶到中國本土、墨西哥、巴西等地。我想，等這裡結束，多半就會展開對這些國家的企劃。安西應該會被任命為其中一個企劃案的組長。他本人似乎也幹勁十足。」
春香試著想像安西站在山尾現在的立場，不禁想起剛來台灣就任時，安西連汗怎麼擦都不知道的那副不可靠模樣。
「這跟性別無關。如果多田有意願，我會大力推薦妳。職位要和安西一樣也許有困難，但我會幫妳找到就妳年齡而言算破格晉升的工作。當然，就算回東京總公司，妳這個年紀就做過這樣的工作，各部門一定會搶著要的。」
對於山尾的話，春香誠心道謝：「謝謝部長。」接著又加了一句：「可以讓我想想看嗎？」
「當然可以。妳好好想吧。台灣很近，但要是墨西哥或里約熱內盧，情況就不一樣了。」
春香從沙發上站起來，默默行了一禮，準備離開會議室。然後她忽然停下腳步，回頭問：「山尾部長，您還記得嗎？」
「嗯？」
「我剛才突然想起來，我們得到消息，知道日本聯合贏得台灣新幹線訂單的時候，山尾部長在東京的辦公室裡，握著電話聽筒做出勝利姿勢，大叫『各位，我們辦到了。……我們辦到了，日本的新幹線要在台灣行駛了！』不是嗎？那已經是將近七年前的事了。」
「已經七年了啊。感覺好像昨天才發生吶。」
「後來，我也像現在一樣，被部長叫到會議室裡。然後部長突然問我：『多田，妳願不願意去台灣？』部長，您還記得嗎？接下來您對我說了什麼？」

「不記得。我說了什麼？」

「您說，『台灣新幹線預定於二〇〇五年十月通車。如果要去，不是一年兩年的事。怎麼樣？願不願意考慮一下？』」

「預定二〇〇五年通車？」

「就是呀！我就是被這句話騙了……」

說到這裡，兩人都忍不住笑出來。可能是笑聲太大了，碰巧經過的工作人員從敞開的門探頭進來問：「怎、怎麼了？」春香笑著說：「沒什麼。」又把他推了回去。

要走出會議室時，部長又叫住她：「多田！」

「是。」

「當時，幸好我騙了妳。啊，當然我沒有要騙妳的意思，可是結果是騙了，不過我還是很慶幸騙了妳。要是沒有妳，也不知道我能不能撐到現在。」

春香想一如往常以笑容帶過，但是，想笑卻差點哭出來。「謝謝部長，我也很慶幸自己被騙了。」春香只答了這句話就離開了會議室。

那個週末的星期六早上，春香醒來時，舒暢得連自己都感到訝異。也不知道哪裡和平常不同，總之就好像從頭到腳，甚至每一個細胞都伸著懶腰說：「啊～，睡得真好～。啊～，好舒服～。」似的，以這種節奏在全身躍動。

依照計劃，週末她本來也打算去上幾小時的班。並不是有什麼緊急的工作要處理，但只要去上班就有做不完的工作，這種情形已經持續快兩年了。

離開床鋪的春香照常開始準備出門上班，但嘴裡卻忽然蹦出「今天就算了好了」的話。對著鏡子裡的自己打暗號：「翹班吧？」鏡子裡，睡昏頭的臉上，漾開了融化般的笑意。

春香邊刷牙邊來到小陽台。她覺得，自己之所以感到舒暢似乎和天氣也有關，大樓對面是整片台北難得一見的秋日晴空，眼底下，一如往常的台北早晨已經啟動，黃色的計程車連成一串，摩托車在車縫間穿梭，馬路對面的巷子裡，賣粥的攤販冒著熱氣。在噪音、香料味和耀眼的朝陽中，春香最愛的台灣早晨開始了。

打點好後，春香飛也似的離開房間，她照例先去了賣粥的攤販。最近長男娶了媳婦的老闆娘招呼她：「哎呀，今天也要上班？」

「今天放假。等一下，我要到台北市內四處走走。」春香微笑著，接過隨時都會滿出來的粥。

「走在這吵吵鬧鬧的市區，也沒什麼意思吧？」老闆娘很驚訝，但春香只是報以微笑，把熱騰騰的粥端到桌上。

「那妳要去哪一帶呢？」

春香正在喝粥時，老闆娘問。

「還沒決定，不過，可能會去國父紀念館那邊逛逛延吉街……不然就搭捷運到台灣大學，在永康街喝杯好喝的卡布奇諾，好好計畫一下……」

光是和老闆娘說說，腦海中便已經出現了一幕又一幕的景象，越說越是開心。不知是誰曾說過，香港這個城市，「流動的景色世界第一」。好比從雙層巴士頂上經過的彩色招牌，從攀上太平山頂的纜車車窗流過的高樓大廈。於是春香這麼想，如果香港這個城市的「流動景色是世界最美」，台北這個城市就是「凝靜的景色世界第一」。

像是走在巷子裡，忽然為打濕的細葉榕停步。從那裡看出去，便是一大片街角的風景。

春香放下舀粥的湯匙，實驗般當場站起來。不顧粥攤訝異的老闆娘，從店頭走幾步來到大馬路站定。春香原地轉了一圈，並環視四周。攤販擺出色彩鮮豔的水果，冒著蒸氣令人垂涎欲滴的包子，疾馳而過的摩托車，香煙裊裊的孔廟，蓋子打開的塑膠桶，路邊暫停的賓士，遠方高聳入雲的一〇一大樓……。還有，不解地抬頭看著佇立在路旁的春香的可愛平頭小男孩。

春香小聲說：「果然很美。」並摸摸男孩的頭。「妳看到了什麼？」男孩問。春香回答：「全部。」又摸了摸那刺刺的頭。

●

「真的沒關係嗎？」

葉山勝一郎把從行李箱拿出來的西裝掛在衣櫥衣架上時，從廁所出來的劉人豪問。人豪幫他預約的台北市區飯店很乾淨，窗外看得到從台北松山機場起飛的飛機。

「哦，沒關係。真的要謝謝你這麼幫忙，訂機票訂飯店什麼的，全部都包辦了。」

「這沒什麼……。呂燿宗醫師幾點會來？」

「呂燿宗？……哦，中野啊。我認識他的時候他叫中野赳夫，所以聽到那個名字一下子會意不過來。」

勝一郎看了看表，已經超過五點了。

「說好是六點會來接我。」勝一郎回答。

「要是有什麼事，請隨時打我的手機。呃，鑰匙和明天以後的早餐券我放在這裡。」

「嗯，謝謝。……啊，對了對了，我帶了點東西給你父母。」

勝一郎打開蓋上的行李箱，取出在市谷和菓子店買來的仙貝，追上已經走向房門的人豪交給他，他惶恐收下：「不用費心的。真不好意思。」

「這是老先生偏好的零食，也不知道他們喜不喜歡。」

「正好，因為我什麼都沒買。」

人豪這個青年，雖然謙虛，卻不會太過謙虛，這一點讓勝一郎很中意。

「那麼，要是有什麼事，請您真的要隨時和我聯絡。出發那天早上，我會來接您的。」

「嗯，真的，一切全靠你費心了，謝謝。」

勝一郎為了送離開客房的人豪，也跟著要來到走廊。那一瞬間，人豪喊著：「啊，門是自動鎖。」連忙按住門。

「啊，對喔，我都忘了。」

朝苦笑的勝一郎揮揮手，人豪走上長長的走廊。勝一郎從門口探出半個身子，目送他的背影。

回到客房，勝一郎環視室內一圈。巨大的床恐怕有一坪大，上面鋪的床單沒有半點皺折，窗邊茶几的籃子裡，裝了很多水果。據說人豪有朋友在這家飯店工作，所以給了很大的折扣。將房間看過一遍之後，勝一郎打開了浴室的門。地板和牆全都是大理石，大大的鏡子前，光是肥皂就放了三、四塊。勝一郎發出「哦——」的一聲，有意無意地看著鏡子裡的自己。

前年，同樣是託人豪處理種種旅遊事宜而頭一次回到台灣時，只做了四天三夜的短暫停留。又不是有工作，想待久一點當然不成問題，但該怎麼解釋才好？勝一郎認為，那是因為回到故鄉台灣後，他沒有把握自己心中會產生什麼樣的感情。

當然，衷心期盼的台灣行才四天三夜，他也覺得太短，然而反過來說，正因為思念太過強烈，才怕自己連四天三夜都無法承受。事實上，現在回想起當時的停留，總之就是時間在匆促中過去，因而沒有閒情逸致沉浸在感傷中，但若不這麼做，就不知道自己會變成什麼樣子，他甚至認為自己是一開始就下意識把旅行期限訂為四天三夜的短暫停留。前年來的時候，與中野赳夫，也就是現在的呂燿宗，相隔六十年才重逢。當然，重逢的那一刻，心中湧現出滾燙的情感，但接著便忙著消化中野替他安排的旅程，連把這份情感好好說出來的時間都沒有。恐怕中野也是對這份火熱的感情感到難為情吧。到達當晚，為他舉辦的歡迎會，包括同學在內，有將近二十個人參加，時間在大夥熱熱鬧鬧大談昔年往事中，轉眼就過去了。

第二天，他婉拒了中野帶他出遊的提議，請人豪陪他在台北市區觀光。從台灣總統府到中正紀念堂、行天宮和龍山寺，還去了故宮博物院，晚上，人豪則帶他到士林夜市。這都要怪勝一郎，是他要求走一般的觀光路線，當然到處都感受不到自己的青春時代，但話雖如此，若問到哪裡去才能感覺得到？在時隔六十年的台北，他實在也毫無頭緒。

回國那天，中野到機場來送行。彼此似乎都有千言萬語想好好傾訴，中野說：「下次來的時候，待久一點慢慢玩。」

「我很快就會再來的。」勝一郎回答。

「好，我等你。」

「在那之前你可別死啊。」

「你也是，可別說走就走。」

雖只是臨別之際的三言兩語，但在面目全非的台北街頭走了一整天都沒找到的東西，似乎就在這裡。

回國後，他與中野保持季節問候這種程度的通信。只是，他還未能好好把妻子曜子的事告訴中野。

茫然看著鏡子時，電話響了。洗臉台旁也有電話，一接起來，飯店人員就以流利的日文告訴他：「呂燿宗先生在櫃檯找您。」勝一郎簡短道謝後掛了電話，一出浴室就就穿上剛才才從行李箱拿出來的西裝。

中野就在一樓大廳。

「喔！」

勝一郎舉起手來打招呼，中野也同樣舉起了一隻手。

「抱歉吶，還讓你特地過來。」勝一郎說。

「哪裡，客氣什麼。」中野笑了。

中野從年輕時就體格壯碩，年紀大了之後更加富泰，體型偏瘦的勝一郎站在他跟前，完全無法相比。

「今天我誰都沒找，就我自己家人，可以吧？」中野說。

「當然，這樣比較輕鬆。」

「好，那我們這就走吧。」

「喂，等一下。那家餐廳，離你的醫院很遠嗎？」

「我的醫院？」

「是啊。你不是繼承了你老爸的醫院嗎？」

勝一郎的話，讓中野沉思了一會兒，然後微笑著說：「好，那麼，先帶你去看我們醫院吧。看完再去吃飯。」

中野的車就停在飯店的門廊。那是輛漆黑的大日本車，兩人一走出來，年輕的司機便為他們打開後車門。「你發達了吶。」勝一郎取笑他。

「派頭擺得比實際上大些才是台灣的作風啊。」中野也笑了。

車子離開飯店，行駛在有美麗行道樹的大馬路上。窗外流逝的全然是大都會的景色，櫛次鱗比的大樓，花俏的餐廳招牌，日本的便利商店，美國的速食店，除了漢字很多，幾乎和東京沒有兩樣。車子穿過總統府和西門鬧區，再往前就會到淡水河邊。

這一帶和飯店附近相比，似乎保留了很多老建築。多半是建於日治時代的紅磚大樓，被夾在嶄新的玻璃帷幕大樓之間，馬路的那一頭看得到被南國樹木覆蓋、綠意盎然的公園。

看下了車的勝一郎環顧四周，中野對他說：「如何？全都變了吧？」勝一郎無言點頭，視線又回到眼前的景色。

「怎麼樣？稍微走走吧？」

站在他身旁的中野這麼說，並緩緩邁開腳步。

「你還記得這條巷子再過去是什麼嗎？」

才邁開腳步，中野就立刻站定，朝被夾在高樓間的昏暗巷子看。巷子裡有時髦的咖啡店和鐵板燒餐廳，露天座位處擺著打起陽傘的桌子。

「這裡是……？」

勝一郎朝巷子裡看。

「那邊不是有一家咖啡店嗎？我記得，那邊是別府老師他們住的教師宿舍。」

中野的話，突然讓六十年前的景色活了起來。勝一郎的視線彷彿沿著六十年前的路，再度看向巷子。

「這麼說，那裡就是理髮店了。」勝一郎指著馬路的另一端。

「對對對，一點也沒錯。拿推子理完髮後，會用水桶裝水潑人的理髮店。」中野懷念地笑了。這一笑，在勝一郎眼前，六十年前的街景就更鮮明了。那時候還沒有高樓大廈，在那裡的四層樓紅磚樓房應該是郵局，是這附近最高的建築物，其他的幾乎都是木造平房，路也還沒有鋪柏油，白天塵土飛揚，下午則因南國的雷陣雨而積水。

不止六十年前的情景，連午後雷陣雨的泥土味道、打濕了赤腳的雨的觸感，都跟著復活了。

「如果那裡是別府老師的宿舍，再過去的轉角就是澡堂了。」

「是啊，若葉湯。」

勝一郎下意識邁開腳步，中野也跟了上來。

以前是若葉湯的地方，現在蓋了十層樓的大樓。一樓到三樓看似外語補習班，招牌上大大寫著「美語／日語」。勝一郎繼續向前走，彷彿走在六十年前的景物中，而不是現在實際看見的情景。馬路兩旁是人們生活的房子，到了吃中飯的時間，家家戶戶都傳出烤魚的香味，和味噌湯的味道。

騎過馬路的摩托車變成腳踏車。穿著一件白色背心汗衫的年輕人，滿頭大汗踩著踏板。不知哪裡的收音機播放著日本民謠，遠遠傳來賣冰小販悠閒的叫賣聲。勝一郎在以前一家小南北貨行的所在停了下來。

朝右手邊轉進去的巷子看，和六十年前一樣，稍稍往前就到了盡頭。

「你果然還記得？」

背後傳來中野的聲音，勝一郎短短應聲「記得」。巷底現在蓋了貼著磁磚的小公寓的地方，正是勝一郎出生的家。這條巷子本來有三根電線桿，每次爬電線桿就會挨母親的罵。走到盡頭有一道格子門，圍牆是木板牆。一進格子門，就是個小小的庭院，從院子繞到右邊，就是勝一郎的房間。一到悶熱的夜晚，中野就會敲這扇窗。

「喂，你睡著了嗎？」

「還沒。」

「那我們找個地方乘涼吧，我熱得睡不著。」

從窗戶跳下去，兩人漫無目的走在夜裡台北悶熱的街頭。晚風宜人，讓人不想回到那令人輾轉反側的被窩。

勝一郎走向曾經是自己家的地方。格子門的地方成了公寓的入口，十戶左右的信箱一字排開，牆上層層貼著好幾張如紅色符咒般的紙。

「全都變了。」

中野這麼說，勝一郎短短應了一聲「是啊」。一回頭，站在那裡的，彷彿是少年時期的中野。

「我……」

勝一郎幾乎是無意識地開口。

「……有一件事，我必須向你道歉。」

望著如今成為貼著磁磚的建築、令人懷念的老家所在地，勝一郎繼續說。明知中野就站在旁邊，卻怎麼也無法看向他。

「……你以前告訴我你喜歡曜子的時候，我……」

那時的情景出現在眼前，宛如昨天才發生，就好像當時交談的對話，雖歷經了六十年，仍遺落在這條巷子裡。

「……學徒動員一開始，我們遲早都要上戰場。」那天夜裡，中野在路上說。「……一旦到了戰場，沒有人可以保證能平安回國。可是，如果有人在等我……」

「喂、喂，你先等一下。你……」勝一郎插嘴。但是，激動的中野聽不進去。六十年前聽到的中野的聲音，清清楚楚重播了起來。

「你儘管笑我是個浪漫主義者吧。可是，這是我拚命想過以後得到的結論。假如我能平安回國，我這輩子就要讓曜子……」

「慢著，你不是日本人。曜子的父母會答應把女兒嫁給二等國民嗎！」

回過神來時，話已經說出口了。無可挽回的話。

「……不，不是的，又不知道曜子是不是認為這樣真的能得到幸福。」

勝一郎慌了。中野的臉就在眼前，只是，那張臉上沒有表情。沒有憤怒，沒有悲傷，沒有懊惱，中野什麼都不肯透露。

勝一郎鼓起勇氣，朝站在旁邊的中野看去。一張刻劃了六十年歲月的臉就在那裡。

「我想由衷向你道歉。我……我那時候對你說了絕對不該說的話。我背叛了我們的友情，我踐踏了我們的友情。無論再怎麼道歉，都是不能原諒的。可是，這六十年來，我一直活在後悔裡。這是真的，我……」

再說下去，他就要嗚咽了。勝一郎拚命壓抑心中澎湃的情緒，咬緊牙根。就在這個時候，中野的手輕輕放在他肩上。勝一郎不敢抬頭，望著鋪了柏油的路，看到的卻是紅褐色沒有鋪過路的小巷。

「戰爭結束了，你們走了。你們不在之後，真的發生了很多事。」

勝一郎還是無法抬頭，中野用力抓住他的肩膀。

「……當然也發生了很多痛苦的事。儘管為終於可以當回原本的自己而高興，卻也對日本人拋棄我們感到憤恨。這麼想的，應該不只我一個。當時像我這樣的人，應該都曾經這樣苦惱過。可是啊，勝一郎……我現在，可以明明白白的說，我是台灣人。現在，我可以抬頭挺胸這麼說。以前的事都不重要了。曜子和你在一起很幸福，我打從心裡為你們高興。雖然遲了很久，但還是讓我說吧。勝一郎，恭喜你結婚。」

淚水滾滾而下。緊閉的雙眼淚流不止，打濕了勝一郎腳邊紅褐色的地面。遠處，賣冰的攤販在叫賣著。空氣中有雷陣雨就要來臨的味道。

「對不起……」

勝一郎擠出這句話。

「別說了，別說了。……更何況，我們台灣人，只會記開心的事，不會記難過的事，難過的事一下就忘了，活著就談開心的事。我們就是這樣。」

勝一郎總算抬起頭來，像個孩子般拿袖子擦眼淚。

「……不過啊，勝一郎，教會我們這個的，是你們日本人。」

勝一郎對中野的話用力點頭。

「啊——，怎麼搞得這麼嚴肅。走吧。我的醫院就在那裡。看了醫院，去吃好吃的。」

中野為了改變氣氛般這麼說。勝一郎也刻意開起玩笑：「啊啊，好餓啊。」

走出巷子，在大馬路上走了一會兒，就是中野擔任院長的醫院。醫院本身是地上五層樓的建築，據說是二十五年前建的，大樓本身多少顯得老舊，但一看便知道是醫院的白牆建築，顯得方正威武。

「這就是你的醫院嗎？」勝一郎仰望醫院。

「以前我老爸的醫院在哪裡，你還記得嗎？」

被中野一問，勝一郎往四周看。應該就在這附近，但完全沒有留下任何一個能夠喚醒記憶的東西。

「就在那裡。那個轉角以前就是我老爸的醫院。」

中野的視線投向身後已成為小小停車場的那個地方。停車場大約能停八輛車，但比勝一郎記憶中小得多。

「這麼小？」勝一郎不禁問。

「就是啊。其實，我們搬到這邊拆掉房子時，我也覺得『原來這麼小啊』。」

「印象中更大。氣派的日式房子，只有二樓的窗戶帶有中國風。」

勝一郎望著變成停車場的那個地方好一會兒，又轉眼去看另一側聳立的醫院。

「你很拚啊。」

這句話突然從勝一郎嘴裡冒了出來。

「這個嘛，以前的確是拚死命幹活。」

「真了不起。」

「你在說什麼啊。你回到日本後不也是很拚嗎？每次同學從日本來，都說現在日本高速公路的根基等於是你打下的。」

「他們說得太誇張了。」

「戰爭結束大概過了十年，就有回日本的同學們陸續返鄉，每次我都向他們打聽你的近況。一想到你在那裡努力，不可思議地，我也就能努力下去。那不是想競爭的敵對心態。怎麼說呢？那時候，只覺得好像被撕成一半的自己在日本奮鬥，連帶的，在這邊的我也有力氣奮鬥了。」

從醫院出來的一名看似醫院員工的女性，向中野點頭致意。光是看中野舉起手來回應的樣子，就知道他備受員工敬愛。

「現在都交給兒子們了？」勝一郎問。

「是啊。老大和老二兩個人勉強應付。只是，經營醫院也不輕鬆。」

「太太呢？你和什麼樣的人結了婚？」

「等會兒吃飯時會向你介紹。她父親一樣是在台南行醫的醫生。如果沒有和她結婚，我想我是沒辦法把老爸的醫院擴大到這個規模的。」

「是個能幹的太太啊。」

「是啊，是個能幹又顧家的好女人。」

從中野害臊低聲說話的側臉上，勝一郎看到了他少年時的影子。

「裡面也要看看嗎？」

中野這一問，勝一郎拒絕了：「不了，已經夠了。」

「是嗎？那就吃飯去。我這就叫車，你等等。」

「好。」

站在以手機聯絡司機的中野身旁，勝一郎環顧四周的情景。中野父親的醫院前方，有一條筆直的路延伸出去，是個有著豆腐店、蔬菜鋪，充滿活力的地方。豔陽高照的午後，野狗在短短的日蔭下午睡。回到日本後，可曾看過那麼幸福的野狗？

「馬上就來了。」

掛掉電話的中野朝車子應該會來的方向看。

「醫生說是胰臟癌。」

勝一郎朝著他的背影說，他本來根本不打算說的。中野沒有馬上回頭。

「也不是什麼英年早逝的年紀了。」勝一郎笑了。自己也覺得不可思議，在醫院接受診斷後，這是他頭一次提起，心情卻平靜無波。總算轉過身來的中野只應了一聲：「是嗎？」

「是啊。」勝一郎也簡短應聲點頭。

「醫生怎麼說？」

「說不會太久了。」

「是嗎？」

剛才那輛車從馬路上駛來。

「吃飯的地方很近嗎？」勝一郎改變了話題。

「……你在那裡是一個人嗎？」

中野不肯配合，勝一郎老實點頭說：「是啊。」

「……曜子也不在了。我們跟你不同，也沒孩子，就是所謂的舉目無親。不過，也沒有牽掛，可以自己一個人安心死去。」

勝一郎笑著把這件事帶過。

「既然這樣，你就死在這裡吧。……死在我的醫院，死在台灣。」

中野以認真的神情說。勝一郎在腦海中重複他說的話。

死在這裡。死在台灣。死在這裡。死在台灣。

「我不是開玩笑的，你好好考慮。」

中野以更加認真的神情說。開過來的車子側停在兩人面前，司機下了車。勝一郎再次環視四周。在日蔭下睡午覺的野狗打著哈欠爬起來，搖著尾巴走過來。身穿學生服的曜子和朋友兩人走在路上。勝一郎的母親和中野的母親在豆腐店前愉快的聊天。在台灣刺眼的陽光裡，一切的一切都強而有力地運作著。

背上被咚地推了一下，勝一郎回過神來，望著中野的臉，想找話作答。勝一郎誠心將頭一句出現在心頭的話化成聲音。

「謝謝。」

勝一郎就只說了這麼一句。

二〇〇七年

春節

「MADE IN JAPAN台灣新幹線頭號列車
台北高雄間　最快九十分鐘」

以九十分鐘連接台灣南北（台北到高雄間約三百四十五公里）兩地，讓西半部縮短為「一日生活圈」的台灣高速鐵路（台灣高鐵），於五日展開營運。日本新幹線技術首次獲得國外青睞，營運首日的駕駛員由法國人負責，集結日歐技術的台灣高鐵終於展開營業。

上午七點（日本時間八點），在相關人員的守護下，頭一班列車自目前的起點板橋站（台北縣）朝最南的左營站（高雄市）滑行發車。

成為第一位日本乘客的愛知縣國中教師（四十三歲）於這天為了體驗前往高雄的當天來回之旅，一家三口搭乘了高速鐵路。被爭相上前訪問的日台媒體問起感想，他開心表示：「剛好坐上了第一班列車。」負責駕駛首班列車的法國籍駕駛員，也為自己對台灣有所貢獻感到驕傲。

由於號誌系統、土木工程等都是並用日歐技術，有人質疑其安全性，但陳水扁總統於元旦當天首次試乘，等於實質上宣布通車。陳總統表示「日本新幹線首次成功出口」，在強調安全性的同時，也將整個高鐵案定位為日台經濟的緊密連結，表達對今後強化雙方關係的期待。

《產經新聞》二〇〇七年一月五日的大阪晚報（節錄）

從台北車站搭捷運在第五站板橋站下了車，多田春香便前往台灣新幹線的乘車處。被稱為ＭＲＴ的台北捷運還很新，地下車站也充滿了明亮的氣氛。通道上和日本的車站一樣，有好幾家賣便當的商店。復刻日治時代車站便當的便當似乎很受歡迎，稍後要搭乘高鐵的大批乘客將小小的店面擠得水洩不通。除了賣便當，也賣魚丸湯，可口的湯頭香味連地下通道都聞得到。春香看了看時間，和人豪碰面之前還有一點時間。

被香味吸引著進了店裡，似乎要回高雄老家的一家人，談論著等一下要搭乘的高鐵「才一個半小時就到了，好厲害」、「可以當天來回呢」。

台灣高速鐵路，一般稱為「高鐵」，通車已超過一個月。當初因售票問題、部分媒體指出在安全上的疑慮等負面報導，使乘客人次一直遠不及預期，但農曆春節即將來臨，春香他們也接獲報告，自上週起，預訂車票的數量便大幅增加。現在她以一般乘客的身分，看著板橋車站熱鬧的情形，也能夠實際體驗這分報告的內容，不知不覺便笑容滿面。

春香今天是頭一次搭乘正式通車後的台灣高鐵。通車後，她有一段時間忙於工作，在山尾部長提出了不休息也等於效率不佳的提議下，將員工們聚集起來舉辦了盛大的慶功宴後，便要大家輪流休幾天的假。上週，春香也得到四天的假，回了好久沒回去的日本。頭兩天在神戶家裡過，剩下兩天就到東京見繁之。

台灣高鐵通車的報導，在日本並沒有如春香他們預期般受到重視。當然報導是報導了，但儘管是日本自豪的新幹線系統首次跨海行駛，卻連特別節目都沒有，而且說起來還是負面的消息比較多。

「台灣雖然有了新幹線，但那根本就是日歐混血的技術，不能說是純日本製的新幹線」是主要的論調。在台灣住了七年，對於台灣這個國家在日本受到什麼樣的待遇，不知不覺就會變得敏感起來。和台灣人對日本人的感情相比，日本人想了解台灣（台灣與中國的事務）的意願，只能說實在太輕忽簡慢了。正因如此，春香很希望將來有一天，日本人能夠了解到台灣人對日本人的情誼。

在東京，見到了已經一年不見的繁之，雖然不能說他已完全康復，但狀況似乎是目前為止最好的。幸虧是在大飯店工作，近六年來雖然憂鬱症纏身，卻也沒有遭到解僱，而且還在公司方面的安排下，在步調相對較不緊湊的部門繼續工作著。誠如他本人所說的「我想我已經好了」，身體狀況似乎不錯，不再有請假的情形，一個月只要上一次醫院，有時候甚至連要去都忘了。事實上，從前他那黯然的臉色也轉好了，雖然彼此笑著說「我們都老了呢」，但春香還是能從他的笑容中清楚看到以前的繁之。

回台灣的前一晚，他們一起外出用餐，在餐廳裡，繁之說有話要說。這兩年來，由於繁之的狀況無法預測，因此春香都是住商務飯店，但老實說，每次回日本到東京探望重要朋友的感覺，都強過去見遠距離男友。春香認為，繁之應該不至於沒有發現。

「雖然這跟春香在台灣的工作成功也有一點關係，但是，我想好好結束我們的關係。」繁之說。

當然，在這之前，變得膽小怯懦的繁之也提過好幾次分手，但這次的情況截然不同，他說：「過去的事，我真的很感謝妳。正因為這樣，才更想要好好分手。」

如果問她，她對繁之是不是已經沒有愛情了，春香敢說並不是這樣。只是，這份愛情的性質很顯然和以前有所不同。

「我不會裝模作樣說今後讓我們當好朋友這種話。可是，我真的希望從此以後，我們能努力走自己的路，將來有一天，以重要的朋友的身分重逢。」

春香默默聽著繁之的話。以前，她都回答：「你別想這些，專心把病治好。」但不知為何，她再也說不出這種話了。聽著繁之這些認真的話，春香心裡想的是，原來不是繁之依靠自己，而是自己依靠著繁之。這七年間，她能全心在台灣工作，一定是因為有繁之在日本的關係。

「因為有你，我才能夠在台灣那麼努力。也許你會說『我什麼都沒有做』，可是我心裡卻還是很依賴你。但是，現在聽了你的話，我明白了。從今以後，我必須好好靠自己走下去。」

春香誠心這麼說。

春香在板橋車站的便當店買了兩份便當和魚丸湯後，便前往和人豪約好的地點。距離約定的時間還有五、六分鐘，但人豪已經站在驗票閘門了。春香舉起提著便當的手。

發現到春香的人豪也向她揮手，然後和身旁一位老人說了幾句話。春香覺得奇怪，但仍快步趕到人豪身邊。

「你好。」

「妳好。那是火車便當？」

被人豪一問，春香笑著說：「忍不住就買了。」邊笑邊朝站在人豪身邊的老先生看。他似乎果真是人豪的朋友，露出慈和的笑容，視線朝春香提著的便當看過去。

「這位是葉山勝一郎先生。」

人豪向她介紹，春香點頭致意。

「……葉山先生在日本很照顧我，嗯，就像東京的爸爸。」人豪接著說。

被介紹的勝一郎好像有點難為情的笑著說：「不是爸爸，是爺爺吧！不好意思啊，你們好好的約會，卻有這種老頭子跟來當電燈泡。不過，我只是在這裡打個招呼，很快就會消失的。」他向春香道歉。

「不是的，我們不是約會……」

「葉山先生也要跟我們搭同一班新幹線到高雄，不過不同車廂。」

聽了人豪的說明，春香只能點頭。接著，聽他們兩人的談話，似乎是人豪向葉山提起這次春香約他到高雄一日遊的事時，葉山說了：「台灣新幹線通車了，我也想坐坐看。既然去了，不如就在高雄住個兩、三天。」「這樣的話，那至少在去的時候和我們一起去吧！」人豪便這樣提議。

「原來如此。早知道我就買三份便當了。」春香很後悔。

「不不不，真的是臨時起意的，對不起啊。我真的只是來打聲招呼而已，馬上就走。我想一個人悠哉遊哉的搭台灣新幹線，所以剛才買票也是請人豪買不同的車廂。」

春香不知如何接受老人這番客氣因而轉向人豪求助。

「那麼，真的到這裡就可以了嗎？」

大概是真的認識很久了，人豪坦然向這位葉山老先生這麼說。只是，他的語氣有種親祖父和親孫子般的親密。

「對，可以可以。那，你們兩個路上也小心啊。」

春香只能目送準備先通過驗票閘門的老人。她向人豪打暗號問「真的沒關係嗎？」也不知人豪有沒有注意到，只見他竟然還有心思揮手，春香也只好跟著揮手。老人彷彿在說「放心、放心」，也朝他們揮手，通過了驗票閘門，朝地下月台走去。

「真的沒關係嗎？就算一起我一點也不介意啊。」春香說。

「沒關係，他說想要自己搭車。倒是我，該向妳道歉。」

「咦，為什麼？」

「噢，就是突然把葉山先生帶來。」

「沒關係呀。人家在日本不是很照顧你嗎？」

「因為葉山先生說想見見妳……」

「見我？」

「嗯。我有跟他說不是，只是普通朋友。」

人豪想說什麼，春香懂了，只好回答「啊，噢。」

「他是來台灣旅行的嗎？」春香改變了話題。

「嗯。不過，也許會到這邊的醫院住院，所以這次也算是做準備。」

「他身體不好嗎？」

「嗯。」

人豪不太想談的樣子，春香就不再追問了。

「走吧？」

人豪抬頭看驗票閘門上的看板。

「嗯。」春香點頭說。

除了他們兩人，也陸陸續續有乘客通過閘門。人豪什麼都沒說，一手就把春香提在手上的便當拿過來。

「謝謝。」

兩人並肩走下通往地下月台的樓梯。穿著嶄新制服的服務人員正引導乘客們上車。白與橘之間有一條黑線的台灣新幹線列車，已經停靠在月台邊。月台的燈光將車身照得晶亮。

板橋發車前往左營的一三一號車，於通車後首度迎接的春節期間，在幾乎客滿的情況下緩緩滑出月台。明亮的月台自窗外流逝，接下來是一小段黑暗的地底隧道。在座位上可以舒適感受到列車強而有力的振動。然後，列車便漸漸開上地面。那裡是老舊大樓群聚的一角，車窗外出現了晾在屋頂的衣物、巷弄間穿梭的摩托車等台灣日常生活的景象。

列車直接加速，越過大河，穿過豐饒的田園風景。一路上，有椰子的原生林，還有在灌溉渠道打水的水車。

在頭一節車廂裡，陳威志拚命想抓住在通道上跑來跑去的兒子。好不容易抓住他的後領押回座位，旁邊就是妻子美青。

「振振，乖乖坐好。」

母親的話雖然讓振振安靜了一下，但他立刻又在威志的懷裡掙扎起來。這是威志他們到台北兩天一夜小旅行的回程，網架上的包包裡，裝著振振買的一〇一大樓模型和遊戲機。

「這個，是我維修的哦。這樣一想，妳不覺得蠻厲害的嗎？」

威志邊按住在懷裡亂動的振振邊說。

「想到是你維修的，就蠻不安的。」

「好過份喔。」

「喏，你記得嗎？燕巢總機廠還沒有蓋好的時候，有一次我們不是剛好在那附近的芭樂園遇到嗎？」

「嗯。」

「那時候我還在加拿大留學，正好回台灣。」

威志按住又想逃脫的振振的頭。

「那時候，我們一起眺望總機廠，聽說鐵軌會從那邊一直延伸過去，兩個人一起在那裡看。」

「嗯，我記得。」

「不過，真是不可思議。那時候想都沒想過，可是你現在竟然在那個工廠裡工作……」

「還娶了旁邊那個女生當老婆，是嗎？」

威志正這樣搞笑時，振振趁著這一瞬間的空檔逃走了。

「喂！」

威志連忙叫他，但振振已經在通道上跑了起來。威志嘖了一聲站起來，正想去追振振，背後卻傳來美青的聲音說：「謝謝。」

「咦？」威志吃了一驚回頭。

「沒有，沒什麼。」

美青立刻將視線轉向窗外。威志望著那張側臉片刻，露出了笑容，然後去追振振。振振已經打開連接的車門，正要跑進下一節車廂。

●

自動門開了，突然跑進一個小男孩，讓葉山勝一郎嚇了一跳。那時候他正叫住經過的販賣推車要買咖啡。從通道上跑來的男孩就這樣撞上販賣小姐。撞了之後眼看就要向後倒，男孩反應也夠靈敏，抓住了她的衣服，總算沒倒下去。

吃驚的販賣小姐回頭看，摸摸同樣也很吃驚的男孩的頭。販賣小姐笑著對他說了些什麼，但勝一郎聽不懂。

男孩好像回過神來了，放開販賣小姐的衣服，開始對勝一郎產生興趣。勝一郎接過咖啡放在桌上。他的膝上放著妻子曜子的照片，好讓她也能一起從高鐵的車窗欣賞台灣的風景。男孩似乎對這張照片很感興趣，雖然有點戒心，仍朝勝一郎靠近。

剛好鄰座空著，男孩的身子雖然挨著座位，卻一臉無趣的樣子，開始把手指插進椅縫裡。男孩的樣子，不禁讓勝一郎露出微笑。這孩子似乎本來就不怕生，勝一郎一笑，他就靠得更近。

男孩似乎很想看他膝上曜子的照片，勝一郎便把照片轉過來給他看。照片是曜子盛妝打扮的模樣。大約十年前，勝一郎的部下娶媳婦時，他們夫婦倆受邀出席時拍的。男孩在座位上扭動著身體，一面看著照片。

「這個，是爺爺的，太太。」勝一郎以日文對他說。

男孩愣住了，抬頭盯著勝一郎的臉看。這時候，車門又開了，一個年輕男子探頭進來。他似乎是孩子的父親，一看到男孩，便一臉抱歉的向勝一郎道歉，然後像抓貓似地，一把把孩子抱起來。

勝一郎也對男子報以笑容。被扛在爸爸肩上的男孩還在掙扎，但勝一郎一揮手，在門關上前他也及時朝勝一郎小小揮手。

勝一郎轉頭看窗外流動的景色，並把膝頭的照片直立放在窗框上，好讓曜子看得更清楚。台灣新幹線穿過群山，一棵棵樹木的色澤濃郁鮮活。

吶，妳還記得嗎？

勝一郎在心中問妻子。他忽然想起，那是什麼時候呢？妻子不知第幾度住院的病房的一幕。從窗戶照進來的陽光，爬到病床上妻子的膝頭。

「等台灣的新幹線通車了，我們兩個去台灣一趟吧？」勝一郎說。

「通車，那不是五年後的事嗎？」妻子笑著說。

「是嗎？要等五年啊。」

「就是呀。」

「說不定五年一下子就過了。」勝一郎說。

「七十幾歲的老公公還活蹦亂跳的，像話嗎？」

從高鐵上望著故鄉台灣的景色，此刻勝一郎的耳裡，清清楚楚聽到妻子的笑聲。

●

人豪叫住往他們靠近的推車販賣員，買了兩杯茶。春香接過紙杯裝的熱茶問：「現在吃便當還太早喔？」

「可是，既然有就會想吃。」

人豪的話，讓春香也笑了。將零錢遞給人豪的販賣員又緩緩在通道上前進。春香把放在桌上的火車便當從袋子裡拿出來。

「今天謝謝妳。」

人豪突然這麼說，春香停下了手邊的動作。

「嗯？」

「呃，就是……謝謝妳約我。」

人豪一臉認真的說。

「我才要謝謝你陪我一起搭車。我心裡一直在想著，很希望頭一次搭台灣新幹線時是跟你一起。」

春香把拿出來的火車便當遞給人豪。穿過山區的列車，正在肥沃的田園風景中前進。彷彿沒有盡頭的田裡，一輛摩托車騎在田裡唯一的一條路上。

「……那時候，如果我沒有遇見你，我想我不會在這裡。能夠像這樣參與台灣新幹線的工作，像這樣體驗在台灣這麼多的快樂，都是因為當時遇見了你。」

春香看著窗外說。

「……第一次在台灣遇見你的時候，你不是騎摩托車載我嗎？騎摩托車帶我去好多地方不是嗎？對我來說，台灣就是那時候看到的風景。我已經在這裡工作七年了，但台灣還是那時候的樣子。」

「我也一樣。如果那時候沒有遇見春香，我想我現在也不會在日本工作。」

春香轉回了視線。眼前的人豪，臉上露出了當時那令人懷念的笑容。在台北街頭偶遇，在一起只過了短短的半天。那已經是十年前的事了。

「可是，真不可思議。」

這句話從春香口中脫口而出，「嗯，真不可思議。」人豪也同意。就這樣，沉默暫時停留。現在該對人豪說些什麼，她覺得好像早就清清楚楚，卻又好像什麼都懸而未決。

「啊，對了。上次你信裡說，可能會換到瑞士的建築公司去，後來怎麼樣了？」春香問。

「哦，那個我不去了。我還是要留在東京現在的公司再多努力一下。」

「是嗎？」

「嗯，是啊。……妳呢？接下來有什麼打算？這邊的工作很快就要結束了吧？妳要像上次在信裡說的回東京嗎？還是又要到別的國家去蓋新幹線？」

春香的視線又轉向窗外，眼底仍是美麗的田園風景。和頭一次造訪台灣時一樣，不會讓人覺得這裡是國外。

「現在還不是很確定，不過我想我大概會留在這裡。」春香告訴他。

「這裡？台灣？」

人豪似乎大吃一驚，聲音都高了好幾度。

「對，台灣。這次工作時承辦公關宣傳的台灣公司，問我要不要在他們那裡工作。到其他國家去，再一次從無到有蓋起新幹線也很吸引人，可是我考慮了很多之後，還是想在台灣多待一陣子。」

「原來如此。」

人豪的表情看起來似乎是為她高興，也似乎有點落寞。

「嗯，是啊，留在台灣。」

「再這樣下去，妳住台灣可能會住得比我久。」

「你還不是，住日本可能住得比我久呢。」

兩人相視微笑時，前方的面板跑過目前正以時速三百公里行駛的字樣，車廂內四處響起小小的歡呼聲。

「……看，台灣新幹線順利起跑了吧？」春香問。

「是啊，順利起跑了。」人豪也回答。

小說精選
路

2013年9月初版　　定價：新臺幣380元
有著作權・翻印必究
Printed in Taiwan.

著者	吉田修一
譯者	劉姿君
總編輯	胡金倫
發行人	林載爵

出版者	聯經出版事業股份有限公司	叢書主編	林芳瑜
地址	台北市基隆路一段180號4樓	叢書編輯	楊玉鳳
編輯部地址	台北市基隆路一段180號4樓	內文排版	林淑慧
叢書主編電話	(02)87876242轉221	封面設計	顏伯駿
台北聯經書房：	台北市新生南路三段94號	題字	赤松陽構造
電話：	(02)23620308		
台中分公司：	台中市健行路321號		
暨門市電話：	(04)22371234ext.5		
郵政劃撥	帳戶第0100559-3號		
郵撥電話：	(02)23620308		
印刷者	世和印製企業有限公司		
總經銷	聯合發行股份有限公司		
發行所：	台北縣新店市寶橋路235巷6弄6號2樓		
電話：	(02)29178022		

行政院新聞局出版事業登記證局版臺業字第0130號

本書如有缺頁，破損，倒裝請寄回聯經忠孝門市更換。　ISBN 978-957-08-4256-2 (平裝)
聯經網址：www.linkingbooks.com.tw
電子信箱：linking@udngroup.com

LU by YOSHIDA Shuichi
Copyright © 2012 by YOSHIDA Shuichi
All rights reserved.
Original Japanese edition published by Bungeishunju Ltd., Japan
Chinese (in complex character only) translation rights in Taiwan
reserved by Linking Publishing Company,under the license granted by YOSHIDA Shuichi,Japan arranged with Bungeishunju Ltd.,Japan
through Motovun Co.,Ltd.,Japan and Keio Cultural Enterprise Co.,Ltd,Taiwan.

國家圖書館出版品預行編目資料

路/吉田修一著．劉姿君譯．初版．臺北市．聯經．
2013年9月（民102年）．400面．14.8×21公分．
（小說精選）

ISBN 978-957-08-4256-2（平裝）

861.571　　102016683